U0584933

读史阅世
九十年

季羡林 著

作家出版社

目 录

第一编　阅世九十年

老年谈老

老年谈老，就在眼前；然而谈何容易！

原因何在呢？原因就在，自己有时候承认老，有时候又不承认，真不知道从何处谈起。

记得很多年以前，自己还不到六十岁的时候，有人称我为"季老"，心中颇有反感，应之逆耳，不应又不礼貌，左右两难，极为尴尬。然而曾几何时，在不知不觉中，渐渐地听得入耳了，有时甚至还有点甜蜜感。自己吃了一惊：原来自己真是老了，而且也承认老了。至于这个大转变是从什么时候开始的，自己有点茫然懵然，我正在推敲而且研究。

不管怎样，一个人承认老是并不容易的。我的一位九十岁出头的老师有一天对我说，他还不觉得老，其他可知了。我认为，在这里关键是一个"渐"字。若干年前，我读过丰子恺先生一篇含有浓厚哲理的散文，讲的就是这个"渐"字。这个字有大神通力，它在人生中的作用绝不能低估。人们有了忧愁痛苦，如果不渐渐地淡化，则一定会活不下去的。人们逢到极大的喜事，如果不渐渐地恢复平静，则必然会忘乎所以，高兴得发狂。人们进入老境，也是逐渐感觉到的。能够感觉到老，其妙无穷。人们渐渐地觉得老了，从积极方面来讲，它能够提醒你：一个人的岁月绝不是取之不尽用之不竭的，应该抓紧时间，把想做的事情做完，做好，免得无常一到，后悔无及。从消极方面来讲，一想到自己的年龄，那些血气方刚时干的勾当就不应该再去硬干。个别喜欢争名于朝、争利于市的人，或许也能收敛一点。老之为用大矣哉！

我自己是怎样对待老年呢？说来也颇为简单。我虽年届耄耋，内部零件也并不都非常健全；但是我处之泰然，我认为，人上了年纪，有点这样那样的病，是合乎自然规律的，用不着大惊小怪。如果年老了，硬是一点病都没有，人人活上二三百岁甚至更长的时间，那么今天狂呼"老龄社会"者，恐怕连嗓子也会喊哑，而且吓得浑身发抖，连地球也会被压塌的。我不想做长生的梦。我对老年，甚至对人生的态度是道家的。我信奉陶渊明的两句诗：

纵浪大化中，

不喜亦不惧。

这就是我对待老年的态度。

看到我已经有了一把子年纪，好多人都问我：有没有什么长寿秘诀。我的答复是：我的秘诀就是没有秘诀，或者不要秘诀。我常常看到有一些相信秘诀的人，禁忌多如牛毛。这也不敢吃，那也不敢尝，比如，吃鸡蛋只吃蛋清，不吃蛋黄，因为据说蛋黄胆固醇高；动物内脏绝不入口，同样因为胆固醇高。有的人吃一个苹果要消三次毒，然后削皮；削皮用的刀子还要消毒，不在话下；削了皮以后，还要消一次毒，此时苹果已经毫无苹果味道，只剩下消毒药水了。从前有一位化学系的教授，吃饭要仔细计算卡路里的数量，再计算维生素的数量，吃一顿饭用的数学公式之多等于一次实验。结果怎样呢？结果每月饭费超过别人十倍，而人却瘦成一只干巴鸡。一个人到了这个地步，还有什么人生之乐呢？如果再戴上放大百倍的显微镜眼镜，则所见者无非细菌，试问他还能活下去吗？

至于我自己呢，我绝不这样做，我一无时间，二无兴趣。凡是我觉得好吃的东西我就吃，不好吃的我就不吃，或者少吃，卡路里维生素统统见鬼去吧。心里没有负担，胃口自然就好，吃进去的东西都能很好地消化。再辅之以腿勤、手勤、脑勤，自然百病不生了。脑勤我认为尤其重要。如果非要让我讲出一个秘诀不行的话，那么我的秘诀就是：千万不要让脑筋懒惰，脑筋要永远不停地思考问题。

我已年届耄耋，但是，专就北京大学而论，倚老卖老，我还没有资格。在教授中，按年龄排队，我恐怕还要排到二十多位以后。我幻想眼前有一个按年龄顺序排列的向八宝山进军的北大教授队伍。我后面的人当然很多。但是向前看，我还算不上排头，心里颇得安慰，并不着急。可是偏有一些排在我后面的比我年轻的人，风风火火，抢在我前面，越过排头，登上山去。我心里实在非常惋惜，又有点怪他们，今天我国的平均寿命已经超过七十岁，比解放前增加了一倍，你们正在精力旺盛时期，为国效力，正是好时机，为什么非要抢先登山不行呢？这我无法阻拦，恐怕也非本人所愿。不过我已下定决心，绝不抢先加塞儿。

不抢先加塞儿活下去目的何在呢？要干些什么事呢？我一向有一个自己认为是正确的看法：人吃饭是为了活着，但活着却不是为了吃饭。到了晚年，更是如此。我还有一些工作要做，这些工作对人民对祖国都还是有利的，不管这个"利"是大是小。我要把这些工作做完，同时还要再给国家培养一些人才。我仍然要老老实实干活，清清白白做人，绝不干对不起祖国和人民的事；要尽量多为别人着想，少考虑自己的得失。人过了八十，金钱富贵等同浮云，要多为下一代操心，少考虑个人名利，写文章绝不剽窃抄袭，欺世盗名。等到非走不行的时候，就顺其自然，坦然离去，无愧于个人良心，则吾愿足矣。

要说的话已经说完，但是我还想借这个机会发点牢骚。我在上面提到"老龄社会"这个词儿。这个概念我是懂得的，有一些措施我也是赞成的。什么干部年轻化，教师年轻化，我都举双手赞成。但是我对报纸上天天大声叫嚷"老龄社会"，却有极大的反感。好像人一过六十就成了社会的包袱，成了阻碍社会进步的绊脚石，我看有点危言耸听，不知道用意何在。我自己已是老人，我也观察过许多别的老人。他们中游手好闲者有之，躺在医院里不能动的有之，天天提鸟笼持钓竿者有之，如此等等，不一而足。但这只是少数，并不是老人的全部。还有不少老人虽然已经寿登耄耋，年逾期颐，向着"白寿"甚至"茶寿"进军，但仍然勤勤恳恳，焚膏继晷，兀兀穷年，难道这样一些人也算是社会的包袱吗？我倒不一定赞成"姜是老的辣"这样一句话。年轻人朝气蓬勃，是我们未来希望之所在，让他们登上要路津，是完全必要的。但是对老年人也不必天天絮絮叨叨，耳提面命："你们已经老了！你们已经不行了！对老龄社会的形成你们不能辞其咎呀！"这样做有什么用处呢？随着生活的日益改善，人们的平均寿命还要提高，将来老年人在社会中所占的比例还要提高。即使你认为这是一件坏事，你也没有法子改变。听说从前钱玄同先生主张，人过四十一律枪毙。这只是愤激之辞，有人作诗讽刺他自己也活过四十而照样活下去。我们有人老是为社会老龄化担忧，难道能把六十岁以上的人统统赐自尽吗？老龄化同人口多不是一码事。担心人口爆炸，用计划生育的办法就能制止。老龄化是自然趋势，而且无法制止。既然无法制止，就不必瞎嚷，这是徒劳无益的。我总怀疑，"老龄化"这玩意儿也是从外国进口的舶来品。西方人有同我们不同的伦理概念。我们大可不必东施效颦。质诸高明，以为如何？

牢骚发完，文章告终，过激之处，万望包容。

1991 年 7 月 15 日

九十述怀

杜甫诗："人生七十古来稀。"对旧社会来说，这是完全正确的，因为它符合实际情况。但是，到了今天，老百姓却创造了三句顺口溜："七十小弟弟，八十多来兮，九十不稀奇。"这也是完全正确的，因为它符合实际情况。

但是，对我来说，却另有一番纠葛。我行年九十矣，是不是感到不稀奇呢？答案是：不是，又是。不是者，我没有感到不稀奇，而是感到稀奇，非常的稀奇。我曾在很多地方都说过，我在任何方面都是一个没有雄心壮志的人，我不会说大话，不敢说大话，在年龄方面也一样。我的第一本账只计划活四十岁到五十岁。因为我的父母都只活了四十多岁，遵照遗传的规律，遵照传统伦理道德，我不能也不应活得超过了父母。我又哪里知道，仿佛一转瞬间，我竟活过了从心所欲不逾矩之年，又进入了耄耋的境界，要向期颐进军了。这样一来，我能不感到稀奇吗？

但是，为什么又感到不稀奇呢？从目前的身体情况来看，除了眼睛和耳朵有点不算太大的问题和腿脚不太灵便外，自我感觉还是良好的，写一篇一两千字的文章，倚椅可待。待人接物，应对进退，还是"难得糊涂"的。这一切都同十年前，或者更长的时间以前，没有什么两样。李太白诗："高堂明镜悲白发。"我不但发已全白（有人告诉我，又有黑发长出），而且秃了顶。这一切也都是事实，可惜我不是电影明星，一年照不了两次镜子，那一切我都不视不见。在潜意识中，自己还以为是"朝如青丝"哩。对我这样无知无识、麻木不仁的人，连上帝也没有办法。在这样的情况下，我怎么能会不感到不稀奇呢？

但是，我自己又觉得，我这种精神状态之所以能够产生，不是没有根据的。我国现行的退休制度，教授年龄是六十岁到七十岁。可是，就我个人而论，在学术研究上，我的冲刺起点是在八十岁以后。开了几十年的会，经过了不知道多少次政治运动，做过不知道多少次自我检查，也不知道多少次对别人进行批判，最后又经历了"十年浩劫"，"对酒当歌，人生几何？"我自己的一生就是这样白白地消磨过了。如果不是造化小儿对我垂青，制止了我实行自己年龄计划的话，在我八十岁以前（这也算是高寿了）就"遽归道山"，我留给子孙后代的东西恐怕是不会多的。不多也不一定就是坏事。留下一些不痛不痒、灾祸梨枣的所谓"著述"，对任何人都没有好处。但是，对我自己来说，恐怕就要"另案处理"了。

在从八十岁到九十岁这个十年内，在我冲刺开始以后，颇有一些值得纪念的甜蜜的回忆。在撰写我一生最长的一部长达八十万字的著作《糖史》的过程中，颇有一些情节值得回忆，值得玩味。在长达两年的时间内，我每天跑一趟大图书馆，风雨无阻，寒暑无碍。燕园风光旖旎，四时景物不同。春天姹紫嫣红，夏天荷香盈塘，秋天红染霜叶，冬天六出蔽空，称之为"人间仙境"，也不为过。然而，在这两年中，我几乎天天都在这样瑰丽的风光中行走。可是我都视而不见，甚至不视不见。未名湖的涟漪，博雅塔的倒影，被外人视为奇观的胜景，也未能逃过我的漠然，懵然，无动于衷。我心中想到的只是大图书馆中的盈室满架的图书，鼻子里闻到的只有那里的书香。

《糖史》的写作完成以后，我又把阵地从大图书馆移到家中来。运筹于斗室之中，决战于几张桌子之上。我研究的对象变成了吐火罗文 A 方言的《弥勒会见记剧本》。这也不是一颗容易咬的核桃，非用上全力不行。最大的困难在于缺乏资料，而且多是国外的资料。没有办法，只有时不时地向海外求援。现在虽然号称为"信息时代"，可是我要的消息多是刁钻古怪的东西，一时难以搜寻，我只有耐着性子恭候。舞笔弄墨的朋友，大概都能体会到，当一篇文章正在进行写作时，忽然断了电，你心中真如火烧油浇，然而却毫无办法，只盼喜从天降了，只能听天由命了。此时燕园旖旎的风光，对于我似有似无，心里想到的、切盼的只有海外的来信。如此又熬了一年多，《弥勒会见记剧本》英译本终于在德国出版了。

两部著作完了以后，我平生大愿算是告一段落。痛定思痛，蓦地想到了，自己已是望九之年了。这样的岁数，古今中外的读书人能达到的只有极少数。我自己竟能置身其中，岂不大可喜哉！

我想停下来休息片刻，以利再战。这时就想到，我还有一个家。在一般人心目中，家是停泊休息的最好的港湾。我的家怎样呢？直白地说，我的家就我一个孤家寡人，我就是家，我一个人吃饱了，全家不害饿。这样一来，我应该感觉很孤独了吧？然而并不。我的家庭"成员"实际上并不止我一个"人"。我还有四只极为活泼可爱的，一转眼就偷吃东西的，从我家乡山东临清带来的白色波斯猫，眼睛一黄一蓝。它们一点礼节都没有，一点规矩都不懂，时不时地爬上我的脖子，为所欲为，大胆放肆。有一只还专在我的裤腿上撒尿。这一切我不但不介意，而且顾而乐之，让猫们的自由主义恶性发展。

我的家庭"成员"还不止这样多，我还养了两只山大小校友张衡送给我的乌龟。乌龟这玩意儿，现在名声不算太好，但在古代却是长寿的象征。有些人的名字中也使用"龟"字，唐代就有李龟年、陆龟蒙等等。龟们的智商大概低于猫们，它们绝不会从水中爬出来爬上我的肩头。但是，龟们也自有龟之乐，当我向它们喂食时，它们伸出了脖子，一口吞下一粒，它们显然是愉快的。可惜我遇不到惠施，它绝不会同我争辩，我何以知道龟之乐。

我的家庭"成员"还没有到此为止，我还饲养了五只大甲鱼。甲鱼，在一般老百姓嘴里叫"王八"，是一个十分不光彩的名称，人们讳言之。然而我却堂而皇之地养在大瓷缸内，一视同仁，毫无歧视之心。是不是我神经出了毛病？用不着请医生去检查，我神经十分正常。我认为，甲鱼同其他动物一样有生存的权利。称之为"王八"，是人类对它的诬蔑，是向它头上泼脏水。可惜甲鱼无知，不会向世界最高法庭上去状告人类，还要要求赔偿名誉费若干美元，而且要登报声明。我个人觉得，人类在新世纪、新千年中最重要的任务是处理好与大自然的关系。恩格斯已经警告过我们，不要过分陶醉于我们对自然界的胜利。对每一次这样的胜利，自然界都报复了我们。一百多年来的历史事实，日益证明了恩格斯警告之正确与准确。在新世纪中，人类首先必须改恶向善，改掉乱吃其他动物的恶习。人类必须遵守宋代大儒张载的话"民吾同胞，物吾与也"，把甲鱼也看成是自己的伙伴，把大自然看成是自己的朋友，而不是征服的对象。这样一来，人类庶几能有美妙光辉的前途。至于对我自己，也许有人认为我是《世说新语》中的人物，放诞不经。如果真正有的话，那就，那就由它去吧。

再继续谈我的家和我自己。

我在"十年浩劫"中，自己跳出来反对那位倒行逆施的"老佛爷"，被打倒在地，被戴上了无数顶莫须有的"帽子"，天天被打、被骂。最初也只觉得滑稽可笑。但"谎言说上一千遍，就变成了真理"，最后连我自己都怀疑起来了："此身合是坏人未？泪眼迷离问苍天。"其实我并没有那么坏，但在许多人眼中，我已经成了一个"不可接触者"。

然而，世事多变，人间正道。不知道是怎么一来，我竟转身一变成了一个"极可接触者"。我常以知了自比。知了的幼虫最初藏在地下，黄昏时爬上树干，天一明就脱掉了旧壳，长出了翅膀，长鸣高枝，成了极富诗意的虫类，引得诗人"倚杖柴门外，临风听暮蝉"了。我现在就是一只长鸣高枝的蝉，名声四被，头上的桂冠比"文革"中头上戴的高帽子还要高出很多，有时候我自己都觉得脸红。其实我自己深知，我并没有那么好。然而，我这样发自肺腑的话，别人是不会相信的。这样一来，我虽孤家寡人，其实家里每天都是热闹非凡。有一位多年的老同事，天天到我家里来"打工"，处理我的杂务，照顾我的生活，最重要的事情是给我读报、读信，因为我眼睛不好。还有就是同不断打电话来或者亲自登门来的自称是我的"崇拜者"的人们打交道。学校领导因为觉得我年纪已大，不能再招待那么多的来访者，在我门上贴出了通告，想制约一下来访者的袭来，但用处不大，许多客人都视而不见，照样敲门不误。有少数人竟在门外荷塘边上等上几个钟头。除了来访者、打电话者外，还有扛着沉重的录像机而来的电视台的导演和记者，以及每天都收到的数量颇大的信件和刊物。有一些年轻的大中学生，把我看成了有求必应的土地爷，或者能预言先知的季铁嘴，向我请求这请求那，向我倾诉对自己父母都不肯透露的心中的苦闷。这些都要我那位"打工"的老同事来处理，我那位"打工者"此时就成了拦驾大使。想尽花样，费尽唇舌，说服那些想来采访、想来拍电视的好心和热心又诚心的朋友们，请他们少安勿躁。这是极为繁重而困难的工作，我能深切体会。其忙碌困难的情况，我是能理解的。

最让我高兴的是，我结交了不少新朋友。他们都是著名的书法家、画家、诗人、作家、教授。我们彼此之间，除了真挚的感情和友谊之外，绝无所求于对方。我是相信缘分的，"有缘千里来相会，无缘对面不相识"，缘分是说不明道不白的东西，但又确实存在。我相信，我同朋友之间就是有缘分的。我们一见如故，无话不谈。没见面时，总惦记着见面的时间；既见面则如鱼得水，心旷神怡；分手后又是朝思暮想，忆念难忘。对我来说，他们不是亲属，胜似亲属。有人说："人生得一知己足矣。"我得到的却不只是一个知己，而是一群知己。有人说我活得非常滋润。此情此景，岂是"滋润"二字可以了得！

我是一个呆板保守的人，秉性固执。几十年养成的习惯，我绝不改变。一身卡其布的中山装，国内外不变，季节变化不变，别人认为是老顽固，我则自称是"博物馆的人物"，以示"抵抗"，后发制人。生活习惯也绝不改变。四五十年来养成了早起的习惯，每天早晨四点半起床，前后差不了五分钟。古人说"黎明即起"，对我来说，这话真正是适合的，冬天则是在黎明之前几个小时，我就起来了。我五点吃早点，可以说是先天下之早点而早点。吃完立即工作。我的工作主要是爬格子。几十年来，我已经爬出了上千万的字。这些东西都值得爬吗？我认为是值得的。我爬出的东西不见得都是精金粹玉，都是甘露醍醐，吃了能让人升天成仙，但是其中绝没有毒药，绝没有假冒伪劣，读了以后至少能让人获得点享受，能让人爱国，爱乡，爱人类，爱自然，爱儿童，爱一切美好的东西。总之一句话，能让人在精神境界中有所收益。我常常自己警告说：人吃饭是为了活着，但活着绝不是为了吃饭。人的一生是短暂的，绝不能白白把生命浪费掉。如果我有一天工作没有什么收获，晚上躺在床上就疚愧难安，认为是慢性自杀。爬格子有没有名利思想呢？坦白地说，过去是有的。可是到了今天名利对我都没有什么用处了，我之所以仍然爬，是出于惯性，其他冠冕堂皇的话，我说不出。"爬格不知老已至，名利于我如浮云"，或可能道出我现在的心情。

你想到过死没有呢？我仿佛听到有人在问。好，这话正问到节骨眼上。是的，我想到过死，过去也曾想到死，现在想得更多而已。在"十年浩劫"中，在1967年，一个千钧一发般的小插曲使我避免了走上"自绝于人民"的道路。从那以后，我认为，我已经死过一次，多活一天，都是赚的，到现在已经三十多年了，我真赚了个满堂满贯，真成为一个特殊的大富翁了。但人总是要死的，在这方面，谁也没有特权，没有豁免权。虽然常言道"黄泉路上无老少"；但是老年人毕竟有优先权。燕园是一个出老寿星的宝地。我虽年届九旬，但按照年龄顺序排队，我仍落在十几名之后。我曾私自发下宏愿大誓：在向八宝山的攀登中，我一定按照年龄顺序鱼贯而登，绝不抢班夺权，硬去加塞儿。至于事实究竟如何，那就请听下回分解了。

既然已经死过一次，多少年来，我总以为自己已经参悟了人生。我常拿陶渊明的四句诗当作座右铭："纵浪大化中，不喜亦不惧。应尽便须尽，无复独多虑。"现在才逐渐发现，我自己并没能完全做到。常常想到死，就是一个证明，我有时幻想，自己为什么不能像朋友送结我摆在桌上的石头那样，自己没有生命，但也绝不会有死呢？我有时候也幻想：能不能让造物主勒住时间前进的步伐，让太阳和月亮永远明亮，地球上一切生物都停住不动，不老呢？哪怕是停上十年八年呢。大家千万不要误会，认为我怕死怕得要命。绝不是那样。我早就认识到，永远变动，永不停息，是宇宙的根本规律，要求不变是荒唐的。万物方生方死，是至理名言。江文通《恨赋》中说："自古皆有死，莫不饮恨而吞声。"那是没有见地的庸人之举，我虽庸陋，水平还不会那样低。即使我做不到热烈欢迎大限之来临，我也绝不会饮恨吞声。

但是，人类是心中充满了矛盾的动物，其他动物没有思想，也就不会有这样多的矛盾。我忝列人类的一分子，心里面的矛盾总是免不了的。我现在是一方面眷恋人生，一方面却又觉得，自己活得实在太辛苦了，我想休息一下了。我向往庄子的话："大块载我以形，劳我以生。"大家千万不要误会，以为我就要自杀。自杀那玩意儿我绝不会再干了。在别人眼中，我现在活得真是非常非常惬意了。不虞之誉，纷至沓来；求全之毁，几乎绝迹。我所到之处，见到的只有笑脸，感到的只有温暖。时时如坐春风，处处如沐春雨，人生至此，实在是真应该满足了。然而，实际情况却并不完全是这样惬意。古人说："不如意事常八九。"这话对我现在来说也是适用的。我时不时地总会碰到一些令人不愉快的事情，让自己的心情半天难以平静。即使在春风得意中，我也有自己的苦恼。我明明是一头瘦骨嶙峋的老牛，却有时被认成是日产鲜奶千磅的硕大的肥牛。已经挤出了奶水五百磅，还求索不止，认为我打了埋伏。其中情味，实难以为外人道也。这逼得我不能不想到休息。

我现在不时想到，自己活得太长了，快到一个世纪了。九十年前，山东临清县一个既穷又小的官庄出生了一个野小子，竟走出了官庄，走出了临清，走到了济南，走到了北京，走到了德国；后来又走遍了几个大洲，几十个国家。如果把我的足迹画成一条长线的话，这条长线能绕地球几周。我看过埃及的金字塔，看过两河流域的古文化遗址，看过印度的泰姬陵，看过非洲的撒哈拉大沙漠，以及国内外的许多名山大川。我曾住过总统府之类的豪华宾馆，会见过许多总统、总理一级的人物，在流俗人的眼中，真可谓极风光之能事了。然而，我走过的漫长的道路并不总是铺着玫瑰花的，有时也荆棘丛生。我经过山重水复，也经过柳暗花明；走过阳关大道，也走过独木小桥。我曾到阎王爷那里去报到，没有被接纳。终于曲曲折折，颠颠簸簸，坎坎坷坷，磕磕碰碰，走到了今天。现在就坐在燕园朗润园中一个玻璃窗下，写着《九十述怀》。窗外已是寒冬。荷塘里在夏天接天映日的荷花，只剩下干枯的残叶在寒风中摇曳。玉兰花也只留下光秃秃的枝干在那里苦撑。但是，我知道，我仿佛看到荷花蜷曲在冰下淤泥里做着春天的梦；玉兰花则在枝头梦着"春意闹"。它们都在活着，只是暂时地休息，养精蓄锐，好在明年新世纪、新千年中开出更多更艳丽的花朵。

我自己当然也在活着。可是我活得太久了，活得太累了。歌德暮年在一首著名的小诗中想到休息。我也真想休息一下了。但是，这是绝对不可能的。我就像鲁迅笔下的那一位"过客"那样，我的任务就是向前走，向前走。前方是什么地方呢？老翁看到的是坟墓，小女孩看到的是野百合花。我写《八十述怀》时，看到的是野百合花多于坟墓，今天则倒了一个个儿，坟墓多而野百合花少了。不管怎样，反正我是非走上前去不行的，不管是坟墓，还是野百合花，都不能阻挡我的步伐。冯友兰先生的"何止于米"，我已经越过了"米"的阶段，下一步就是"相期以茶"了。我觉得，我目前的选择只有眼前这一条路，这一条路并不遥远。等到我十年后再写《百岁述怀》的时候，那就离"茶"不远了。

2000 年 12 月 20 日

九十五岁初度

又碰到了一个生日。一副常见的对联的上联是："天增岁月人增寿。"我又增了一年寿。庄子说："万物方生方死。"从这个观点上来看，我又死了一年，向死亡接近了一年。

不管怎么说，从表面上来看，我反正是增长了一岁，今年算是九十五岁了。

在增寿的过程中，自己在领悟、理解等方面有没有进步呢？

仔细算，还是有的。去年还有一点叹时光之流逝的哀感，今年则完全没有了。这种哀感在人们中是最常见的。然而也是最愚蠢的。"人间正道是沧桑。"时光流逝，是万古不易之理。人类，以及一切生物，是毫无办法的。"夫天地者，万物之逆旅；光阴者，百代之过客。"对于这种现象，最好的办法是听之任之，用不着什么哀叹。

我现在集中精力考虑的一个问题是：如何避免"当时只道是寻常"的这种尴尬情况。"当时"是指过去的某一个时间。"现在"，过一些时候也会成为"当时"的。这样一来，我们就会永远有这样的哀叹。我认为，我们必须从事实上，也可以说是从理论上考察和理解这个问题。我想谈两个问题，第一个是如何生活？第二个是如何回忆生活？

先谈第一个问题。

一般人的生活，几乎普遍有一个现象，就是倥偬。用习惯的说法就是匆匆忙忙。五四运动以后，我在济南读到了俞平伯先生的一篇文章。文中引用了他夫人的话："从今以后，我们要仔仔细细过日子了。"言外之意就是嫌眼前日子过得不够仔细，也许就是日子过得太匆匆的意思。怎样才叫"仔仔细细"呢？俞先生夫妇都没有解释，至今还是个谜。我现在不揣冒昧，加以解释。所谓"仔仔细细"就是：多一些典雅，少一些粗暴；多一些温柔，少一些莽撞；总之，多一些人性，少一些兽性；如此而已。

至于如何回忆生活，首先必须指出：这是古今中外一个常见的现象。一个人，不管活得多长多短，一生中总难免有什么难以忘怀的事情。这倒不一定都是喜庆的事情，比如洞房花烛、金榜题名时之类，这固然使人终生难忘。反过来，像夜走麦城这样的事，如果关羽能够活下来，他也不会忘记的。

总之，我认为，回想一些俱往矣类的事情，总会有点好处。回想喜庆的事情，能使人增加生活的情趣，提高向前进的勇气。回忆倒霉的事情，能使人引以为鉴，不致再蹈覆辙。

现在，我在这里，必须谈一个无论如何也绕不过去的问题：死亡问题。我已经活了九十五年。无论如何也必须承认这是高龄。但是，在另一方面，它离死亡也不会太远了。

一谈到死亡，没有人不厌恶的。我虽然还不知道，死亡究竟是什么样子，我也并不喜欢它。

写到这里，我想加上一段非无意义的问话。对于寿命的态度，东西方是颇不相同的。中国人重寿，自古已然。汉瓦当文"延年益寿"，可见汉代的情况。人名"李龟年"之类，也表示了长寿的愿望。从长寿再进一步，就是长生不老。李义山诗："嫦娥应悔偷灵药，碧海青天夜夜心。"灵药当即不死之药。这也是一些人，包括几个所谓"英主"在内，所追求的境界。汉武帝就是一个狂热的长生不老的追求者。精明如唐人宗者，竟也为了追求长生不老而服食玉石散之类的矿物，结果是中毒而死。

上述情况，在西方是找不到的。没有哪一个西方的皇帝或国王会追求长生不老。他们认为，这是无稽之谈，不屑一顾。

我虽然是中国人，长期在中国传统文化熏陶下成长起来的；但是，在寿与长生不老的问题上，我却倾向西方的看法。中国民间传说中有不少长生不老的故事，这些东西侵入正规文学中，带来了不少的逸趣，但始终成不了正果。换句话说，就是，中国人并不看重这些东西。

中国人是讲求实际的民族。人一生中，实际的东西是不少的。其中最突出的一个东西就是死亡。人们都厌恶它，但是却无能为力。

上文中我已经涉及死亡问题，现在再谈一谈。一个九十五岁的老人，若不想到死亡，那才是天下之怪事。我认为，重要的事情，不是想到死亡，而是怎样理解死亡。世界上，包括人类在内，林林总总，生物无虑上千上万。生物的关键就在于生，死亡是生的对立面，是生的大敌。既然是大敌，为什么不铲除之而后快呢？铲除不了的。有生必有死，是人类进化的规律。是一切生物的规律，是谁也违背不了的。

对像死亡这样的谁也违背不了的灾难，最有用的办法是先承认它，不去同它对着干，然后整理自己的思想感情。我多年以来就有一个座右铭："纵浪大化中，不喜亦不惧。应尽便须尽，无复独多虑。"这是陶渊明的一首诗。"该死就去死，不必多嘀咕。"多么干脆利落！我目前的思想感情也还没有超过这个阶段。江文通《恨赋》最后一句话是："自古皆有死，莫不饮恨而吞声。"我相信，在我上面说的那些话的指引下，我一不饮恨，二不吞声。我只是顺其自然，随遇而安。

我也不信什么轮回转世。我不相信，人们肉体中还有一个灵魂。在人们的躯体还没有解体的时候灵魂起什么作用，自古以来，就没有人说得清楚。我想相信，也不可能。

对你目前的九十五岁高龄有什么想法？我既不高兴，也不厌恶。这本来是儿息中得来的东西，应以让它发挥作用。比如说，我一辈子舞笔弄墨，现在为什么不能利用我这一支笔杆子来鼓吹升平，增强和谐呢？现在我们的国家是政通人和、海晏河清，可以歌颂的东西真是太多太多了。歌颂这些美好的事物，九十五年是不够的。因此，我希望活下去。岂止于此，相期以茶。

2006 年 8 月 8 日

第二编　牛棚杂忆

祝词

这一本小书是用血换来的，
是和泪写成的。
我能够活着把它写出来，
是我毕生的最大幸福，
是我留给后代的最佳礼品。
愿它带着我的祝福
走向人间吧。
它带去的不是仇恨和报复，
而是一面镜子，
从中可以照见恶和善，丑和美。
照见绝望和希望。
它带去的是对我们伟大祖国和人民的
一片赤诚。

自序

《牛棚杂忆》写于1992年，为什么时隔六年，到了现在1998年才拿出来出版，这有点违反了写书的常规。读者会怀疑，其中必有个说法。

读者的怀疑是对的，其中确有一个说法，而这个说法并不神秘，它仅仅出于个人的"以小人之心度君子之腹"的一点私心而已。我本来已经被"革命小将"——其实并不一定都小——在身上踏上了一千只脚，永世不得翻身了。可否极泰来，人间正道，"浩劫"一过，我不但翻身起来，而且飞黄腾达，"官"运亨通，颇让一些痛打过我、折磨过我的小将们胆战心惊。如果我真想报复的话，我会有一千种手段，得心应手，不费吹灰之力，就能够进行报复的。

可是我并没有这样做，我对任何人都没有打击，报复，穿小鞋，耍大棒。难道我是一个了不起的宽容大度的正人君子吗？否，否，绝不是的。我有爱，有恨，会妒忌，想报复，我的宽容

26

心肠不比任何人高。可是，一动报复之念，我立即想到，在当时那种情况下，那种气氛中，每个人，不管他是哪一个山头，哪一个派别，都像喝了迷魂汤一样，异化为非人。现在人们有时候骂人为"畜生"，我觉得这是对畜生的污蔑。畜生吃人，因为它饿。它不会说谎，不会耍刁，绝不会先讲上一大篇必须吃人的道理，旁征博引，洋洋洒洒，然后才张嘴吃人。而人则不然。我这里所谓"非人"，绝不是指畜生，只称他为"非人"而已，我自己在被打得"一佛出世，二佛升天"的时候还虔信"文化大革命"的正确性，我焉敢苛求于别人呢？打人者和被打者，同是被害者，只是所处的地位不同而已。就由于这些想法，我才没有进行报复。

但是，这只是冠冕堂皇的一面，这还不是一切，还有我私心的一面。

了解"十年浩劫"的人们都知道，当年打派仗的时候，所有的学校、机关、工厂、企业，甚至某一些部队，都分成了对立的两派，每一派都是"唯我独左""唯我独尊"。现在看起来两派都搞打、砸、抢，甚至杀人、放火，都是一丘之貉，谁也不比谁强。现在再来讨论或者辩论谁是谁非，实在毫无意义。可是在当时，有一种叫作"派性"的东西，摸不着，看不见，既无根据，又无理由，却是阴狠、毒辣，一点理性也没有。谁要是中了它，就像是中了邪一样，一个原来是亲爱和睦好端端的家庭，如果不幸而分属两派，则夫妇离婚者有之，父子反目者有之，至少也是"兄弟阋于墙"，天天在家里吵架。我读书七八十年，在古今外的书中还从未发现过这种心理状况，实在很值得社会学家和心理学家认真探究。

我自己也并非例外。我的派性也并非不严重。但是，我自己认为，我的派性来之不易，是拼着性命换来的。运动一开始，作为一系之主，我是没有资格同"革命群众"一起参加闹革命的。"革命无罪，造反有理"，这呼声响彻神州大地，与我却无任何正面的关系，最初我是处在"革命"和"造反"的对象的地位上的。但是，解放前，我最厌恶政治，同国民党没有任何粘连。大罪名加不到我头上来。被打成"走资派"和"资产阶级反动学术权威"，是应有之义，不可避免的。这两阵狂风一过，我又恢复了原形，成了自由民，可以混迹于"革命群众"之中了。

　　如果我安分守己、老老实实的话，我本可以成为一个逍遥自在的逍遥派，痛痛快快地混上几年的。然而，幸乎？不幸乎？天老爷赋予了我一个犟劲，我敢于仗义执言。如果我身上还有点什么值得称扬的东西的话，那就是这一点犟劲。不管我身上有多少毛病，有这点犟劲，就颇值得自慰了，我这一生也就算是没有白生了。我在逍遥中，冷眼旁观，越看越觉得北大那一位炙手可热的"老佛爷"倒行逆施，执掌全校财政大权，对力量微弱的对立派疯狂镇压，甚至断水断电，纵容手下喽啰用长矛刺杀校外来的中学生，是可忍，孰不可忍！我并不真懂什么这路线、那路线，然而牛劲一发，拍案而起，毅然决然参加了"老佛爷"对立面的那一派"革命组织"。"老佛爷"的心狠手毒是有名的。我几乎把自己一条老命赔上。详情书中都有叙述，我在这里就不再啰唆了。

　　不加入一派则已，一旦加入，则派性就如大毒蛇，把我缠得紧紧的，说话行事都失去了理性。"十年浩劫"一过，天日重明；但是，人们心中的派性仍然留下了或浓或淡的痕迹，稍不留意，就会显露出来。同我一起工作的同事一多半是"十年浩劫"中的对立面，批斗过我，诬蔑过我，审讯过我，踢打过我。他们中的许多人好像有点愧悔之意。我认为，这些人都是好同志，同我一样，一时糊涂油蒙了心，干出了一些不太合乎理性的勾当。世界上没有不犯错误的人，这是大家都承认的一个真理。如果让这些本来是好人的人知道了，我抽屉里面藏着一部《牛棚杂忆》，他们一定会认为我是秋后算账派，私立黑账，准备日后打击报复。我的书中虽然没有写出名字——我是有意这样做的——但是，当事人一看就知道是谁，对号入座，易如反掌。怀着这样惴惴不安的心理，我们怎么能同桌共事呢？为了避免这种尴尬局面，所以我才虽把书写出却秘而不宣。

那么，你为什么不干脆不写这样一部书呢？这话问得对，问得正中要害。

实际上，我最初确实没有写这样一部书的打算。否则，"十年浩劫"正式结束于1976年，我的书十六年以后到了1992年才写，中间隔了这样许多年，所为何来？这十六年是我反思、观察、困惑、期待的期间。我痛恨自己在政治上形同一条蠢驴，对所谓"无产阶级文化大革命"这一场残暴、混乱、使我们伟大的中华民族蒙羞忍耻、把我们国家的经济推向绝境、空前、绝后——这是我的希望——至今还没人能给一个全面合理的解释的悲剧，有不少人早就认识了它的实质，我却是在"四人帮"垮台以后脑筋才开了窍。我实在感到羞耻。

我的脑筋一旦开了窍，我就感到当事人处理这一场灾难的方式有问题。粗一点比细一点好，此话未必毫无道理。但是，我认为，我们粗过了头。我在上面已经说到，绝大多数的人都是受蒙蔽的。就算是受蒙蔽吧，也应该在这个千载难遇的机会中受到足够的教训，提高自己的水平，免得以后再重蹈覆辙。这样的机会恐怕以后再难碰到了，何况在那些打砸抢分子中，确有一些禽兽不如的坏人。这些坏人比好人有本领，"文化大革命"中有一个常用的词儿：变色龙，这一批坏人就正是变色龙。他们一看风头不对，立即改变颜色。有的伪装成正人君子，有的变为某将军、某领导的东床快婿，在这一张大伞下躲避了起来。有的鼓其如簧之舌，施展出纵横捭阖的伎俩，暂时韬晦，窥探时机，有朝一日风雷动，他们又成了人上人。此等人野心大，点子多，深通厚黑之学，擅长拍马之术。他们实际上是我们社会主义社会潜在的癌细胞，迟早必将扩张的。我们当时放了这些人，实在是埋藏了后患。我甚至怀疑，今天我们的国家和社会，总起来看，是安定团结的，大有希望的。但是社会上道德水平有问题，许多地方的政府中风气不正，有不少人素质不高，若仔细追踪其根源，恐怕同"十年浩劫"的余毒有关，同上面提到的这些人有关。

上面是我反思和观察的结果，是我困惑不解的原因。可我又期待什么呢？

我期待着有人会把自己亲身受的灾难写了出来。一些元帅、许多老将军，出生入死，戎马半生，可以说是为人民立了功。一些国家领导人，也是一生革命，是人民的"功臣"。绝大部分的高级知识分子、著名作家和演员，大都是勤奋工作，赤诚护党。所有这一些好人，都被莫名其妙地泼了一身污水，罗织罪名，无限上纲，必欲置之死地而后快。真不知是何居心。中国古来有

"飞鸟尽，良弓藏；狡兔死，走狗烹"的说法。但干这种事情的是封建帝王，我们却是堂堂正正的社会主义国家。所作所为之残暴无情，连封建帝王也会为之自惭形秽的。而且涉及面之广，前无古人。受害者心里难道会没有愤懑吗？为什么不抒一抒呢？我日日盼，月月盼，年年盼；然而到头来却是失望，没有人肯动笔写一写，或者口述让别人写。我心里十分不解，万分担忧。这场空前的灾难，若不留下点记述，则我们的子孙将不会从中吸取应有的教训，将来气候一旦适合，还会有人发疯，干出同样残暴的蠢事。这是多么可怕的事情啊！今天的青年人，你若同他们谈"十年浩劫"的灾难，他们往往吃惊地又疑惑地瞪大了眼睛，样子是不相信，天底下竟能有这样匪夷所思的事情。他们大概认为我在说谎，我在谈海上蓬莱三山，"山在虚无缥缈间"。虽然有一段时间流行过一阵所谓"伤痕"文学，然而，根据我的看法，那不过是碰伤了一块皮肤，只要用红药水一擦，就万事大吉了。真正的伤痕还深深埋在许多人的心中，没有表露出来。我期待着当事人有朝一日会表露出来。

　　此外，我还有一个十分不切实际的期待。上面的期待是对在"浩劫"中遭受痛苦折磨的人们而说的。折磨人甚至把人折磨至死的当时的"造反派"实际上是打砸抢分子的人，为什么不能够把自己折磨人的心理状态和折磨过程也站出来表露一下写成一篇文章或一本书呢？这一类人现在已经四五十岁了，有的官居要津。即使别人不找他们算账，他们自己如果还有点良心、有点理智的话，在灯红酒绿之余，清夜扪心自问，你能够睡得安稳吗？如果这一类人——据估算，人数是不老少的——也写点什么东西的话，拿来与被折磨者和被迫害者写的东西对照一读，对我们人民的教育意义，特别是我们后世子孙的教育意义，会是极大极大的，我并不要求他们检讨和忏悔，这些都不是本质的东西，我只期待他们秉笔直书。这样做，他们可以说是为我们民族立了大功，只会得到褒扬，不会受到谴责，这一点我是敢肯定的。

就这样，我怀着对两方面的期待，盼星星，盼月亮，一盼盼了十二年。东方太阳出来了，然而我的期待却落了空。

可是，时间已经到了1992年。许多当年被迫害的人已经如深秋的树叶，渐趋凋零，因为这一批人年纪老得多，宇宙间生生死死的规律是无法抗御的。而我自己也已垂垂老矣。古人说："俟河之清，人寿几何。"在我的两个期待中，其中一个我无能为力，而对另一个，也就是对被迫害者的那一个，我却是大有可为的。我自己就是一个被害者嘛。我为什么竟傻到守株待兔专期待别人行动而自己却不肯动手呢？期待人不如期待自己，还是让我自己来吧。这就是《牛棚杂忆》的产生经过。我写文章从来不说谎话，我现在把事情的原委和盘托出，希望对读者会有点帮助。但是，我虽然自己已经实现了一个期待，对别人的那两个期待，我还并没有放弃。在期待的心情下，我写了这一篇序，期望我的期待能够实现。

1998年3月9日

缘起

"牛棚"这个词儿，大家一听就知道是什么意思。但是，它是否就是法定名称，却谁也说不清楚。我们现在一切讲"法治"。讲"法治"，必先正名。但是"牛棚"的名怎么正呢？牛棚的创建本身就是同"法""对着干的"。现在想用"法"来正名，岂不是南辕而北辙吗？

在北大，"牛棚"这个词儿并不流行。我们这里的"官方"叫作"劳改大院"，有时通俗化称之为"黑帮大院"，含义完全是一样的。但是后者更生动、更具体，因而在老百姓嘴里就流行了起来。顾名思义，"黑帮"不是"白帮"。他们是专在暗中干"坏事"的，是同"革命司令部"唱反调的。这一帮家伙被关押的地方就叫作"黑帮大院"。

"童子何知，躬逢胜饯！"我三生有幸，也住进了大院——从语言学上来讲，这里的"住"字应该作被动式——而且一住就是八九个月。要说里面很舒服，那不是事实。但是，像"十年浩劫"这样的现象，在人类历史上绝对是空前的——我但愿它也绝后——"人生不满百"，我居然躬与其盛，这真是千载难逢的机会，我不得不感谢苍天，特别对我垂青、加佑，以至于感激涕零了。不然的话，想找这样的机会，真比骆驼穿过针眼还要难。我不但赶上这个时机，而且能住进大院。试想，现在还会有人为我建院，派人日夜守护，使我得到绝对的安全吗？

我也算是一个研究佛教的人。我既研究佛教的历史，也搞点佛教的义理。但是最使我感兴趣的却不是这些堂而皇之的佛教理论，而是不登大雅之堂的一些迷信玩意儿，特别是对地狱的描绘。这在正经的佛典中可以找到，在老百姓的口头传说中更是说得活灵活现。这是中印两国老百姓集中了他们从官儿们那里受到的折磨与酷刑，经过提炼，"去粗取精，去伪存真"然后形成的，是人类幻想不可多得的杰作。谁听了地狱的故事不感到毛骨悚然、毛发直竖呢？

我曾有志于研究比较地狱学久矣。积几十载寒暑探讨的经验，深知西方地狱实在有点太简单、太幼稚、太单调、太没有水平。不信你去读一读但丁的《神曲》。那里有对地狱的描绘。但丁的诗句如黄钟大吕，但是诗句所描绘的地狱，却实在不敢恭维，一点想象力都没有，过于简单，过于表面。读了只能让人觉得好笑。回观印度的地狱则真正是博大精深。再加上中国人的扩大与渲染，地狱简直如七宝楼台，令人目眩神驰。读过中国《玉历至宝钞》一类描写地狱的书籍的人，看到里面的刀山火海、油锅大锯，再配上一个牛头、一个马面，角色齐全，道具无缺，谁能不五体投地地钦佩呢？东方文明超过西方文明；东方人民的智慧超过西方人民的智慧，于斯可见。

我非常佩服老百姓的幻想力，非常欣赏他们对地狱的描绘。我原以为这些幻想力和这些描绘已经是至矣尽矣，蔑以复加矣。然而，我在牛棚里待过以后，才恍然大悟，"革命小将"在东胜神州大地上，在光天化日之下建造起来的牛棚，以及对牛棚的管理措施，还有在牛棚里制造的恐怖气氛，同佛教的地狱比较起来，远远超过印度的原版。西方的地狱更是瞠乎后矣，有如小巫见大巫了。

我怀疑，造牛棚的"小将"中有跟我学习佛教的学生。我怀疑，他们不但学习了佛教史和佛教教义，也学习了地狱学。而且理论联系实际，他们在建造北大的"黑帮大院"时，由远及近，由里及表，加以应用，一时成为全国各大学学习的样板。他们真正是青出于蓝而胜于蓝。仅此一点，就足以证明，我在北大四十年的教学活动，没有白费力量。我虽然自己被请入瓮中，但衷心欣慰，不能自已了。

尤有进者，这一群"革命小将"还充分发挥了创新能力。在这个牛棚里确实没有刀山、油锅、牛头、马面等等。可是，在没有这样的必需的道具下而能制造出远远超过佛教地狱的恐怖气氛，谁还能吝惜自己的赞赏呢？在旧地狱里，牛头马面不过根据阎罗王的命令把罪犯用钢叉叉入油锅、叉上刀山而已。这最多只能折磨犯人的肉体，绝没有"触及灵魂"的措施，绝没有"斗私批修""狠斗活思想"等等的办法。我们北大的"革命小将"，却在他们的"老佛爷"的领导下在大院中开展了背语录的活动。这是崭新的创造，从来也没有听说牛头马面会让犯人背诵什么佛典，什么"揭谛，揭谛，波罗揭谛"，背错一个字，立即一记耳光。在每天晚上的训话，也是旧地狱中绝不会有的。每当夜幕降临，犯人们列队候训。恶狠狠的训斥声，清脆的耳光声，互相应答，融入夜空。院外小土山上，在薄暗中，人影晃动。我低头斜眼一瞥，知道是"自由人"在欣赏院内这难得的景观，宛如英国白金汉宫前面广场上欣赏御林军换岗的盛况。此时我的心情实在不足为外人道也。

简短截说，牛棚中有很多新的创造发明。里面的生活既丰富多彩，又阴森刺骨。我们住在里面的人，日日夜夜，分分秒秒，都让神经紧张到最高限度，让五官的本能发挥到最高限度，处处有荆棘坑坎，时时有横祸飞来。这种生活，对我来说，是绝对空前的。对门外人来说，是无法想象。当时在全国进入牛棚的人虽然没有确切统计，但一定是成千累万。可是同全国人口一比，仍然相形见绌，只不过是小数一端而已。换句话说，能进入牛棚并不容易，是一个非常难得的机会。人们不是常常号召作家在创作之前要深入生活吗？但是有哪一个作家心甘情愿地到"黑帮大院"里来呢？成为"黑帮"一员，也并不容易，需要具备的条件还是非常苛刻的。

我是有幸进入牛棚的少数人之一，几乎把老命搭上才取得了一些难得的经验。我认为，这些经验实在应该写出来的。我自己虽非作家，却也有一些舞笔弄墨的经验。自己要写，非不可能。但是，我实在不愿意再回忆那一段生活，一回忆一直到今天我还是不寒而栗，不去回忆也罢。我有一个渺渺茫茫的希望，希望有哪一位蹲过牛棚的作家，提起如椽大笔，把自己不堪回首的经历，淋漓尽致地写了出来，一定会开阔全国全世界读者的眼界，为人民立一大功。

可是我盼星星，盼月亮，盼着东天出太阳，一直盼到今天，虽然读到了个别人写的文章或书，总还觉得很不过瘾，我想要看到的东西始终没有出现。蹲过牛棚、有这种经验而又能提笔写的人无虑百千，为什么竟都沉默不语呢？这样下去，等这一批人一个个遵照自然规律离开这个世界的时候，那些极可宝贵的、转瞬即逝的经验，也将会随之而消泯得无影无踪。对人类全体来说，这是一个莫大的损失。对有这种经验而没有写出来的人来说，这是犯了一个极大的错误。最可怕的是，我逐渐发现，"十年浩劫"过去还不到二十年，人们已经快要把它完全遗忘了。我同今天的青年，甚至某一些中年人谈起这一场灾难来，他们往往瞪大了眼睛，满脸疑云，表示出不理解的样子。从他们的眼神中可以看出来，他们的脑袋里装满了疑问号。他们怀疑，我是在讲"天方夜谭"，我是故意夸大其词。他们怀疑，我别有用心。他们不好意思当面驳斥我；但是他们的眼神却流露出："天下哪里可能有这样的事情呢？"我感到非常悲哀、孤独与恐惧。

我感到悲哀，是因为我九死一生经历了这一场巨变，到头来竟然得不到一点了解、得不到一点同情，我并不要别人会全面理解、整体同情。事实上我对他们讲的只不过是零零碎碎、片片段段。有一些细节我甚至对家人好友都没有讲过，至今还闷在我的心中。然而，我主观认为，就是那些片段就足以唤起别人的同情了，结果却是适得其反。于是我悲哀。

我孤独，是因为我感到，自己已届耄耋之年，在茫茫大地上，我一个人踽踽独行，前不见古人，后不见来者。年老的像三秋的树叶，逐渐飘零；年轻的对我来说像日本人所说的"新人类"那样互不理解。难道我就怀着这些秘密离开这个世界吗？于是我孤独。

我恐惧，是因为我怕这些千载难得的经验一旦泯灭，以千万人遭受难言的苦难为代价而换来的经验教训就难以发挥它的"社会效益"了。想再获得这样的教训恐怕是难之又难了。于是我恐惧。

在悲哀、孤独、恐惧之余，我还有一个牢固的信念。如果把这一场灾难的经过如实地写了出来，它将成为我们这个伟大民族的一面镜子。常在这一面镜子里照一照，会有无限的好处的。它会告诉我们，什么事情应当干，什么事情又不应当干，绝没有任何坏处。

就这样，在反反复复考虑之后，我下定决心，自己来写。我在这里先郑重声明：我绝不说半句谎言，绝不添油加醋。我的经历是什么样子，我就写成什么样子。增之一分则太多，减之一分则太少。不管别人说什么，我都坦然处之，"只等秋风过耳边"。谎言取宠是一个品质问题，非我所能为，亦非我所愿为。我对自己的记忆力还是有信心的。经过了所谓"文化大革命"炼狱的洗礼，"曾经沧海难为水"，我现在什么都不怕。如果有人读了我写的东西感到不舒服，感到好像是揭了自己的疮疤；如果有人想对号入座，那我在这里先说上一声：悉听尊便。尽管我不一定能写出什么好文章，但是这文章是用血和泪换来的，我写的不是小说。这一点想能得到读者的谅解与同情。

以上算是缘起。

从社教运动谈起

六十年代前半，在全国范围内又掀起了一场惊心动魄的叫作"社会主义教育运动"的运动。北大又大大地折腾了一番。规律仍然是：这场运动你整我，下次运动我整你。混战了一阵，然后平静下来，又都奉命到农村去搞社会主义教育运动。

我于 1965 年秋天，开完了"国际饭店会议"以后，奉命到了京郊南口村，担任这个村的社教队的副队长，分工管整党工作。这是一个小小的山村。在铁道修建以前，是国内外的交通要道。据当地的老百姓告诉我，当年这里十分繁华，大街上店铺林立，每天晚上卧在大街上的骆驼多达几百头，酒馆里面划拳行令之声通宵达旦。铁路一修，情况立变。现在已是今非昔比。全村到处可见断壁颓垣，一片荒凉寂寞，当年盛况只残留在老年人的记忆中了。

村里社教运动进行的情况，我不想在这里谈。我只谈与"文化大革命"有关的一些情况。这一场"史无前例的"所谓"革命"，来头是很大很大的。这是尽人皆知的事实，用不着我再去细说。它实际上是在1965年冬天开始的，正是我在南口村的时候。这时候，姚文元写了一篇文章：《评新编历史剧〈海瑞罢官〉》，点起了"革命"的烽火。这一篇文章鼓其如簧之舌，歪曲事实，满篇邪理。它据说也是颇有来头的。姚文元不过是拿着鸡毛当令箭出台献艺的小丑而已。我读到这篇文章就是在南口村。我脑袋里一向缺少政治细胞，虽然解放后几乎天天学习政治，怎奈我天生愚钝，时时刻刻讲阶级斗争，然而我却偏偏忽略阶级斗争。我从文章中一点也没有体会出阶级斗争的味道，我一点也没有感觉出这就是"山雨欲来风满楼"，这就是大风暴将要来临的信号。我只把它当作一篇平常的文章来看待。兼之我又有肚子里藏不住话的缺点（优点？）。看完了以后，我就信口开河，大发议论，毫无顾忌。我到处扬言：我根本看不出《海瑞罢官》会同彭德怀有什么瓜葛。我还说，"三家村"里的三位村长我都认识，有的还可以说是朋友。我同吴晗三十年代初在清华是同学。1946年，我回到北平以后，还曾应他的邀请到清华向学生做过一次报告，在他家里住过一宿。如此等等，说个没完。我哪里知道，说者无心，听者有意。同我一起来南口村搞社教运动的有我的一位高足，出身贫农兼烈属，平常对我毕恭毕敬，我内定他为我的"接班人"。就是这一个我的"心腹"，把我说的话都记在心中，等待秋后算账，脸上依然是笑眯眯的。后来，到了"文化大革命"中，我自己跳出来反对北大那一位臭名远扬的"老佛爷"，被关进牛棚。我的这一位高足看到时机已到，正好落井下石，图得自己捞上一顶小小的乌纱帽，把此时记住的我说的话，竹筒倒豆子，再加上一点歪曲，倾盆倒到了我的头上，把我"打"成了"三家村的小伙计"！我顺便说一句，这一位有一百个理由能成为无产阶级接班人的贫农兼烈属的子弟，已经溜到欧洲一个小国当洋奴去了。时间是毫不留情的，它真使人在自己制造的镜子里照见自己的真相！

闲言少叙，书归正传。我仍然读姚文元的文章。姚文元在这篇文章中使用的深文周纳的逻辑，捕风捉影莫须有的推理，给以后在整个"文化大革命"中给人罗织罪名，树立了一个极坏的样板。这一套荒谬绝伦的东西是否就是姚文元个人的发明创造，我看未必。他可能也是从来头很大的人那里剽窃来的。无论如何，这一种歪风影响之恶劣，流毒之深远，实在是罄竹难"数"。它把青年一代的逻辑思维完全搞混乱了。流风所及，至今未息。

还有一件小事，我必须在这里讲一讲。我们在南口村的社教工作队，不是来自一个单位。除了北大以外，还有人来自中央广播电台，来自警察总队等单位。根据上面的规定，我们一律便衣，不对人讲自己的单位，内部情况只有我们自己明白。我们这一伙来自四面八方的杂牌军队，尽管过去并不认识，但是萍水相逢，大家都能够团结协作，感情异常融洽。公安总队来了一位姓陈的同志，他是老公安，年纪还不大，但已有十年的党龄。他有丰富的公安经验，人也非常随和。我们相处得非常好，几乎是无话不谈。但是，有一件小事却引起了我的注意：他收到无论什么信，看完之后，总是以火焚之。这同我的习惯正相反。我有一个好坏难明的习惯：我不但保留了所有的来信，而且连一张小小的收条等等微末不足道的东西，都精心保留起来。我这个习惯的心理基础是什么呢？我说不清楚，从来也没有去研究过。看了陈的行径，我自然大惑不解。特别是过旧历年的时候，公安总队给他寄来了一张铅印的贺年卡片。这本是官样文章，没有什么重要意义。但是陈连这样一张贺年卡片也不放过，而且一定要用火烧掉，不是撕掉。我实在沉不住气了，便开始了这样的谈话：

"你为什么要烧掉呢？"

"不留痕迹。"

"撕掉丢在茅坑里不就行了吗？"

"不行！仍然可能留下痕迹。"

"你过分小心了。"

"不是，干我们这一行的深知其中的利害。一个人说不定什么时候就会碰到点子上。一碰上，你就吃不了的兜着走。"

我大吃一惊，这真是闻所未闻。我自己心里估量：我也会碰到点子上的。我身上毛病不少，小辫子也有的是。有人来抓，并不困难。但是，我自信，我从不反党，从不反社会主义；我也没有加入任何反动组织，"反革命"这一顶帽子无论如何也是扣不到我头上来的。心里乐滋滋的，没有再想下去。岂知陈的话真是经验之谈，是从无数事实中提炼出来的真理。过了没有多久，我自己一跳出来反对北大那一位"老佛爷"，就被扣上了"反革命"的帽子。我曾胡诌了两句诗："廿年一觉燕园梦，赢得反党反社名。"这是后话，这里就先不谈了。

1966 年 6 月 4 日

　　南口村虽然是一个僻远的山村，风景秀丽，居民和善，但是也绝非世外桃源。我们来这里是搞阶级斗争的。虽然极"左"的那一套年年讲、月月讲、念念不忘阶级斗争，我并不同意。但是，南口村，正如别的地方一样，绝不是没有问题的，搞一点"阶级斗争"看来也是必要的。我们哪里想到，在我们在这里搞阶级斗争的同时，全国范围内已经涌起了一场阶级斗争的狂风暴雨。这一场风暴的中心是北京，而北京的中心是北京大学。

　　这一点我们最初是不知道的。我们僻处京郊，埋头社教，对世事距离好像比较远，对大自然好像是更为接近。1966年的春天，同过去任何一个春天一样，姗姗来迟。山村春来迟，是正常的现象。但是，桃花、杏花、梨花都终于陆续绽开了菁葵，一片粉红雪白，相映成趣，春意盎然了。我们的活动，从表面上来看，一切照常，一切平静。然而从报纸上来的消息，从外面传进来的消息，知道一场大的运动正逼近我们。北京大学一向是政治运动的得风气之先的地方。此时我们虽然不在学校，情形不十分清楚，但是那里正像暴风骤雨前浓云密布那样，也正在酝酿着什么，我们心里是有底的。只不过是因为身居郊外，暂时还能得到一点宁静而已。

5 月来临，外面的风声越来越紧。中央接二连三地发出一些文件，什么"五一六通知"之类。事情本来已经十分清楚；但是，我上面已经说到，我脑袋里最缺少政治细胞，缺少阶级斗争那一根弦。我仍然我行我素，在南口村和煦的阳光中，在繁花似锦的环境里，懵然成为井中之蛙，从来没有把这一场暴风雨同自己的命运联系起来。

此时城里的燕园恐怕完全是另一番景象。从城里回来的人中得知学校里已经开了锅。两派（或者说不清多少派）之间争辩不休，开始出现了打人的现象。据说中央派某某大员到北大去，连夜召开大会，想刹住这一股不讲法制、胡作非为的歪风。听说，在短时间内起了一些作用。但是，过了没有几天，到了 5 月 25 日，那位"老佛爷"纠集了哲学系的几个人，贴出了一张大字报："宋硕、陆平、彭珮云要干什么？"立即引起了两派人的辩论，有的人赞成，有的人反对。听说在大饭厅附近，争辩的人围成了圈子，高声嚷嚷，通宵达旦。不知道有多少圈子，也说不清有多少人参加。好像是一块巨石击破了北大这块水中天，这里乱了套了。

这一张大字报的详细内容，我们不清楚。但是，我们立刻就感觉到，这是校内社教运动的继续和发展。在我上面提到的所谓"国际饭店会议"上，反陆平的一派打了一个败仗，挨了点整。

按照我们最近多少年来的运动规律，这一次是被整者又崛起，准备整别人了。

到了6月1日，忽然听到中央广播电台播出了那一张大字报，还附上了什么人的赞美之词，说这是一张什么"马列主义大字报"。我没有时间，也没有水平去推敲研究：为什么一张大字报竟会是"马列主义"的？一直到今天，我仍然没能进化到能理解其中的奥义。反正马列主义就是马列主义，这好像钉子钉在案板上，铁定无疑了。我们南口村的人当然也议论这一张大字报；可是并没有形成了壁垒森严的两派，只不过泛泛一谈而已。此时校园内的消息不断地陆陆续续地传了过来，对我们的心情似乎没有产生多大干扰，我们实在是不了解真实情况，身处山中，好像听到从远处传来的轻雷，不见雨点，与己无干，仍然"社教"不已，心中还颇有一点怡然自得的情趣。

北大东语系在南口村参加社教的师生有七八人之多，其中有总支书记，有系主任，那就是我。按照上面的规定，我们都是被整的对象，因为我们都是"当权派"。所有的当权派，除了最高层的少数几个天之骄子以外，几乎都是走资本主义道路的（神秘莫测的中国语言把它缩简为"走资派"）。在南口村，东语系的走资派和一般教员和学生，相处得非常融洽。因此，我们这两位走资派"难得糊涂"，宛如睡在甜甜蜜蜜的梦中，一点也没有意识到，自己正走在悬崖边上，下临无地，只等有人从背后一推，立即能堕入深涧。而个别推我们的人此时正毕恭毕敬地围绕在我们身边，摇着秀美的小尾巴，活像一只哈巴狗。

没有想到——其实，如果我们政治嗅觉灵敏的话，是应该想到的——6月4日，我们忽然接到学校里不知什么人的命令：立即返校，参加革命。我们带的东西本来不多，一无书籍，二无细软，几床被褥，一个脸盆，顺手一卷，立即成行，挤上了学校派来的大汽车。住了七八个月的南口村，现在要拜拜了。"客树回看成故乡"，要说一点留恋都没有，那不是实情。心头也确实漾起了一缕离情别绪。但是，此时有点兵荒马乱的味道，顾不得细细咀嚼了。别人心里想什么，我不清楚。我们那一位总支书记，政治细胞比我多，阶级斗争的经验比我丰富。他沉默不语，也许有点什么预感。但是此时谁也不知道自己的前途是什么样了。我虽然心里也有点没底儿，有点嘀咕，我也没有时间考虑太多太多。以前从南口村请假回家时，心里总是兴高采烈的；但是这一次回家，却好像是走向一个 terra incognita（未知的土地）了。

一个多小时以后，我们到了燕园。我原来下意识地期望，会有东语系的教员和学生来迎接我们，热烈地握手，深情地寒暄，我们毕竟还是总支书记和系主任，还没有什么人罢我们的官嘛。然而，一进校门，我就大吃一惊：这哪里还是我们前不久才离开的燕园呀！这简直是一个大庙会。校内林荫大道上，横七竖八，停满了大小汽车。自行车更是多如过江之鲫。房前树下，角角落落，只要有点空隙，就要挤满了自行车。真是洋洋大观，宛如自行车的海洋。至于校内的人和外面来的人，更是不计其数。万头攒动，人声鼎沸。以大饭厅为中心，人们成队成团，拥拥挤挤，真好像是针插不进、水泼不入。我们的车一进校门，就寸步难行。我们只好下车步行，好像是几点水珠汇入大海的波涛中，连一点水花都泛不起来了。什么迎接，什么握手，什么寒暄，简直都是想入非非，都到爪哇国去了。

据说从6月1日起，天天如此。到北大来朝拜"第一张马列主义大字报"的人，像潮水般涌进燕园。在"马列主义"信徒们眼中，北大是极其神圣、极其令人向往的圣地，超过了麦加，超过了耶路撒冷，超过了西天灵鹫峰雷音寺。一次朝拜，可以涤除身体上和灵魂中的一切污浊、一切罪孽。来的人每天有七八万、十几万甚至几十万。先是附近学校里的人来，然后是远一点的学校里的人来，最后是外地许多大学里的人，不远千里，不远万里，风尘仆仆地赶了来。本地的市民当然是当仁不让，也挤了进来凑热闹，夹在里面起哄。这比逛天桥要开心多了。除了人以外，墙上、地上、树上，还布满了大小字报，内容是一边倒，都是拥护"第一张马列主义大字报"的。人的海洋，大字报的海洋，五光十色，喧声直上九天。

我在目瞪口呆之余，也挤进了人群。虽然没有迎接，没有欢迎，但也没有怒斥，没有批斗，没有拳打，没有脚踢。我以一个自由人的身份，混入人海中，暂且逍遥一番。同回来的那一位总支书记，处境却不美妙。一下车，他就被"革命小将""接"走，或者"劫"走。接到不知道什么地方去了。他是钦定的"走资派"，"罪有应得"。从此以后，在长达几年的时间内，我就没有再见到他。我在外文楼外的大墙上，看到了一大批给他贴的大字报，称他为"牧羊书记"，极尽诬蔑、造谣、无中生有、人身攻击之能事。说他是"陆平的黑班底""保皇派""走资本主义道路的骁将、急先锋"。陆平的日子当然更为难过。他是"马列主义大字报"上点了名的人，是祸首罪魁，是钦犯。他的详细情况，我不清楚。我只知道，他被"革命"群众揪了出来，日夜不停地批斗，每天能斗上四十八小时。批斗的场所一般就在他住的地方。他被簇拥着站在短墙头上，下面群众高呼口号，高声谩骂。主持批斗的人罗织罪名，信口开河。此时群情"激昂"，"义愤"填膺。对陆平的批斗一时成为北大最吸引人的景观。不管什么人，只要到北大来，必然来参观一番。而且每个人都有权把陆平从屋子里揪出来批斗，好像旧日戏园子里点名角的戏一样。

我自己怎样呢？我虽然已经意识到，自己是泥菩萨过江，自身难保，但是还没有人来"揪"我，我还能住在家里，我还有行动自由。有人给我贴了大字报，这是应有之义，毫不足怪。幸而大字报也还不多。有一天，我到东语系学生住的四十楼去看大字报。有一张是给我贴的，内容是批判我的一篇相当流行的散文：《春满燕园》。在贴大字报的"小将"们心中，春天就是象征资本主义；歌颂春天，就是歌颂资本主义。我当时实在是大惑不解：为什么古今中外的人士无不欢迎的象征生命昭苏的明媚的春天会单单是资本主义的象征呢？以后十几年中，我仍然不解，直到今天，这对我仍然是一团迷雾。我的木脑袋不开窍，看来今生无望了。我上面说到，姚文元的那一篇批判《海瑞罢官》的臭文，深文周纳，说了许多歪理。后来批判"三家村"的《燕山夜话》等著作，在原来的基础上又有了发展。看来这一套手法是有来头的，至少是经过什么人批准了的。后来流毒无穷，什么"利用小说反党"等等一系列的"理论"依次出笼，滔滔者天下皆是矣。我的政治水平，并不比别人高。但是，有一点我是清楚的：我文章里的春天同资本主义毫不相干。我是真心实意地歌颂祖国的春天的。因此，我看了那一张大字报，心里真是觉得憋气，不由自主地哼了一声。这一哼连半秒钟都没有用上，孰料这一哼竟像我在南口村谈姚文元的文章一样，被什么隐藏在我身后的人录了下来（当时还没有录音机，是用心眼录下来的）。到了后来，我一跳出来反对他们那一位"老佛爷"，就成了打向我的一颗重型炮弹。

反正我此时还是一个自由人，可以到处逍遥。这时的燕园比起 6 月 4 日来，其热闹程度又大大地增加了。那时候，许多边远省份的人，受到了千山万水的阻隔，没有能赶到北京来，朝拜北大这一块"圣地"，现在都赶来了。燕园在平常日子看上去还是比较辽阔的。但是，在这"八方风雨会燕园"的日子里，却显得极其窄狭，极其渺小。山边树丛，角角落落，到处都挤满了人。我这渺小的人，更像是大海中一滴水、太仓中一粒米了。

据我的观察，这一阶段，斗争的矛头是指向所谓"走资派"的。什么叫"走资派"呢？上至中央人民政府，下至一个小小的科室，只要有一个"头头"，他必然就是"走资派"。于是走资派无所不在，滔滔者天下皆是矣。我政治觉悟奇低，在当时一直到以后相当长的时间内，我总是虔心敬神、拥护"文化大革命"的。但是，每一个单位必有一个"走资派"，我却无论如何也不能理解。每一个大小头头都成了"走资派"，我们工作中的成绩是怎样来的呢？反正我这个道理没有地方可讲，没有人可讲。既然上头认为是这样，"革命小将"也认为是这样，那就只有这样了。革命不是请客吃饭嘛，我还有什么话可说呢？可怜我们虔诚地学习了十几年唯物论和辩证法，到头来成了泡影。唯物主义者应该讲实事求是。当前的所作所为，是哪一门的实事求是呢？我迷惑不解。

"革命小将"也绝不可轻视，他们有用之不竭的创造力。北大的"走资派"在脖子上被挂上了大木牌，上面写着这个"走资派"的名字。这个天才的发明就出自北大"小将"们之手。就像巴黎领导世界时装的新潮流一样，当时的北大确实是领导着全国"文化大革命"的新潮流。脖子上挂木牌这一个新生事物一经出现，立即传遍了全国，而且在某一些地方还有了新的发展。挂木牌的钢丝愈来愈细，木牌的面积则愈来愈大，分量愈来愈重。地心吸力把钢丝吸入"犯人"的肉中，以致鲜血直流。在这方面北大落后了，流血的场面我还没有看到过。但是"批斗"的场面我却看了不少。如果是在屋中，则"走资派"站在讲台上，低头挂牌。"革命"群众坐在椅子上。如果是在室外，则"走资派"站在椅子上、墙头上、石头上，反正是高一点的地方，以便示众，当然是要低头挂牌。我没有见到过批斗程序，但批斗程序看来还是有的。首先总是先念语录，然后大喊一声："把某某走资派押上来！"于是"走资派"就被两个或多个戴红袖章的青年学生把手臂扭到背后，按住脑袋，押上了审判台。此时群众口号震天，还连呼"什么万岁！"主要发言人走上前去发言进行批斗。发言历数被批斗者的罪状，几乎是百分之百的造谣诬蔑，最后一定要上纲上到惊人的高度：反党、反社会主义、反伟大领袖。反正他说什么都是真理，说什么都是法律。"革命"群众手中的"帽子"一大摞，愿意给"犯人"戴什么，就戴什么，还要问"犯人"承认不承认，稍一迟疑，立即拳打脚踢，必致"犯人"鼻青脸肿而后已。这种批斗起什么作用呢？我说不清。是想震慑"犯人"

吗？我说不清。参加或参观批斗的人，有的认真严肃，满脸正义；有的也嘻嘻哈哈。来自五湖四海的到北大来取经朝圣的人们，有的也乘机发泄一下迫害狂，结果皆大欢喜，"人民大众"开心之日果然来到了。这种"先进"的经验被取走，转瞬之间，流溢全国。至于后来流行的"坐喷气式"，当时还没有见到。这是谁的发明创造呢？没有人研究过，好像至今也还没有人站出来申请专利。

在北大东语系，此时的批斗对象，一个是我上面谈到的总支书记。帽子是现成的：走资派。一个是和我同行的老教授。帽子也是现成的：反动学术权威，另外还加上了一顶：历史反革命。给他们二人贴的大字报都很多，批斗也激烈而且野蛮。对总支书记的批斗我只见过一次，是在一个专门为贴大字报而搭起的席棚前面。席棚上贴的都是关于他的大字报，历数"罪状"，什么"牧羊书记"之类的人身攻击。他站在棚前，低头弯腰。我不记得他脖子上挂着木牌，只在胸前糊上了一张白纸，上面写着他的名字，上面用朱笔画一个叉。这是从司法部门学来的，也许是从旧小说中学来的。一个犯人被绑赴刑场砍头时，背上就抽有一个小木牌，写着犯人的名字，上面画着红叉。此时书记也享受了这种待遇。批斗当然是激烈的，口号也是响亮的。批斗仪式结束以后，给他背上贴上一张大字报，勒令："滚回家去！"大字报不许撕下来，否则就要罪上加罪。

对那位教授的首次批斗是在外文楼上大会议室中。楼道里从一层起直到二层，都贴满了大字报。还有不少幅漫画，画着这位教授手执钢刀，朱齿獠牙，点点鲜血从刀口上流了下来，想借此说明他杀人之多。一霎时，楼内血光闪闪，杀气腾腾。以这样的气氛对一个根本不准发言的老人进行所谓"批斗",其激烈程度概可想见了。结果是参加批斗的青年学生群情激昂,真话与假话并举,唾沫与骂声齐飞,空气中溢满了火药味。一只字纸篓扣到了老教授头上。不知道是哪一位"小将"把整瓶蓝墨水泼到了他的身上,他的衣服变成了斑驳陆离的美国军服。老先生就是在这样的情况下被勒令"滚蛋"走回家中去的。

到了 6 月 18 日,不知道是哪一位"天才"忽发奇想,要在这一天大规模地"斗鬼"。地址选在学生宿舍二十九楼东侧一个颇高的台阶上。这一天我没有敢去参观。因为我还是有一点自知之明的。我这样一座泥菩萨最好是少出头露面,把尾巴夹紧一点。我坐在家中,听到南边人声鼎沸、口号震天。后来听人说,截止到那时被揪出来的"鬼",要一一斗上一遍,扬人民之雄风,振革命之天声。每一个"鬼"被押上高台,人们喊上一阵口号,然后一脚把"鬼"踹下台去。"鬼"们被摔得晕头转向,从地上泥土中爬起来,一瘸一拐,逃回家去。连六七十岁的老教授和躺在床上的病人,只要被戴上"鬼"的"帽子",也毫无例外地被拖去批斗。他们无法走路,就用抬筐抬去,躺在斗"鬼"台上,挨上一顿臭骂,临了也是一脚踹下高台,再用抬筐抬回家去。听说那一夜,整个燕园里到处打人、到处骂人,称别人为"牛鬼蛇神"的真正的牛鬼蛇神疯狂肆虐、灭绝人性。

从此以后,每年到了 6 月 18 日,必然要斗"鬼"。我可万万没有想到,两年后的这一天,我也成了"鬼",被大斗而特斗。"躬与其盛,千载难遇。"此是外话,这里暂且不表了。

52

对号入座

　　暂时的逍遥，当然颇为惬意。但是我心里并不踏实。我清楚地意识到，我的头上也是应该戴上"帽子"的。我在东语系当了二十年的系主任，难道就能这样蒙混过关吗？

　　我苦思苦想：自己也应该对号入座。当时"帽子"满天飞，号也很多。我觉得有两顶"帽子"，两个号对我是现成的：一个是"走资派"，一个是"反动学术权威"。这两顶帽子对我都非常合适，不大不小，恰如其分。

　　什么叫"走资本主义道路的当权派"呢？首先他应该是一个当权派；不是当权派就没有资格戴这顶"帽子"。我是一系之主，一个比七品芝麻官还要小好多的小不点官儿。但这也毕竟是一个官儿。我是当权派无疑了。我走没有走资本主义道路呢？我说不清楚。既然全国几乎所有的当权派都走了资本主义，我能不走吗？因此，我认为这一顶"帽子"蛮合适。

　　什么叫"资产阶级学术权威"呢？不管我的学问怎样，反正我是一级教授、中国科学院的学部委员，"权威"二字要推也是推不掉的。我是不是资产阶级呢？资产阶级的核心是个人主义。我学习了将近二十年的政治，这一点深信不疑。我有个人考虑，而且还不老少。这当然就是资产阶级思想。我有这样的思想，当然就是资产阶级。资产阶级就反动。再加上学术权威，我不是反动的资产阶级学术权威又是什么呢？几个因素一拼凑，一个活脱脱的反动权威的形象就树立了起来。不给我戴这顶"帽子"，我反而会觉得不公平、不舒服。我是心悦诚服，"天王圣明，臣罪当死"。

但是问题还不就这样简单。我最关心的是，这是什么性质的矛盾？

从五十年代中期起，全国都在学习两类不同性质的矛盾。我当然也不例外。我越学习越佩服，简直是打心眼儿里五体投地地佩服。在无数次的学习会上，我也大放厥词，谈自己的学习体会，眉飞色舞，吐沫飞扬。然而，到了"无产阶级文化大革命"，我才发现，以前都是纸上谈兵，没有联系自己的实际。现在我必须联系自己的实际了。我想知道，这样两顶"帽子"究竟是什么性质的矛盾！

大家都知道，在新社会，对广大人民群众来说，生活当然是好的。但是，不管出于什么原因，如果被扣上敌我矛盾的"帽子"，日子却会非常不舒服。简直是如履薄冰，如坐针毡；夹起尾巴，还会随时招来横祸。人民大众开心之日，就是反革命分子难受之时嘛。过去我对于这一点只有理性认识，从来也不十分关心。"文化大革命"一起，问题就要发生在自己身上了，我才知道，这是万分重要的问题，我自己对号入座，甘愿戴上那两顶

"帽子"。非我喜开帽子铺，势不得不尔也。但是，这两顶"帽子"是什么性质的矛盾呢？这个问题对我来说万分关键。到了此时，这已经不是一个纯理论问题，而是一个现实问题，我努力想找一个定性的根据了。

所有的报纸杂志都强调，要正确区分和处理这两类矛盾。但是其间界限却万分微妙，简直连一根头发丝的十万分之一都不到。换句话说就是若无实有，却又难以捉摸。在某一些情况下，世界上任何定性分析专家和任何定量分析专家都无能为力。我自己也是越弄越糊涂。两类不同性质的矛盾的理论是一个哲学问题呢，还是一个法律问题？如果是一个哲学问题，它究竟有什么实际意义？如果是一个法律问题，为什么法律条文中又没有表露出来？我对法律完全是门外汉。但是我在制定法律的最高权力机构待过五年，从来没在法律条文中见到什么"两类不同性质的矛盾"这样的词儿。原因何在呢？我迷惑不解。

我不是对理论有了兴趣。我对今天说白、明天说红的完全看风使舵的理论，只有厌恶之感，没有同情之意。但是，现在对我来说，这却不是一个理论问题。我在对号入座的过程中，忧心忡忡，完全是为了这一个非常现实的问题。我是身处敌我之间，心悬两类之外，形迹自由，内心矛盾，过着有忧有虑的日子。

我们平常讲到戴政治"帽子"，往往觉得这是非常简单的事情。"事不关己，高高挂起"嘛。解放以后，政治运动形形色色，戴的"帽子"五花八门。给别人戴什么"帽子"，都与己无关。我就这样顺利地度过了将近二十年，从来没有切肤之感。我看被戴上"帽子"的人都是毕恭毕敬，"天王圣明，臣罪当死"。他们内心里的感受，我从来没想去了解过。我也从来没有见过一个人主动争取戴"帽子"的。可我现在左思右想，前瞻后顾，总觉得或者预感到，自己被戴上一顶"帽子"，心里才踏实，好像是寒天大风要出门那样。现在"帽子"满天飞，可是不知道究竟掌握在谁的手中。难道正副上帝分工还有一个掌管"帽子"的上帝吗？

在"革命"群众眼中，我不知道自己的地位如何。反正还没有人公开训斥我，更不用说动手打我。我这个系主任还没有明令免职，可是印把子却不知道是从什么时候起从我手中滑掉了。也有几次小小的突然袭击，让我忙上一阵了，紧张一阵子。比如，有一天我到外文楼去，在布告栏里贴着一张告示："勒令季羡林交出人民币三千元！"我的姓名前面没有任何字眼，既无"走资派"，也没有"反动学术权威"。"秃头无字并肩王"，我觉得颇为失望。但是，既有成命，当然要诚惶诚恐地加以执行。于是立即取出三千元，送到学生宿舍指定的房间。我满脸堆笑，把钱呈上。几个学生脸上都有点怪物相，不动不笑，令我毛骨悚然。但是，完全出乎我的意料，他们拒绝接受，"你拿回去吧！"他们说。我当然敬谨遵命了。

又有一次，我正在家里看书，忽然随着极其激烈的敲门声，闯进来了几个青年学生，声称是来"破四旧"的。什么叫"四旧"呢？我说不清楚。要考证也没有时间。只好由这一群红卫兵裁决。我的桌子上、墙上、床上摆着或挂着许多小摆设，琳琅满目。这些就成了他们"破"的主要对象。他们说什么是"四旧"，我就拿掉或者砸掉，我敬谨遵命，心里头连半点反抗的意思都没有。因为经典性的说法是，他们代表了"革命"的大方向。在半小时以内，我"破"了不少我心爱的东西。我回忆最清楚的是一个我从无锡带回来的惠山泥人大阿福，是一个胖胖的满面含笑的孩子，非常逗人欢喜。他们不知道怎样灵机一动，发现我挂在墙上的领袖像没有灰尘，说我是刚挂上的，痛斥我敬神不虔诚。事实上，确实是我刚挂上的；但我敬谨对曰："正是由于我敬神虔诚，'时时勤拂拭'，所以才没有灰尘。""革命小将"的虔诚和细心，我不由得由衷地敬佩。但是，我在当时虔诚达到顶峰的时期，心里就有一个叛逆的想法，要想"破四旧"，地球上最旧的东西无疑是地球本身，被"破"的对象地球应当首当其冲。顺理成章地讲，为什么不先把地球"破"掉呢？从那以后，我陆陆续续地听到了许多关于全国"破四旧"的消息。一位教授告诉我，他藏有一幅齐白石的画，一幅王雪涛的画，都被当作"四旧"破掉了。这只是戋戋小者。全国究竟"破"掉了多少国宝，恐怕永远无法统计了。如果当时全国真正完完全全贯彻"破四旧"的方针的话，我们祖国的宝贵文物岂不一扫而光了吗？即使我们今天想发扬，还留下什么东西值得发扬的呢？找真是不寒而栗。

我还是回头来谈戴"帽子"的问题，这是我念念不忘、念念难忘的一件事。"革命"群众或者上头什么人究竟要给我戴哪一顶"帽子"？这不是我能决定的一个问题。随着"革命"的前进，我渐渐感觉到，他们大概给我戴"资产阶级反动学术权威"这一顶"帽子"。我上面已经说过，我自己想戴的也正是这样一顶"帽子"。双方不谋而合，快何如之！按字面来讲，这是敌我矛盾。但是，上头又说，敌我矛盾也可以按人民内部矛盾来处理。我大概就属于这个范畴吧。

"革命"群众没有把我忘掉，时不时地还找我开个批判会什么的——要注意，是批判会，而不是批斗会；一字之别，差以千里——主要批判我的智育第一、业务至上，他们管这个叫作"修正主义"，多么奇妙的联系啊！据说我在《春满燕园》中所宣扬的也是修正主义。连东语系也受到了我的牵连。据说东语系最突出的问题就是智育第一、业务至上。对于这一点，我心悦诚服地接受，如果这就是修正主义的话，我乐于接受修正主义这一顶颇为吓人的"帽子"。解放后历届政治运动，只要我自己检查或者代表东语系检查能够检查这一点，检查到自己智育第一、业务至上的修正主义思想，必然能顺利过关。"文化大革命"也不例外。但我是一个"死不改悔"者。检查完了，关一过，我仍然照旧搞我的修正主义。到了今天，回首前尘，我茫然若有所悟。如果我在过去四十年中没有搞点这样的修正主义的话，我今天恐怕是一事无成，那七八百万字的著译也绝不会出现。我真要感谢自己那一种死不改悔的牛劲了。不管怎样，给我戴上与业务挂帅有一些联系的"资产阶级反动学术权威"的"帽子"而又当作人民内部矛盾来处理，我真是十分满意。虽然我自己也清晰地意识到，自己的处境也并非就是完全美妙，自己还是像一只空中的飞鸟，处处有网罗，人人可以用鸟枪打、用石头砸；但是毕竟还有不打不碰的时候，我乐得先快活一阵子吧。

快活半年

　　大家都知道，泰山上有一个"快活三里"。意思是在艰苦的攀登中，忽然有长达三里的山路，平平整整，走上去异常容易，也就异常快活，让爬山者疲惫的身体顿时轻松下来，因此名为"快活三里"。

　　"文化大革命"无疑是一场艰苦的攀登，其艰苦惊险的程度远远超过攀登泰山南天门。我也不可避免地成为这一场"革命"的攀登者。可是从 1966 年下半年到 1967 年上半年，大约有半年多的一段时间，我却觉得，脚下的路虽然还不能说是完全平坦，可走上去比较轻松了。尽管全国和全校正为一场惊天动地、巨大无比的风暴所席卷，我头上却暂时还是晴天。在经过了第一阵艰险的风暴以后，我得到了一个喘息的机会，心里异常喜悦，我在走自己的"快活三里"了。

　　我从前只知道，有一些哲学家喜欢探讨人在宇宙中的地位问题，与此有牵连的是人在社会中的地位问题。我可从来没有关心过我自己在社会中的地位如何。解放以后，情况变了，政治运动一个接一个。在每一次政治运动中，每一个人都有一个在运动中的地位问题。粗略地说，地位可以分为两大类：整人者与被整者。细分起来，那就复杂得多了。而且这个地位也不是一成不变的。随着运动的进展，队伍不断地分化，重新组合。整人者可以变为被整者，而被整者也可以变为整人者。有的在这次运动中整人或者被整，到了下一次运动，地位正倒转过来。人们的地位千变万化，简直像诸葛武侯的八阵图，令人眼花缭乱，迷惑不解。

在"文化大革命"中，我当然非常关心自己的地位。我在上面谈到的"帽子"问题，实际上也就是地位问题。我的地位长期悬在空中，心里老是嘀嘀咕咕，坐卧不宁。后来我逐渐发现，自己还没有被划归敌我矛盾。有这一点，我就放心了。我仍然是"人民"，这对我来说是天大的事情，我于是打着人民的招牌，逍遥起来了。要知道，在当时，在敌我矛盾与人民内部矛盾之间，在人民与所谓"反革命分子"之间，横着一条其宽无比其深无比的鸿沟。如果处在鸿沟这一边，在人民的这一边，许多事情都很好办，即使办错一件事、说错一句话，这都算是一时不小心所犯的错误，没有什么了不起。但是，如果被划到对岸去，成为敌人，都就会有无限的麻烦，必须夹起尾巴，处处谨小慎微，绝不敢乱说乱动；可是一时不慎，办错一件事，说错一句话，比如把"资本主义"说成"社会主义"或者倒转过来，那就必然被上纲到反革命的高度，成为现行反革命，遭到批斗。

但是划分敌我、划分两类不同性质的矛盾，这个权力掌握在谁手里呢？我真有点说不清楚。我的脑筋简单，百思不得其解。

虽然我暂时处在鸿沟的这一岸，但是却感觉到，自己像是在走钢丝，一不小心，就能跌落下去，跌落到鸿沟的对岸。那就等于跌落到地狱里，永世不得翻身了。

我原来是东语系的系主任。这时当然已经不再是了。是免职？是撤职？谁也搞不清楚，反正也用不着搞清楚。"革命无罪，造反有理"，这就是当时的行动方针。至于什么叫"革命"，什么又叫"造反"，也没有人去追问。连堂堂的国家主席，也不用经过任何法律就能够拉出来批斗，我这个小小的系主任，不过等于一粒芝麻、绿豆，当然更不在话下了。但是，我虽然失掉了那一顶不值几文钱的小小的乌纱帽，头上却还没有被戴上其他的"帽子"，这就可以聊以自慰了。

这时候，学校里已经派来了"支左"的军宣队。每一个系都有几个解放军战士和军官。系里的"造反派"也组成了一个领导班子。造反派是怎样产生出来的呢？专就东语系而言，情况大概是这个样子：一些自命为出身好的教员和学生，坚决贯彻"阶级路线"，组成了"造反派"，在自己胳臂上缠上一块红布，这就算是革命者的标志。所谓"出身好"，指的是贫下中农、革命烈属、革命干部、工人。这些人根子正，一身红，领导革命，义不容辞。再一部分人就是在社教运动中反对过陆平的人。他们觉悟高，现在来领导革命，也是顺理成章。我记得，戴红臂章的人似乎只限于第一种人。臂章一戴，浑身红透，脸上更是红光满面，走起路来，高视阔步，威风凛凛，不可一世。为什么第二种人不能戴红臂章，我不清楚。这是他们革命家内部的事，与我无干，我也就不再伤脑筋了。我奇怪的是，好像还没有人像当年的阿Q

那样，别上徽章，冒充革命。由此也可见，这些革命家的觉悟有多么高了。只有革命干部的子弟有点玄乎。虽然他们比别人更自命不凡，臂章一定要红绸子来做，别人只能带红布的，但是他们的地位却不够稳定。今天他们父母兄姐仍在当权，他们就能鹤立鸡群，耀武扬威；明天这些人一倒台——当时倒台是非常容易的——他们的子弟立刻就成为"黑帮的狗崽子"，灰溜溜地靠边站了。

所谓反对陆平，是指1964年在社教运动中，北大一部分教职员工和学生，在极"左"思想的影响下，认为当时的党委书记兼校长陆平同志有严重问题，执行了一条资本主义复辟的路线，是修正主义的路线。于是群起揭发，一时闹得满园风雨、乌烟瘴气。我的水平奇低，也中了极"左"思想的毒，全心全意地参加到运动中来。越揭发越觉得可怕，认为北大已经完全烂掉了。我是以十分虔诚的心情来干这些蠢事的，幻想这样来保卫所谓的革命路线。我是幼稚的，但是诚实的，确实没有存在着什么个人考虑、个人打算。专就个人来讲，我同陆平相处关系颇为融洽，他对我有恩而无怨。但是，我一时糊涂蒙了心，为了保卫社会主义的前途，我必须置个人恩怨于度外，起来反对他，这就是我当时的真实的思想。后来中央出面召开了"国际饭店会议"，为陆平平反，号召全校大团结，对反对陆平的人，连一根毫毛也没有碰。我经过反思，承认了自己的错误，做了自我批评。到了1965年的深秋，我就到了京郊南口村，参加农村的社教运动。

到了"文化大革命"，正如我在上面已经谈过的那样，我经过了首次冲击，比较顺利地度过了"资产阶级反动学术权威"这个阶段。后来军宣队进了校，东语系干部队伍重新组合。我曾经是反对陆平的人，按理说也应该归入"革命干部"队伍内；但是，据说我向陆平投降了，阶级立场不稳，必须排除在外。那几个在国际饭店坚持立场，坚决不承认自己有任何错误的人，此时成了真正的英雄。有的当了东语系革命委员会的头头，有的甚至晋升到校革命委员会中，当了领导。我对此并无意见。但是，我仍然关心自己的地位，一位同我比较要好的"革命小将"偷偷告诉我，他看到军宣队的内部文件，我是被排在"临界线"上的人。什么叫"临界线"呢？意思就是，我被排在敌我矛盾与人民内部矛盾中间那一条界线的人民这一边。再往前走一步，就堕入敌我矛盾了。我心里又惊又喜。惊的是自己的处境真是危险呀。喜的是，我现在就像是站在泰山上阴阳界那一条白线这一边，向前走上一寸，就堕入万丈悬崖下的黑龙潭中去了。

此时，"全国革命大串联"已经开始。反正坐火车不花钱。于是全国各地的各类人物，都打着"革命"的旗子，到处旅游。所有的车站上都是人山人海。只要有劲，再要上一点野蛮，就能从车窗子里爬过人端，爬进车厢，走到愿意到的地方去。上面有人号召说，这就是"革命"，这就是点燃火炬。结果全国一团混乱，到处天翻地覆。有人说，这叫作"乱了敌人"。一派胡言乱语，骇人听闻，是自己乱起来了，如果真有敌人的话，他们只会弹冠相庆。我觉悟低，对于这一套都深信不疑。

北京大学本来就是"文化大革命"的发源地。到了此时，更成了革命圣地。每天通过大串联到燕园来朝圣的，比"文化大革命"初起时，更多了不知多少倍。来的这一批人据说是什么人的

63

客人。不但来看，而且还要来住，来吃。北大人怎敢怠慢！各系都竭诚招待，分工负责一座住满了"客人"的楼。我自己既然被恩准待在临界线的这一边，为了感恩图报，表示自己的忠诚，更加振奋精神，昼夜值班。"客人"没有棉被，我同系里的其他人，从家里抱去棉被。每天推着水车，为"客人"打开水。我看到"客人"缺少脸盆，便自己掏腰包，一买就是二十只。看着崭新的脸盆，自己心里乐得开了花。

但是，正如俗话所说的，天下不如意事常八九。我快活得太早了，太过分了。"革命小将"，当然也有一些"中将"，好像并不领情。新被子，只要他们盖上几夜，总被弄得面目全非，棉花绽了出来，被面被撕破。回头再看脸盆，更让人气短。用了才不过几天，盆上已经是疮痍满目，惨不忍睹。最初我真是出自内心地毕恭毕敬地招待这些"客人"，然而"客人"竟是这样，我的头上仿佛狠狠地给人打了一巴掌，心里酸甜苦辣，简直说不出是什么味道了。

过了一段时间，大概到北京来的人头住太多了，有的地方甚至停产旅游，再不抓，就会出现极大的危机了。上头不知道是哪一个机构做出决定，劝说盲流到北京来的人回自己的原地区、原单位去，在那里"抓革命，促生产"。北大的军宣队也接受了这一项任务。东语系当然也分工负一部分责，到校外外地人住得最多的地方去说服。我们在军宣队的带领下，先到离学校最近的西颐宾馆去劝说。那些尝到甜头的外地人哪里会自动离开呢？于是劝说，辩论，有时候甚至有极其激烈的辩论。弄得我口干舌燥，还要忍气吞声。终于取得了一些成果，外地人渐渐离开这里，打道回府了。

从西颐宾馆转移到稍稍远一点的国家气象局。在这里仍然劝说，辩论，展开激烈的辩论，一切同在西颐宾馆差不多。但是，我在这里却大开了眼界。首先是这里的大字报真有水平。大字报我已经看了成千累万，看来看去，觉得都非常一般化，我的神经已经麻木，再也感觉不到什么新鲜味了。这里的大字报、大标语却真是准确、鲜明、生动。那些一般化的大字报当然也有。可也有异军突起、石破天惊的，比如"切碎某某某""油炸某某某"等等。"油炸"这个词儿多么生动有力！令人看了永世难忘。难道这也是同我在本书开头时讲的那样从阴曹地府里学来的吗？最难忘的一件事情就是，我亲眼目睹了一次批斗"走资派"的会。一辆小轿车慢慢地开了过来。车门开处，一个西装（或者是高级毛料制服）笔挺的"走资派"——大概是局长之类——从车上走了下来，小心翼翼地从车的后座上取出来一顶纸帽子，五颜六色，奇形怪状，戴到了自己头上。上面挂满了累累垂垂的小玩意儿，其中特别惹人注目的是一个小王八，随着主人的步伐，在空中摇摆着。他走进了会场，立即涌起了一阵口号声，山呼海啸，震天动地。接着是发言批判。所有的仪式都进行完毕了以后，"走资派"走出会场，走到车前，把头上的桂冠摘下来——我注意到小王八还在摆动——小心翼翼地放到后座上，大概是以备再用。他脸上始终是笑眯眯的。这真让我大惑不解。这笑意是从哪里来的呢？在"切碎""油炸"了一通之后，居然还能笑得出来！这点笑容真比蒙娜丽莎脸上著名的笑容，还更令人难解。我的见识又提高到了一个新的高度。

65

气象局的任务完成了，我们又挥师远征，到离北大相当远的一个机关，去干同样的工作。此时已是1966年的冬天，天气冷起来了。我每天从学校骑车到现场去，长途跋涉，一个多小时才能到达。遇上雪天，天寒地滑，要走两个小时。中午就在那里吃饭。那里根本没有我们待的房间。在院子里搭了一个天棚，吃饭就在这里。这个天棚连风都遮不住，遑论寒气！饭菜本来就不够热，一盛到冰冷的碗里，如果不用最快的速度狼吞虎咽地把饭菜扒拉到肚子里，饭碗周围就会结成冰碴儿。想当年苏武在北海牧羊，吃的恐怕就是这样带冰碴儿的饭。这样的生活苦不苦呢？说不苦，是违心之谈。但是，我的精神还是很振奋的，很愉快的。在第一次"革命"浪潮中，我没有被划为"走资派"，而今依然浪迹"革命"之内，滥竽人民之中，这真是天大的幸福，我应该感到满足了。

这样过了一些日子，外地来京串联的高潮渐渐过去，外地来京的"革命"群众渐渐都离开了北京。我们劝说的任务可以说是胜利完成，于是班师回校。

回到学校以后，仍然有让我忆念难忘，也颇值得高兴的事情。首先是海淀区人民代表的选举。在中国，人民代表大会是三级制，最下一级是区、县的人民代表大会，是由选民直接选举代表而组成的。再由区、县人民代表大会选出省、市人民代表大会的代表。最后由省、市人民代表大会选出代表，组成最高一级的全国人民代表大会。区、县代表名义上虽低，但是真正由选民选出的，最能体现真正的民主。竞争也最激烈。在"文化大革命"以前，我担任过几届全国政协委员，一届北京市人大代表。海淀区人大代表选举也参加过几次。当时我可真是万万没有想到，能投上一票也并不容易！这一次选举是在"文化大革命"初期风暴过后举行的。很多以前有选举权的"人民"，现在成了"走资派"，相应被挤出"人民"的范围，丢掉了选票。我幸而还留在人民内部，从而保住了选举权。当我在红榜上看到自己的名字时，那三个字简直是熠熠生光，仿佛凸了出来一样。当年在帝王时代"金榜题名时"的快乐，恐怕也不会超过我现在的快乐。我现在才体会到，原来认为唾手可得的东西，也是来之不易啊！投票的那一天，我换上了新衣服，站在"人民"中，手里的红红的选票像千斤一般重。我真是欢喜欲狂了。我知道，自己还没有变成像印度的不可接触者那样。还没有人害怕我踩了他的影子。幸福的滋味溢满我的心中，供我仔细品尝，有好多天之久。

还有一件事情也带给我极大的快乐，给我留下的回忆永世难忘。在一个麦收季节，东语系的"革命"师生奉派在军宣队率领下到南苑附近的一个村庄里去协助麦收。记得那一年雨比较多。在那里住了十多天，几乎天天下雨。雨下不长，几乎是转眼就过。可也制造了不少麻烦。我们白天从麦田里把捆好的麦子背回村里，摊在麦场上，等候晒干，再把麦粒打出来。一阵雨一来，我们就着了慌，用油布把麦子盖上。雨一过，太阳一出，再把油布掀掉。有时候一天忙活好几阵子。特别是夜里下雨，我们立即起身，跑到场里盖油布，忙得浑身大汗，再被雨水一浇，全身成了落汤鸡。然而农民却没有一个出来的。那时他们正在通向天堂的人民公社里吃大锅饭，谁也不肯卖力。像我这样准备随时接受贫下中农再教育的"老九"，实在有点想不通。这样一些人拿什么来教育我们呢？再想到那些风行一时的把农民的觉悟程度拔到惊人高度的长篇小说，便觉得作者看风使舵，别有用心。从那时起，再也不读这样的小说了。

我混迹"人民"之中，积极性特别高。白天到麦田里去背捆好了的麦子，我是"韩信将兵，多多益善"，我背的捆数绝不低于年轻的小伙子。因此回校以后，受到系里的当众表扬，心里美滋滋的。但是，在南苑的生活却不能说是舒服的。白天劳动一天，身体十分疲惫。晚上睡在一间大仓库里，地上密密麻麻地布满了地铺，一个人所占的面积仅能容身。农村蚊子特多，别人都带了蚊帐，外加驱蚊油。我是孑然一身，什么都没有带。夜里别人都放下帐子，蚊子不得其门而入。独独我这里却是完全开放的，于是所有的蚊子都拥挤到我这里来，蚊声如雷，下袭如雨。我就成了旧故事中的孝子，代父母挨咬。早晨起来，伤痕遍体，我毫无怨言。而且生活并不单调，也时有兴味盎然的小插曲。比如有一天，正当我们在麦田里背麦捆时，忽然发现了一只小野兔。于是大家都放下自己手中的活，纷纷追赶兔子。不管兔子跳得多快，我们人多势众，终于把小兔的一条腿砸断，小兔束手被擒。另外，有的人喜欢吃蛇。一天捉住了一条，立即跑回村内，找了一个有火的地方，把蛇一烧，就地解决，吞下肚中。这样一些再小不过的小事，难道不也能给平板的生活涂上一点彩色，带来一点快乐吗？

我就是这样度过了快活半年。

自己跳出来

好景从来不长。

我快活到了 1967 年的夏秋之交。

此时北大的"革命小将",加上一些"中将"和"老将",早已分了派。这是完全符合事物发展规律的。《三国演义》上说得好:"天下大势,分久必合,合久必分。"现在是到了分的时候了。

在分裂之前的一个短时期之内,北大曾有过一个大一统的局面。此时群众"革命"组织只有一个,这就是"新北大公社"。公社的头子就是那位臭名昭著的所谓"第一张马列主义大字报"的作者之一的"老佛爷"。此人据说是"三八式",也算是一个老干部、老革命了。但是,调到北大来以后,却表现得并不怎么样。已经是一个老太婆了,却打扮得妖里妖气。她先在经济系担任副系主任。后来又调到哲学系,担任总支书记。她夤缘时会,在第一张马列主义大字报上签了一个名,得到了中央某一些人的大力支持,兼之又通风报信,这一个女人就飞黄腾达起来,一时成为全国的中心人物，炙手可热。但是，我同这个人有过来往，深知她是一点水平都没有的，蠢而诈，冥顽而又自大。每次讲话，多少总会出点漏子，闹点笑话。在每次开会前，她的忠实信徒都为她捏一把汗。可就是这样一个人，一时竟成了燕园的霸主，集党政大权于一身，为所欲为，骄横恣纵。

有压迫就有反抗，古今中外，概莫能外。对于这样一个女人，有的学生逐渐感到不能忍受。于是在"新北大公社"之外，风起云涌，出现了大大小小的"革命"组织。大都自称为某某战斗队，命名几乎全取自毛泽东的诗词，什么"缚苍龙"战斗队，什么"九天揽月"战斗队，又是什么"跃上葱茏"战斗队，诗词中可以用来起名的词句，几乎都用光了，弄到新组成的战斗队没法起名的地步。至于战斗队的人数，则极为参差不齐，大的几十人、几百人，小的十几人、四五人；据说还有一个人组成的战斗队。成立手续异常简单，只要贴出一张大字报，写上几句"东风吹，战鼓擂，看看究竟谁战胜谁"，再喊上几句"万岁"，就算是成立了。不用登记，不用批准，绝没有人来挑剔法律程序。当时究竟成立了多少战斗队，谁也不清楚。即使起有考据癖的胡适之先生于九原，恐怕他也只能认输了。

这时学校里大字报的数目有增无减。原来有的墙壁和搭的席棚早已不敷应用。于是又有一大批席棚被搭了起来，专供贴大字报之用。大字报的内容，除了宣布某某战斗队成立之外，还有批判"资产阶级学术权威"的。有的大字报只有四五张、五六张，有的则扩大到几十张，甚至百张，大有越来越长之势。附近的居民有的靠捡揭下来的大字报卖钱为生。据说有的学生则靠写大字报练习书法。据我个人的观察，大字报的书法水平确是越来越高，日新月异。这一个"文化大革命"的副产品，恐怕很多人会想不到吧。

用大字报来亮相的战斗队，五花八门，五光十色。最初各占山头，后来又逐渐合并。从由少变多，变为由多变少。终于汇成了两大流派：一个是正宗的、老牌的、掌权的"新北大公社"，一个是汇集众流、反抗"新北大公社"的"井冈山"。可以说是一个在朝，一个在野，有如英国的保守党和工党。两派当然要互相斗争，这斗争也多半利用大字报表现出来。英国的保守党和工党怎样斗争，我不大清楚。据说他们是颇为讲究"费厄泼赖"的。在中国，则不大管那一套洋玩意儿。只管目的，不择手段，造谣诬蔑，人身攻击，平平常常，司空见惯。因此就产生了一种新的"物质"，叫作"派性"。这种新东西，一经产生，便表现出来了无比强大的力量。谁要是中了它的毒，则朋友割席，夫妻反目。一个和好美满的家庭，会因此搞得分崩离析。我实在不能理解，为什么对抗外敌时都没有这么大的劲头，而在两派之间会产生这样巨大的对抗力量？有人贴出大字报："老子铁了心，誓死保聂孙！"这是何等惊人的决心！如果在建设"四化"中有这个劲头，我们中国早就成了亚洲第一条大龙，后来的四小龙瞠乎后矣。

现在时过境迁，怎样来评价这两大派呢？在当时，在派性猖狂的时候，客观评价根本上是不可能的。现在我觉得可以了。两派基本上都由年轻的教员和学生组成。由于种种原因，老头参加的是不多的。两派当然都有各自的政纲，但是，具体的内容我看谁也说不清楚。论路线，两派执行的都是一条极"左"的路线，打、砸、抢、抄，大家都干；不分彼此，难定高下。有时候，一个被诬蔑成有问题的教员或干部，两派都抓去批斗。批斗的方式也一模一样。两派都有点患迫害狂的样子，以打人为乐事，被打者头破血流，打人者则嘻嘻哈哈。打人的武器颇具匠心。自行车链条，外面包上胶皮，打得再重，也不会把皮肉打破，不给人留下口实。那一位"老佛爷"经常打出江青的旗号，拉大旗，作虎皮，借以吓唬别人。对立面"井冈山"也不示弱，他们照样打出江青的招牌。究竟谁是江青的最忠实的信徒，更是谁也说不清楚了。但是，两派之间有一个极大的区别，"新北大公社"掌握北大的大权，作威作福，不可一世；而"井冈山"则始终处在被压迫的地位，这很容易引起一般人的同情。

根据我个人的观察，两派的政纲既然是半斤八两，斗争的焦点只能是争夺领导权。"有了权，就有了一切"，这是两派共同的信条。为了争权，为了独霸天下，就必须搞垮对方。两派都努力拉拢教员和干部，特别是那一些在群众中有影响的教员和干部，以壮大自己的声势。这时两派都各自占领了一些地盘。当权派的"新北大公社"占有整个北大，"率土之滨，莫非王土"。"井冈山"只在学生宿舍区占领了几座楼。每一座楼房都逐渐成为一个堡垒，守卫森严。两派逐渐自己制造一些土武器。掌权的"新北大公社"财大气粗，把昂贵钢管锯断，把一头磨尖，变成长矛。这种原始的武器虽"土"，但对付手无寸铁的"井冈山"，还是绰有余裕。"井冈山"当然不肯示弱，也拼凑了一些武器。据说两边都有研究炸药的人。在这剑拔弩张的情况下，两派交过几次手，械斗过几次。一名外边来的中学生就无缘无故地惨死在"新北大公社"长矛之下。

这真正是你死我活的搏斗，但中间也不缺少令人解颐的插曲。主斗者都是青年学生，他们还没有完全脱离孩子气。他们的一些举动迹近儿戏。比如有一次，两派正在大饭厅里召开大会进行辩论。唇枪舌剑，充满了火药气味。两派群众高呼助威，气氛十分紧张、严肃。正当辩论到紧急关头，忽然从大饭厅屋顶的大木梁上，"嘭"的一声，掉下来了一串破鞋。"破鞋"是什么意思，我国人民，至少是北方人民，都明白的。那一位"老佛爷"就有这样一个绰号。事实真伪，我们不去追究。然而正在这样一个十分严重的关键时刻，两派群众都瞪红了眼睛，恨不能喷出火焰焚毁对方，从天上降下来这样一个插曲来，群众先是惊愕，立刻转为哈哈大笑。这一场激烈无比的辩论还能继续下去吗？同样成串的破鞋，还出现在"井冈山"占领的学生宿舍的窗子外面。其用意完全相同。这些小小的插曲难道不能令人解颐吗？

我还在大饭厅参加了另一场两派的大辩论。两派的主要领导人坐在台上，群众坐在台下。领导人的官衔也全都改变了，不叫什么长、什么主任，而叫（也许只有"井冈山"这样叫）"勤务员"。真正让人感到一股革命的气氛，就好像法国大革命时那样，领导人的头衔也都平民化了。坐在台上的"井冈山"领导人中居然有一位老人。他是著名的流体力学专家、相对论专家，是一个富有正义感的人，在群众中有相当高的威信，是党中央明令要保护的少数几个人之一。他是怎样参加群众性的革命组织"井冈山"的，我不十分清楚，只是从别人嘴中断断续续地听说。他不满那位"老佛爷"的所作所为，逐渐流露出偏袒"井冈山"的情

73

绪。于是"新北大公社"就组织群众，向他围攻；有的找上门去，有的打电话谩骂、恫吓。弄得这一位老先生心烦意乱。原来他并没有参加"井冈山"的意思。但是，到了此时，实逼处此，他于是横下了一条心，干脆下海。立即被"井冈山"群众选为"总勤务员"之一。现在他也到大饭厅来，坐在台上，参加这一场大辩论，成为坐在主席台上年龄最大的人。这时大饭厅里挤得水泄不通，两派群众都有。辩论的题目很多，无非是自以为是，而对方为非。这让我立即想到美国总统选举时两派候选人在电视上面对面辩论的情况。辩论精彩时，台下的群众鼓掌欢呼。一时大饭厅中剑拔弩张而又逸趣横生，热闹非凡。

当时整个学校的情况就是这样闹嚷嚷，乱哄哄（全国的情况也是这样）。那一句"乱了敌人"的名言，在这里无论如何也对不上号。谁能知道谁是敌人呢？当时全北京，全国的群众组织在分分合合了一阵以后，基本上形成了两大派，在北京这叫作"天派"与"地派"。每一派都认为对方是敌人，唯我独"革"。军队被派出来支"左"，也搞不清楚谁是"左"。结果有的地方连军队也分了派。这实际上是乱了自己。如果真有敌人的话，他们会站在旁边，站在暗中，拍手称快。

在这样的情况下，我自己怎样呢？

我滥竽人民之中，深知这实在是来之不易。所以我最初下定决心，不参加任何一派，做一个逍遥派是我唯一可选择的道路，这也是一条阳关大道。在全校乱糟糟的情况下，走这样一条路，可以不用操心，不用激动，简直是乱世的桃花源。反正学校里已经"停课闹革命"，我不用教书，不用写文章，有兴趣就看一看大字报，听一听辩论会，逍遥自在，无忧无虑，简直像一个活神仙。想到快意处，不禁一个人发出会心的微笑。

但是，人世间绝没有世外桃源，燕园自不能例外。燕园天天发生的事情时时刻刻地刺激着我，我是一个有知觉有感情的人，故作麻木状对我来说是办不到的。我必须做出反应。我在北大当了二十年的系主任，担任过全校的工会主席，担任过一些比较重要的社会职务，其中有全国政协委员、北京市人大代表等等。俗话说："树大招风。"我这棵树虽然还不算大，但也达到了招风的高度。我这个人还有一些特点，说好听的就是，心还没有全死，还有一点正义感。说不好听的就是，我是天生的犟种，很不识相。在这样主客观的配合下，即使北大有一个避风港，我能钻得进去吗？我命定了必须站在暴风雨中。

不钻避风港，我究竟应该怎样做呢？我逐渐发现，那一位"新北大公社"的女头领有点不对头。她的所作所为违背了上面的"革命路线"。什么叫"革命路线"？我也并不全懂。学习了十多年的政治理论，大大听那一套东西，耳之既入，我这冥顽的脑袋瓜似乎有点开了窍，知道干一切工作都必须走群众路线。我觉得，对待群众的态度如何，是判断一个领导人的重要的尺度，是判断他执行不执行上面的"革命路线"的重要标准。而偏偏在这个问题上，我认为——只是我认为——那个女人背离了正确道路。"新北大公社"是在北大执掌大权的机构，那个女人是北大的"女皇"。此时已经成立了"革命委员会"，这是完全遵照上面的指示的结果。"革命委员会好"，这个"最高指示"一经发出，全国风靡。北大自不能落后，于是那个女人摇身一变成了北大

"合法"政权的头子，"北京大学革命委员会"主任。这真是锦上添花，岂不猗欤休哉！然而这更增加了这一位不学有术、智商实际上是低能的"老佛爷"的气焰。她更加目空一切，在一些"小李子"抬的轿子上舒舒服服，发号施令，对于胆敢反对她的人则采取残酷镇压的手段，停职停薪，给小鞋穿，是家常便饭。严重则任意宣布"打倒"，使对方立即成为敌人，可以格杀勿论。她也确实杀了几个无辜的人，那一个校外来的惨死在"新北大公社"长矛下的中学生，我在上面已经谈到。看了这一些情况，看了她对待群众的态度，我心里愤愤难平。我认为她违反了上面的"革命路线"。我有点坐不稳钓鱼船了。

但是，我是深知这一位女首领的。她愚而多诈，心狠手辣。我不愿意冒同她为敌的风险。我只好暂时韬晦，依违两派之间，做出一个中立的态度。

在这期间，有几个重大的事件值得一提。第一件是到印尼驻华大使馆去游行示威。大概是因为印尼方面烧了我们驻雅加达的大使馆，为了报复，就去示威。这是一个深得人心的爱国行动。北大的两大派哪一个也不想丢掉这个机会来显示自己的力量，争取更多的群众。两派都可以说是"倾巢"出动。在学校南门里的林荫大道上，排上了几十辆租来的大汽车，供游行示威者乘坐之用。两派的群众当然分乘自己的车。可我哪一派都不是，想乘车就成了问题。两派认识我的几个"干将"看到有机可乘，都到我跟前来献殷勤，拉我上他们的车。"井冈山"的一位东语系的女"干将"，拉我特别积极。从内心里来说，我是愿意上他们的车的。但是，我还有顾虑，不愿意或者不敢贸然从事。"新北大公社"派来拉我的人也很积极。最后，经过了一阵不大不小的思想斗争，我还是上了"公社"的车。一路上，人声鼎沸，红旗招展。到了印尼大使馆，喊了一阵口号，又浩浩荡荡地回到燕园来，皆大欢喜。

另一件事情是到解放军一位高级将领家中去"闹革命"，或者是去"揪"他。他的家是在玉泉山的一个什么地方。我并没有听清楚，为什么单单到他家去"闹"？反正当时任何一个战斗队，可能在某某后台的支持下，都有权宣布打倒什么人，"揪"什么人。我连他住的确切地方都不知道。这一次因为路近，没有乘坐大车，绝大部分人是步行前往。我因为属于"有车阶级"，于是便骑车去了。由于两派群众混杂在一起，我没有像到印尼使馆去示威时那样受窘。没有人来拉我参加哪一派的游行。我成了骑车单干户。在分不清是哪一派的车队中随大流骑向前去。过了青龙桥，我看还有人骑车向西山奔去，我也就盲从起来，跟着那些车骑向前去。一直到了万安公墓，是玉泉山背后了。知道不对头，忙回转车头，又来到了青龙桥，却听群众中有人大声嚷嚷，说是已经"闹过革命"了。我只好随人流回到燕园。到底我也不知道，那一位将军究竟住在什么地方，我连大门都没有看到。我想，当时很多人"闹革命"就是这样闹法。

还有一件事情比较重要，必须提一提。北大两派为了拉拢干部，壮大声势，都组织了干部学习班。有一些在前一阶段被打成"走资派"的干部，批斗了一阵之后，不知是由于什么原因，虽然靠边站了，却也不再批斗。这些人有的也成了两派争取的对象。我也是被争取的对象之一。有不少东语系的教员动员我参加学习班。"井冈山"的人动员我参加他们的班，"新北大公社"的人动员我参加他们的学习班。我经过长期的观察和考虑，决心慎重行事。我要是到"井冈山"学习班去"亮相"，其中隐含着极大的危险性。"新北大公社"毕竟是大权在握，人多势众，兵强马壮，而且又有那样一个心胸狭隘、派性十足的领袖。我得罪了他们，后果不堪设想。迟疑了很久，为了个人的安全，我还是参加了"新北大公社"的学习班。两派学习班的宗旨，从表面上来看，看不出什么差别，都拥护伟大领袖，都竭尽全力向领袖夫人表忠心。对后一位的吹捧，达到了惊人的程度。两派各自贴了不知道多少大字报，把她捧得像圣母一样。我水平低，对于这一点完全赞同。虽然我也曾通过小道消息听了不少对她十分不利的话，但我依然不改初衷。

随着时间的推移，由于我这个人不善于掩蔽自己的想法，有话必须说出来，心里才痛快，我对于两派的看法，大家一清二楚。这就给我招来了麻烦。两派的信徒，特别是学生，采用了车轮战术来拉我。"新北大公社"的学生找到我家，找到我的办公室（我怎能还有什么办公室呢？但是，在我记忆中，确实是在办公室中会见了她们。我现在一时还想不清楚，以后或许能回忆起来）来，明白无误地告诉我说："你不能参加 O 派（井冈山）！"这还是比较客气的。不客气的就直截了当地对我提出警告："当心你的脑袋！"有的也向我家打电话，劝说我，警告我；有甜言蜜语，也有大声怒斥，花样繁多，频率很高。我发现，我现在的处境几乎同我上面提到的那一位老教授完全一样。我有点不耐烦了。我曾说过，我是天生的犟种，有点牛脾气。你越来逼我，我就越不买账。经过了激烈的思想斗争，我决心干脆下海。其中的危险性我是知道的。我在日记中写道："为了保卫毛主席的革命路线，虽粉身碎骨，在所不辞！"可见我当时心情之一斑。

我就这样上了"山"（井冈山）。

反"公社"派的学生高兴了，立即选我为"井冈山九纵"（东语系）的"勤务员"。这在当时还是非常少见的。

海下了，山上了。这个举动有双重性。好处是，它给我的内心带来了宁静，带来了平衡，不必再为参加或不参加这样的问题而大伤脑筋了。坏处是，它给我带来了恶性发作的派性。派性我本来就有的，但过去必须加以隐蔽。现在既然一锤定音，再也用不着躲躲闪闪了。我于是同一些同派的青年学生贴大字报，发表演说，攻击"新北大公社"，讲的也不可能全是真话，谩骂成分也是不可避免的。

我心中也不是没有侥幸心理。我自恃即使自己过去对共产党不了解，但我从来没有参加过国民党或任何其他反动组织，我的历史是清白的。"新北大公社"不一定敢"抓"我。

但这只是我的想法的一面。此时，"新北大公社"那位女头领肯定已视我如眼中钉。她心狠手辣，我所深知。况且她此时正如日中天，成为中共中央候补委员、北京市革命委员会的副主任，趾高气扬，炙手可热。我季某竟敢在太岁头上动土，她能善罢甘休、饶过我吗？而且此时形而上学猖獗，在对立面成员的言谈中、文章中，抓住片言只语，加以曲解，诬陷罗织，无限上纲，就可以把对方打成"反革命"或"现行反革命"。比如"资本主义"与"社会主义"在大脑中管语言的那一部分里可能是放在一个卡片柜里面的，稍一不慎，就容易拿错。一旦拿错，让对方抓住小辫儿，"现行反革命"的"帽子"必能戴上。那一位弱智的女头领就常常出现这个问题，她的徒子徒孙经常为此而为她捏一把汗。这样的形而上学再加上派性，就能杀人而且绰有余裕。这一点我是清清楚楚的。

因此，我自己的侥幸心理并不可靠。我怀着这种侥幸心理，在走钢丝，随时都能够跌下来，跌入深渊。这一点我也是清清楚楚的。在1967年的夏天到秋天，我都在走钢丝。我心里像揣着十五只小鹿，七上八下，惴惴不安。此时，流言极多。一会儿说要揪我了；一会儿又说要抄我的家了。我听也不是，不听也不是。在我的日记里，我几乎每一周都要写上一句："暴风雨在我头上盘旋。"这暴风雨说不定什么时候就会压了下来，把我压垮、压碎。这时候反"公社"的北大教员恐怕都有我这种感觉，而我最老。炎炎的长夏，惨淡的金秋，我就是在这种惴惴不安中度过的。

抄家

随着天气的转凉，风声越来越紧。我头上的风暴已经凝聚了起来：那一位女头领要对我下手了。

此时，我是否还有侥幸心理呢？

还是有的。我自恃头上没有辫子，屁股上没有尾巴，不怕你抓。

然而我错了。

1967 年 11 月 30 日深夜，我服了安眠药正在沉睡，忽然听到门外有汽车声，接着是一阵异常激烈的打门声。连忙披衣起来，门开处闯进来大汉六七条，都是东语系的学生，都是女头领的铁杆信徒，人人手持大木棒，威风凛凛，面如寒霜。我知道发生了什么事，我早有思想准备，因此我并不吃惊。俗话说："英雄不吃眼前亏。"我绝非英雄，眼前亏却是不愿意吃的。我毫无抵抗之意，他们的大棒可惜无用武之地了。这叫作"革命行动"，我天天听到叫嚷"革命无罪，造反有理"，我知道这话是有来头的。

我只感到，这实在是一桩非常离奇古怪的事情。什么"革命"，什么"造反"，谁一听都明白;但是却没有人真正懂得是什么意思。什么样的坏事，什么样的罪恶行为，都能在"革命""造反"等堂而皇之的伟大的名词掩护下，在光天化日之下公然去干。我自己也是一个非常离奇古怪的人物，我要拼命维护什么人的"革命路线"，现在"革命"革到自己头上来了。然而我却丝毫也不清醒，仍然要维护这一条"革命路线"。

我没有来得及穿衣服，就被赶到厨房里去。我那年近古稀的婶母和我的老伴，也被赶到那里，一家三人做了楚囚。此时正是深夜风寒，厨房里吹着刺骨的过堂风，"全家都在风声里"，人人浑身打战。两位老妇人心里想些什么，我不得而知。我们被禁止说话，大棒的影子就在我们眼前晃。我此时脑筋还是清楚的。我并没有想到什么人道主义。因为人道主义早已批倒批臭，谁提人道主义，谁就是"修正主义分子"。一直到今天，我还是不明白，难道人就不许有一点人性、讲一点人道吗? 中国几千年的哲学史上有性善、性恶之争，这个仍是众说纷纭，莫衷一是。我原来是相信性善说的，我相信，恻隐之心人皆有之的。从被抄家的一刻起，我改变了信仰，改宗性恶说。"人性本恶，其善者伪也。"从抄家的行动来看，你能说这些人的性还是善的吗? 你能说他们所具有的不是兽性吗? 今天社会风气，稍有良知者都不能不为之担忧。始作俑者究竟是谁呢? 这种不良的社会风气究竟是从什么时候开始的呢?

这话扯得太远了。有些想法绝不是被抄家时有的，而是后来陆续出现的。我当时既不敢顽强抵抗，也不卑躬屈膝请求高抬贵手。同禽兽打交道是不能讲人话谈人情的。我只是蜷缩在厨房里冰冷的洋灰地上，冷眼旁观，倾耳细听。我很奇怪，杀鸡焉用牛刀？对付三个手无寸铁的老人，何必这样兴师动众！只派一个小伙子来，就绰绰有余了。然而只是站厨房门口的就是两个彪形大汉，其中一个是姓谷的朝鲜语科的学生。过去师生，今朝敌我。我知道，我们的性命就掌握在他们手中。当时打死人是可以不受法律制裁的。他们的木棒中，他们的长矛中，就出法律。

我的眼睛看不到外面的情况，但耳朵是能听到的。这些"小将"究竟年纪还小，旧社会土匪绑票时，是把被绑的人眼睛上贴上膏药，耳朵里灌上烛油的。我这为师的没有把这一套东西教给自己的学生，是我的失职。由于失职，今天我得到了点好处：我还能听到外面的情况。外面的情况并不美妙。只听到我一大一小两间屋子里乒乓作响，声震屋瓦。我此时仿佛得到了佛经上所说的"天眼通"，透过几层墙壁，我能看到"小将"们正在挪动床桌，翻箱倒柜。他们所向无敌，顺我者昌，逆我者亡。他们愿意砸烂什么，就砸烂什么；他们愿意踢碎什么，就踢碎什么。遇到锁着的东西，他们把开启的手段一律简化，不用钥匙，而用斧凿。管你书箱衣箱，管你木柜铁柜，咔嚓一声，铁断木飞。我多年来省吃俭用，积累了一些小古董、小摆设，都灌注着我的心血；来之不易，又多有纪念意义。在他们眼中，却视若草芥；手下无情，顷刻被毁。看来对抄家这一行，他们已经非常熟练，这是"文化大革命"中集中强化实践的结果。他们手足麻利，"横扫千军如卷席"，然而我的心在流血。

楼上横扫完毕，一位姓王的学泰语的学生找我来要楼下的钥匙。原来他到我家来过，知道我的书都藏在楼下。我搬过来以后，住在楼上。学校有关单位，怕书籍过多过重，可能把楼压坏，劝我把书移到楼下车库里去。车库原来准备放自行车的。如果全楼只有几辆车的话，车库是够用的。但是自行车激剧增加，车库反而失去作用，空在那里。于是征求全楼同意，我把楼上的书搬了进去。"小将"们深谋远虑，涓滴不漏。他伸手向我要钥匙，我知道他是内行，敬谨从命。车库里我心爱的书籍遭殃的情况，我既看不见，也听不到。然而此时我既得了"天眼通"，又得了"天耳通"。库里一切破坏情况，朗朗如在眼前。我的心在流血。

这一批"小将"，东方语文学得不一定怎样有成绩，对中国历史上那一套诬陷罗织却是了解的。古代有所谓"瓜蔓抄"的做法，就是顺藤摸瓜，把与被抄家者的三亲六友有关的线索都摸清楚，然后再夷九族。他们逼我交出记载着朋友们地址的小本本，以便进行"瓜蔓抄"。我此时又多了一层担心：我那些无辜的亲戚朋友不幸同我有了关系，把足迹留在我的小本本上。他们哪里知道，自己也都要跟着我倒霉了。我的心在流血。

我蜷曲在厨房里，心里面思潮翻滚，宛如大海波涛。我心里是什么滋味呢？"只是当时已惘然"，现在更说不清楚了，好像是打翻了酱缸，酸甜苦辣，一时俱陈。说我悲哀吗？是的，但不全是。说我愤怒吗？是的，但不全是。说我恐惧吗？是的，也不全是。说我坦然吗？是的，更不全是。总之，我是又清楚，又糊涂，又清醒，又迷离。此时我们全家三位老人的性命，掌握在别人手中。我们像是几只蚂蚁，别人手指一动，我们立即变为齑粉。我们呼天天不应，呼地地不答。我不知道，我们是置身于人的世界，还是鬼的世界，抑或是牲畜的世界。茫茫大地，竟无三个老人的容身之地了。"椎胸直欲依坤母。"我真想像印度古典名剧《沙恭达罗》中的沙恭达罗那样，在走投无路的情况下，生母天上仙女突然下凡，把女儿接回天宫去了。我知道，这只是神话中的故事，人世间是不会有的。那么，我的出路在什么地方呢？

暗夜在窗外流逝。大自然根本不管人间有喜剧，还是有悲剧，或是既喜且悲的剧。对于这些，它是无动于衷的，我行我素，照常运行。"英雄"们在革过命以后，"兴阑啼鸟尽"，他们的兴已经"阑"了。我听到门外忽然静了下来，两个手持大棒的彪形大汉，一转瞬间消逝不见。楼外响起了一阵汽车开动的声音："英雄"们得胜回朝了。汽车声音刺破夜空，越响越远。此时正值朔日，天昏地暗。一片宁静弥漫天地之间，仿佛刚才什么事情也没有发生，只留下三个孤苦无告的老人，从棒影下解脱出来，呆对"英雄"们革过命的战场。

屋子里成了一堆垃圾。桌子、椅子，只要能打翻的东西，都打翻了。那一些小摆设、小古董，只要能打碎的，都打碎了。地面堆满了书架子上掉下来的书和从抽屉里丢出来的文件。我辛辛苦苦几十年积累起来的科研资料，一半被掳走，一半散落在地上。睡觉的床被彻底翻过，被子里非常结实的暖水袋，被什么人踏破，水流满了一床。看着这样被洗劫的情况，我们三个人谁都不说话——我们还有什么话可说呢？人生到此，天道宁论！我们哪里还能有一丝一毫的睡意呢？我们都变成了木雕泥塑，我们变成了失去语言、失去情感的人，我们都变成了植物人！

但是，我的潜意识还能活动，还在活动，我想到当时极为流行的一种说法：好人打好人是误会；坏人打好人是锻炼；好人打坏人是应该；坏人打坏人是内讧。如果把芸芸众生按照小孩子的逻辑分为好人与坏人两大类的话，我自己属于哪一类呢？不管我自己有多少缺点，也不管我干过多少错事，我坚决认为自己应该归入好人一类。我除了考虑自己以外，也还考虑别人，我不是"宁教我负天下人，不能教天下人负我"的曹孟德。这就是天公地道的好人的标准。来到我家抄家打砸抢的"小将"们是什么人呢？他们之中肯定有好人，一时受到蒙蔽干了坏事，这是可以原谅的。但是，大部分人恐怕都是乘人之危，借此发泄兽性的迫害狂，以达到不可告人的目的。如果说这样的人不是坏人，世界上还有坏人吗？他们在上面那种说法的掩护下，放心大胆地作起恶来。事情不是很明显吗？那几句话，我曾五体投地地崇拜过。及今视之，那不过是不讲是非、不分皂白、不讲原则、不讲正义的最低级的形而上学的诡辩。可惜受它毒害的年轻人上十万，上百万，到了今天，他们已经是四五十岁的成年人了，有的飞黄腾达，有的找到一个阔丈人，成了东床快婿，有的发了大财，官居高品，他们竟没有一个人对自己过去的所作所为感到一点悔恨，岂非咄咄怪事！难道这些人都那么健忘？难道这一些人连人类起码的良知都泯灭净尽了吗？

好不容易才熬到了天明。"长夜漫漫何时旦"？这一夜是我毕生最长的一夜，也是最难忘的一夜，用任何语言也无法形容的一夜。天一明，我就骑上了自行车到"井冈山"总部去。我痴心妄想，要从"自己的组织"这里来捞一根稻草。走在路上，北大所有的高音喇叭都放开了，一遍又一遍地高呼"打倒季羡林！"，历数我的"罪行"。我这个人大概还有一点影响，所以"新北大公社"才这样兴师动众，大张旗鼓。一个渺小的季羡林骑在自行车上，天空弥漫着"打倒季羡林"的声音。我此时几疑置身于神话世界、妖魅之国。这种滋味连今天回忆起来，都觉得又是可笑，又是可怕。从今天起，我已经变成了一只飞鸟，人人可以得而诛之了。

到了"井冈山"总部，说明了情况。他们早已知道了。一方面派摄影师到我家进行现场拍摄；另一方面——多可怕呀！——他们已经决定调查我的历史，必要时把我抛出来，甩掉这个包袱，免得受到连累，不利于同"新北大公社"的斗争。这是后来才知道的，当时我还是一片痴心。走出大门，我那辆倚在树上的自行车已经被人——当然是"新北大公社"的——用锁锁死。没有别的办法，我只好步行回家。从此便同我那辆伴随我将近二十年的车永远"拜拜"了。

回到家中，那一位"井冈山"的摄影师，在一堆垃圾中左看右看，寻找什么。我知道，在这里有决定意义的不是美，而是政治。他主要寻找"公社"抄家时在对待伟大领袖方面有没有留下可抓的小辫子，比如说领袖像，他们撕了或者污染了没有？有领袖像的报纸，他们用脚踩了没有？如此等等。如果有一条被他抓住，拍摄下来，这就是对领袖的大不敬，可以上纲上到骇人的高度，是对敌斗争的一颗重型炮弹。但是，要知道"新北大公社"的抄家专家也是有水平的，是训练有素的，那样的"错误"或者"罪行"他们是绝不会犯的。摄影师找了半天，发现"公社"的抄家术真正是无懈可击，嗒然离去。

我的处境，"井冈山"领导表面上表示同情。我当时有一个后来想起来令我感到后怕的想法：我想留在"井冈山"总部里。我害怕，"公社"随时都可能派人来，把我抓走，关在什么秘密的地方。这是当时屡次出现过的事，并不新鲜。"井冈山"总部是比较安全的，那里几乎是一个武装堡垒。可是我有点迟疑。我虽然还不知道他们准备同"公社"一样派人到处去调查我的历史，但是，在几天前我在"井冈山"总部里听到派人调查我在上面提到的那一位身为"井冈山"总勤务员之一的老教授的历史。他们认为，老知识分子，特别是留过洋的老知识分子的历史复杂；不如自己先下手调查，然后采取措施，以免被动。既然他们能调查那位老教授的历史，为什么就不能调查我的历史呢？我当时确曾感到寒心。现在我已经被公社"打倒"了。为了摆脱我这个包袱，他们会采取什么措施呢？我的历史，我最清楚。但是，那种两派共有的可怕的形而上学和派性，确实是能杀人的。用那种形而上学的方式调查出来的东西能准确吗？能公正吗？与其将来陷入极端尴尬的境地，被"自己人"抛了出去，还不如索性横下一条心，任敌人宰割吧。我毅然离开那里，回到自己家中。现在的家就成了我的囚笼。我在上面谈到，那年夏秋两季我时时感到有风暴在我头上凝聚，随时可以劈了下来。现在我仿佛成了躺在砍头架下的死囚，时时刻刻等待利刃从架上砍向我的脖颈。原来我认为天地是又宽又大的。现在才觉得，天地是极小极小的，小得容不下我这一身单薄的躯体。从前读一篇笔记文章，记载金圣叹临刑时说的话："杀头，至痛也。我于无意得之，不亦快哉！"我这个"反革命帽子"，也是于无意中得之，我却无论如何也说不出："不亦快哉！"我只能说："奈何！奈何！"

不管怎样，一夜之间，我身上发生了质变：由人民变成了"反革命分子"。没有任何手续，公社一声"打倒！"，我就被打倒了。东语系的公社命令我：必须待在家里！只许规规矩矩，不许乱说乱动！要随时听候传讯！但是，在最初几天，我等呀，等呀，然而没有人来。原因何在呢？"十年浩劫"过了以后，有人告诉我：当时"公社"视我如眼中钉，必欲拔之而后快。但是，他们也感到，"罪证"尚嫌不足。于是便采用了先打倒、后取证的战略，希望从抄家抄出的材料中取得"可靠的"证据，证明打倒是正确的。结果他们"胜利"了。他们用诬陷罗织的手段，深文周纳，移花接木，加深了我的罪名。到了抄家后的第三天或第四天，来了，来了，两个臂缠红袖章的公社红卫兵，雄赳赳，气昂昂，闯进我家，把我押解到外文楼去受审。以前我走进外文楼是以主人的身份，今天则是阶下囚了。可怜我在外文楼当了二十多年的系主任，晨晨昏昏，风风雨雨，呕心沥血，努力工作，今天竟落到这般地步。世事真如白云苍狗了！

第一次审讯，还让我坐下。我有点不识抬举，态度非常"恶劣"。我憋了一肚子气，又自恃没有辫子和尾巴，同审讯者硬顶。我心里还在想：俗话说，捉虎容易放虎难，我看你们将来怎样放我？我说话有时候声音很大，极为激烈。结果审讯不出什么。如是一次，两次，三次。最初审讯我的人——其中有几个就是我的学生——有时候还微露窘相。可是他们的态度变得强硬了。可能是由于他们掌握的关于我的材料多起来了，他们心中有"底"了——我禁不住要在这里提出一个问题：当年审讯我的朋友们！你们当时对这些"底"是怎样想的呀？你们是不是真相信，这一切全是真的呢？

这话扯远了，还是回来谈他们的"底"。第一个"底"是一只竹篮子，里面装着烧掉一半的一些信件。他们说这是我想焚信灭迹的铁证。说我烧的全是一些极端重要的、含有重大机密的信件。事实是，我原来住四间房子，"文革"起来后，我看形势不对，赶忙退出两大间，让楼下住的我的一位老友上来住，楼下的房子被迫交给一个无巧不沾的自命"出身"很好的西语系"公社"的一位女职员。房子减了一多半，积存的信件太多，因此想烧掉一些，减轻室间的负担。我在光天化日之下公然焚烧，心中并没有鬼。然而被一个"革命小将"劝阻，把没有烧完的装在一只竹篮中。今天竟成了我的"罪证"。我对审讯我的人说明真相，结果对方说我态度极端恶劣。第二个"罪证"是一把菜刀，是抄家时从住在另一间小房间里我婶母枕头下搜出来的。原来在"文革"兴起以后，社会治安极坏，传说坏人闯入人家抢劫，进门先奔厨房搜寻菜刀，威胁主人。我婶母年老胆小，每夜都把菜刀藏在自己枕下，以免被坏人搜到。现在审讯者却说是在我的房里我的枕头下搜出来的，是准备杀红卫兵的。我把真相说明，结果对方又说我态度更加极端恶劣。第三个"罪证"是一张石印的蒋介石和宋美龄的照片，这是我在德国哥廷根时一个可能是"三青团"团员或蓝衣社分子的姓张的"留学生"送给我的。我对蒋介石的态度，除了一段时间不明真相以外，从1932年南京请愿一直到今天，从来没有好过。我认为他是一个流氓。我也从来没有幻想过他真会反攻大陆。历史的规律是，一个坏统治者，一旦被人民赶走，绝不可能再复辟成功的。可是我有一个坏毛病，别人给我的信件，甚至片纸只字，我都保留起来，同我在上面提到的那一位公安总队的陈同志正相反，他是把所有的收到的信件都烧掉的。结果我果然由这一张照片而碰到点子上了。审讯者硬说，我保留这一张照片是想在国民党反攻大陆成功后邀功请赏的。他们还没有好意思给我戴上"国民党潜伏特务"的"帽子"，但已间不容发了。我向他们解释，结果是对方认为我的态度更加极端恶劣。

我百喙莫明。我还有什么办法呢？

在"自绝于人民"的边缘上

现在我真正紧张了。我原以为自己既无辫子也无尾巴。可人家"革命家"一抓就是一大把,而且看上去都是十分可怕的,有的简直是鲜血淋淋的"铁证"。尽管我对自己没有失去信心,但是对这些"革命家"我却是完全没有办法了。在派性加形而上学的控制之下,我能有什么办法说服他们呢?

这是绝不可能的。

我于是连夜失眠。白天神经紧张到最高限度,恭候提审。晚上躺在枕头上,辗转反侧,睁大眼睛,等候天明。我茶不思,饭不想,眼前一片漆黑,而且也不知道,什么时候黑暗才会过去。能不能过去?我也完全失掉了信心。我白天好像都在做梦。夜里,在乱梦迷离中,我一会儿看到那一把菜刀,觉得有什么人正用那一把刀砍我,而不是我砍别人。我不禁出一身冷汗,蓦然醒来。我一会儿又看到那一只装满了烧掉一半的信件的篮子。那篮子忽然着起火来,火光熊熊,正在燃向我的身边。我又出了一身冷汗，蓦地醒来。我一会儿又看见了蒋介石和宋美龄的照片，蒋介石张开血盆大口，露出了满嘴的朱齿獠牙，正想咬我。宋美龄则变成了一条美女蛇。我又出了一身更大的冷汗，霍地从梦中跳了出来。

这难道是一个人过的日子吗？

最可怕的还不是这一些东西。

最可怕的是环顾眼前，瞻望未来。

环顾眼前，我已经坠入陷阱，地上布满了蒺藜和铁刺，让我寸步难挪。我反对那一位"老佛爷"，这一下子可真捅了马蜂窝。站在我对立面的不都是坏人，我相信绝大部分是好人。可是一旦中了"派毒"，则不可以理喻。他们必欲置我于死地而后快。我自惟二十多年以来，担任东语系的系主任，所有的教员，不管老中青，都是直接或间接由我聘请的。我虽有不少缺点，但从不敢作威作福，总以诚待人。如今一旦分派，就视若仇人，怒目相向，我无论如何也难以理解。原来我认为是自己的一派，态度与敌对的一派毫无二致。我被"公社""打倒"了，"井冈山"的人也争先恐后，落井下石。他们也派自己的红卫兵到我家来，押解我到属于"井冈山"的什么地方去审讯。他们是一丘之貉，难兄难弟。到了此时，我恍如大梦初觉，彻底悟透了人生。然而晚矣。

最让我难以理解也难以忍受的是我的两个"及门弟子"。其中之一是贫下中农出身又是"烈属"的人，简直红得不能再红了。学习得并不怎样，我为了贯彻所谓"阶级路线"，硬是把他留下当了我的助教。还有一个同他像是"枣木球一对"的资质低劣，一直到毕业也没有进入梵文之门。他也是出身非常好的。为了"不让一个阶级弟兄掉队",我在课堂上给他吃偏饭,多向他提问。"可怜天下老师心",到了此时,我成了"阶级报复"者。就是这两个在山("井冈山")上的人,把我揪去审讯,口出恶言,还在其次。他们竟动手动脚,拧我的耳朵。我真是哭笑不得,自己酿的苦酒只能自己喝,奈之何哉!这一位姓马的"烈属"屡次扬言:"不做资产阶级知识分子的金童玉女!"然而狐狸尾巴是不能够永远掩盖的。到了今天,这一位最理想的革命接班人,已经背叛了祖国,跑到欧洲的一个小国,当"白华"去了。"天网恢恢,疏而不漏",自己吐出的唾沫最后还是落在自己脸上!我脑袋里还有不少封建思想,虽然我不相信"一日师徒,终身父子"这样的说法,但是对自己有恩无怨的老师,至少还应该有那么一点敬意吧!

总之,我在思想感情中,也在实际上,完全陷入一条深沟之内,左右无路,后退不能,向前进又是刀山火海。我何去何从呢?

一年多以来,我看够了斗争"走资派"的场面:语录盈耳,口号震天;拳打脚踢,耳光相间;谩骂凌辱,背曲腰弯;批斗完了,一声"滚蛋!"踢下斗台,汗流满面。到了此时,被批斗者往往是躺在地上,站不起来。我作为旁观者,胆战心颤。古人说:"士可杀,不可辱。"现在岂但辱而已哉!早已超过了这个界限。我们中华古国,礼仪之邦,竟有一些人沦落到这种程度,岂不大可哀哉!原来我还可以逍遥旁观,而今自己已成瓮中之鳖、阱中之兽,任人宰割,那些惊心动魄的场面就要降临到自己头上了!何况还有别人都没有的装满半焚信件的篮子、一把菜刀和蒋介石的照片。我就是长出一万张嘴，也是说不清了，我已是"罪大恶极，罪在不赦"。但是要我承认"天王圣明，臣罪当诛"，那是绝对办不到的。我知道，我的前途要比我看到的被批斗的"走资派"更无希望。血淋淋的斗争场面，摆在我眼前。我眼前一片漆黑……

我何去何从呢？

我必须做出抉择。

抉择的道路只有两条：一是忍受一切，一是离开这一切，离开这个世界。第一条我是绝对办不到的；看来只有走第二条道路一途了。

这是一个万分难做的决定。人们常说：蝼蚁尚且贪生，何况人乎？倘有万分之一的生机，一个人是绝不会做出这样的决定的。况且还有一个紧箍咒：谁要走这一条路，不管出于什么原因，都是"自绝于人民"。一个人被逼得走投无路，手中还剩下唯一的一点权利，就是取掉自己的性命。如果这是"自绝于人民"的话，我就自绝于人民一下吧。一个人到了死都不怕的地步，还怕什么呢？"身后是非谁管得"？我眼睛一闭，让世人去说三道四吧。

决定一旦做出，我的心情倒平静下来了，而且异常地平静，异常地清醒。

我平静地、清醒地、科学地考虑实现这个决定的手段和步骤。我想了很多，我想得很细致，很具体，很周到，很全面。

我首先想到的是"文化大革命"开始以来北大自杀的教授和干部。第一个就是历史系教授汪某人。"文革"开始没有几天，"革命小将"大概找上门去，问了他若干问题，不知道是否动手动脚了。我猜想，这还不大可能。因为"造反"经验是逐步总结、完善起来的。折磨人的手段也是逐步"去粗取精"地"完善"起来的。我总的印象是，开始时"革命者"的思想还没有完全开放，一般是比较温和的。然而我们这一位汪教授脸皮太薄，太遵守"士可杀，不可辱"的教条，连温和的手段也不能忍受，服安眠药，离开人间了。他一死就被定为"反革命分子"。"打倒反革命分子汪某"的大标语，赫然贴在大饭厅的东墙上，引起了极大震惊和震动。汪教授我是非常熟悉的。他在解放前夕冒着生命危险加入了地下党，为人治学都是好的。然而一下了就成了"反革命"。我实在不理解。但是我同情他。

第二个我想到的人是中文系总支书记程某某。对他我也是非常熟悉的。他是解放前夕地下学生运动的领导人之一，后来担任过北大学生会的主席。年纪虽不大，也算是一个老革命了。然而他也自杀了。他的罪名按逻辑推断应该是"走资派"，他够不上"反动学术权威"这个杠杠。他挨过批斗，"六一八"斗"鬼"时当过"鬼"，在校园里颈悬木牌劳动也有他的份。大概所有这些"待遇"他实在无法忍受，一时想不开，听说是带着一瓶白酒和一瓶敌敌畏，离家到了西山一个树林子里。恐怕是先喝了白酒，麻痹了一下自己的神志，然后再把敌敌畏灌下去，结束了自己的一生。我一想到他喝了毒药以后，胃内像火烧一般，一定是满地乱滚的情况，浑身就汗毛直竖，不寒而栗。

我还想到了一些别的人，他们有的从很高的楼上跳下来，粉身碎骨而死；有的到铁道上去卧轨，身首异处而死。这都是听说的，没有亲眼见到。类似的事情还听到不少，人数太多，我无法一一想到了。每个人在自杀前，都会有极其剧烈的思想斗争，这是血淋淋的思想斗争，我无法想下去了。

我的思绪在时间上又转了回去。我想到了很多年前的五十年代，当时有两位教授投未名湖自尽。湖水是并不深的。他们是怎样淹死的呢？现在想来，莫非是他们志在必死，在水深只达到腰部的水中，把自己的头硬埋入水里生生地憋死的吗？差不多同时，一位哲学系姓方的教授用刮胡刀切断了自己的动脉，血流如注，无论怎样抢救也无济于事，人们只能眼睁睁地看着他慢慢地痛苦地死去。

我的思绪在时间上更向后回转，一转转到了古代，我想到了屈原，他是投水死的。比屈原稍晚一点的是项羽，他是在四面楚歌声中自刎死的。对自刎这玩意儿我实在非常担心。一个人能有多大劲能把自己的首级砍下来呢？这比用手枪自杀原始得多了。我想，如果当年项羽有一把手枪的话，他绝不会选择刀剑。

我的思绪不但上下数千年，而且纵横几万里，我想到了以希特勒为首的德国法西斯头子们。据说，他们自知罪恶多端，每个人都准备了一点氰化钾，必要时只要用牙齿一咬，便可以上天堂或入地狱了。德国化学工业名震寰宇，他们便把化学技术应用到自杀上，非其他国家所能望其项背。日本人则以剖腹自杀闻名于世，这是日本人的专利，没听说其他国家向日本学习的。不过这种方式一个人还实行不了，因为剖了腹一个人也是不会立即死去的，必须有一个助手在旁，自杀者一经剖腹，助手立刻砍下他的脑袋，日文叫作"介错"。我还听说，日本青年男女在热恋最高潮时往往双双跳入火山口中。这也不能普遍实行，没有火山的地方，是绝对行不通的。

就这样，我浮想联翩，想入非非。有时候，我想得非常具体，非常生动，我把死人想象得就像在自己眼前一样。我仿佛看到了鲜红的血流满尸体，可怕而又具有吸引力。我知道，这绝不会给我带来愉快，然而却是欲罢不能，难道上苍就真不给我留一条活路了吗？

我从来没有研究过自杀学，可现在非考虑不行了。我原以为离开自己很远很远，与自己毫不相干的事情，现在就出现在自己眼前了。我绝无意于创建一门新的"边缘科学"，自杀学或比较自杀学。现在是箭在弦上，非创建不行了。凡是一门新兴学科，必有自己的理论基础。我在别的方面理论水平也很低，对于这一门新兴的比较自杀学，我更没有高深的理论。但是想法当然是有一点的。我不敢敝帚自珍，现在就公开出来。

我用不着把历史上和当前的自杀案例一一都搜集齐全，然后再从中抽绎出理论来。仅就我上面提到的一些案例，就能抽绎出不少的理论来了。使用历史唯物主义阶级分析的方法，我能够把历史上出现的自杀方式按社会发展的程序分成不同的类型。悬梁、跳井，大概是最古老的方式，也是生命力最强的方式，从原始社会，经过封建社会和资本主义社会，都能使用。今天也还没有绝迹，可谓数千年一贯制了。氰化钾是科学发达国家法西斯头子的专用品。剖腹和跳入火山口恐怕只限于日本，别国人是学不来的。这方式在封建社会和资本主义社会都同样可以使用。至于切开动脉仅限于懂点生理学的知识分子，一般老百姓是不懂得的。服安眠药则是典型的资本主义方式，是世界上颇为流行的方式，无论姓"资"还是姓"社"，都能懂得的。不过，我想，这也恐怕仅限于由于脑力劳动过度而患神经衰弱的知识分子，终日锄地的农民是不懂得服安眠药的。我为什么说它是资本主义方式呢？中药也有镇静剂，但药力微弱，催眠则可，自杀不行。现在世界上流行的安眠药多半出自资本主义国家，所以我说它是资本主义方式。服安眠药自杀最保险，最无痛苦。这可以说是资本主义"优越性"表现之一吧。

我的理论基础大抵如此。

理论必须联系实际：我究竟要采用什么方式呢？不用细说，大家一定都能猜到：资本主义方式。好在我已经被打倒，成了"反革命分子"，这一点嫌疑我也无须避讳了。

在自杀行动中，决心下定以后，最重要的问题就是决定用什么方式。现在我的方式既已选定，大功告成就在眼前。我可以考虑行动的时间和地点了。时间问题很容易解决：立即实行，越快越好。至于地点问题则颇费周折。解决这个问题，首先——恕我借用一个当时极为流行的词儿——要考虑人力问。人力向无非是有两个：一近一远。近是就在家里，远则要走出家门。最方便当然是在家里。但我顾虑重重。我们家里只有一大间一小间房子。如果在家里实施我的计划，夜里服下安眠药，早晨一起床，两个老太太看到我直挺挺地躺在床上，她们即使不被吓死，也必然被吓昏。这是多么可怕的情景呀！我一生为别人考虑过多，此时更是不得不尔。把我的尸体抬出去以后，死过人而且是死过自己亲人的房间，她们敢住下去吗？不敢，又待如何？值此世态炎凉、人情如纸的时代，谁肯谁又敢向这两位孤苦无告的老太婆伸出援助之手呢？我现在已成为双料的"反革命分子"，"新北大公社"已经给我戴上了这样一顶"帽子"，如今又"自绝于人民"，是在"反革命"之上又加"反革命"了。总之，在家里不行。

那就在外面吧。在外面也有一个方向问题，而且方向的头绪更多。我首先是受了我上面提到的中文系那一位总支书记的启发，想到了西山。西山山深林密，风光秀丽。倘我能来到此处，猎猎松涛，淙淙泉声，头枕松针，仰视碧空，自己亲手消灭掉一生最可宝贵的生命，多么惬意，又是多么有诗意呀！简直是我一生中最后的一首最美妙的诗。但是，那地方太远，路上倘被红卫兵截获，那就要吃不了的兜着走了。我否定掉这个想法，又想到颐和园。过去有不少名人到这里来寻短见，王国维是最著名的例子。可我不想学王老先生投水自尽。在山后找一个洞穴，吞下安眠药，把花花世界丢在身后，自己一走了之。但是我又怕惊吓了游兴正浓的游园的仕女君子。这个主意也不妥。我想来想去，想到了后面只有一条马路之隔的圆明园。这里有极大的苇坑。时值初冬，芦花正茂。我倘能走到芦苇深处，只需往地上一躺，把安眠药一服，自己的目的立即达到。何等干净，又何等利索！想到这里，我对自己非常满意，我高兴得简直想手之舞之，足之蹈之。我认为，这简直是我的天才的火花的最后而又最光辉的一次闪烁，过此则广陵散矣。

我的心情异常地平静，平静得让自己都感到害怕。我没有研究过古今自杀人的死前心理学。屈原在泽畔行吟时的心情，从他的作品中得知一二，但也不够具体。按道理，一个人决定死是非常困难的，感情应该有极其剧烈的波动，甚至痛哭流涕，坐卧不宁，达到半疯的地步；然后横下一条心，慷慨死去。江淹说："自古皆有死，莫不饮恨而吞声。"我一没有饮恨，二没有吞声。我的心情很平静，平静得让我自己都感到异样，感到不可解。

但是，平静中也有不平静。我想到明天此时，我直挺挺地躺在圆明园荒凉寂寞的大苇坑中。那里几乎是人迹不至的地方。不知道会隔多少时候才会有人发现了我的尸体。此时我的尸体也许已经腐烂了，也许已经被什么鸟兽咬掉一只胳臂或一条腿；肚子也许已经被咬开，肠子、五脏都已被吃掉；浑身血肉模糊，惨不忍睹。眼下还是一个完整的我，到了那时候会变成什么样子呢？我浑身颤抖，我想不下去了。我仿佛能听到那时候"新北大公社"的广播台声嘶力竭地一遍又一遍播放："反革命分子季羡林自绝于人民，畏罪自杀。罪该万死！""井冈山"的广播台也绝不会自甘落伍，同"新北大公社"展开"打倒季羡林"的竞赛。

但是，不管这些幻想多么可怕，它仍然阻挡不住我那自杀的决心。决心一下，绝不回头。我心情平静，我考虑我这五十多年的一生最后几个钟头必须做的事情。我有点对不起陪我担惊受怕的我那年迈的婶母，对不起风风雨雨、坎坎坷坷、伴我度过四十年的老伴，对不起我那些儿女孙辈，对不起那恐怕数目不多的对我仍怀有深情厚谊的亲戚和朋友。我对不起的人恐怕还有很多很多，我只能说一句："到那边再会了。"我把仅有的几张存款单，平平淡淡地递给婶母和老伴，强抑制住自己，没有让眼泪滴在存款单上。我无言地说："可怜的老人！今后你们就靠这一点钱生活下去吧！不是我狠心，也不是我自私，茫茫宇宙，就只给我留下这样一条独木桥了，我有什么办法呢？"她们一定明白我的意思的，她们的感情也没有激动，眼泪也没有流下。我没有考虑立什么遗嘱，那毫无用处。伴我一生的那些珍贵的书籍，我现在管不了啦，这就是我生离死别的一幕。一切都平静得平淡得令我害怕。

我半生患神经衰弱失眠症，服用的中西安眠药成箩成筐，我深通安眠药之学，平日省吃俭用，节约下来不少，丸与水都有，中与西兼备。这时我搜集在一起，以丸打头，以水冲下，真可谓珠联璧合，相辅相成。我找了一个布袋子，把安眠药统统装在里面，准备走出门去，在楼后爬过墙头，再过一条小河和一条马路，前面就是圆明园。

一切都准备就绪，只等我迈步出门——

千钧一发

然而门上响起了十分激烈的敲门声。我知道，红卫兵又光临了。果然，一开门便闯进来三个学生，雄赳赳，气昂昂，臂章闪着耀眼的红光。他们是来押解我到什么地方去进行批斗的。

在这样的情况下，我深知自己毫无发言的权利。我只是一头被赶赴屠宰场的牲畜，任人宰割，任人驱使。我立即偷偷地放下那只装着安眠药的袋子，俯首帖耳，跟着出去。家里的两位老太太眼睁睁地看着自己的亲人被押走。她们也同我一样一言不发。当前是人为刀俎，我为鱼肉，生杀大权操在别人手中的时刻。走在路上，我被夹在中间，一边一个红卫兵，后面还有一个，像是后卫。他们边走边大声训斥，说我的态度恶劣至极，竟敢反唇相讥。今天要给我一点颜色看，煞煞我的威风。我只有洗耳恭听，一声不吭。我意识到，一场特大的风暴正在我头上盘旋。我以前看过的那一些残酷斗争的场面，不意今天竟临到自己头上了。原来只是一个旁观者，今天成了主角了。说心里不害怕，那不是真话。但是害怕又有什么用处呢？我脑袋里懵懵懂懂，又似清楚，又似糊涂，乱成一团。我想到被绑赴刑场的场面。我还没有被绑赴刑场去杀头或者枪毙的经验。我现在心里的滋味是不是同那件事有点相似呢？我说不清楚。事实上，我认为还不如杀头或者枪毙，那只是一秒钟的事儿，刀光一闪，枪声一响，我就渡过难关了。现在我却不知道，批斗要延长多久，也不知道，有些什么折磨人的花样……

一路之上，我不敢抬头，不敢看别人。我不知道，别人怎样看我。我想到鲁迅的小说《示众》。我现在就是那个被示众者。我周围必然有一大群像小说中所说的"观众"。他们大概也是指指点点，议论纷纷。可惜我不可能也无心去聆听他们的议论了。

不知道是怎样一来，我就被押解到一个地方。我低头看到地面，我知道这是大饭厅，这是全校最大的室内聚会场所。我从后门走进去，走到一间小屋子里，那里已经有几个"囚犯"，都成了达摩老祖，面壁而立。我不敢看任何人，我不知道他们是谁。我也被命令面壁而立。我的耳朵还没有堵上，我还能听到说话的声音，有的声音我是熟悉的。我只觉得人影纷乱，我只听得人声嘈杂。到场的人一定都是"新北大公社"的，"井冈山"的人是不会来的。我屏息静气地站在那里。蓦地听到一声清脆的耳光声，而自己脸上并没有什么感觉，知道是响在别的"囚犯"的脸上的。我心里得到了一点安慰。但是立刻又听到了一声更为清脆的耳光声，声音近在眼前，我脸上有点火辣辣的。我意识到，这一声是发生在自己脸上了。我心里有点紧张了。可是我的背上又是重重的一拳，腿上重重的一脚。我吃了老虎胆、豹子心，胆敢起来反对他们那一位女主人。他们把仇恨集中到我身上，这是很自然的。我自作自受，又何怪哉？除此以外，我想还有别的根由：有的人确实是从折磨别人中得到快感享受的。中国古代的哲人强调"人禽之辨"。他们的意见当然是，人高于禽兽。可是在这方面，我还是同意鲁迅的意见的。他说，动物在吃人或其他动物时，张嘴就吃，绝不会像人这样，先讲上一通大道理，反复解释你为什么必须被吃，而吃人者又有多少伟大的道理，必须吃人。人禽之辨，也就是禽兽与人的区别，就在这里；换句话说，禽兽比人要好，它们爽直，肚子饿了就吃人或别的动物。"新北大公社"的"人"，同禽兽比一比，究竟怎样呢？

这些想法是后来才有的。当时我只是一头就要被吃的牲畜，我既紧张，又恐惧；既清醒，又糊涂。我面壁而立，浑身的神经都集到耳朵上，身体上的一切部位，随时都在准备着，承受拳打，承受脚踢。我知道，这些都只能算是序曲，大轴戏还在后面哩。

果然，大轴戏终于来了。我蓦地听到空中一声断喝，像一声霹雳："把李玉林押上来！"于是走上来了两个红卫兵。一个抓住我的右臂，拧在我的背上，一个抓住左臂，也拧在背上。同时，一个人腾出来一只手，重重地压在我的脖颈上，不让我抬头。我就这样被押上了批斗台，又跟跟跄跄地被推搡到台的左前方。"弯腰！"好，我就弯腰。"低头！"好，我就低头。但是脊梁上又重重挨了拳："往下弯！"好，我就往下弯。可腿上又凶猛地被踢了一脚："再往下弯！"好，我就再往下弯。我站不住，双手扶在膝盖上。立刻又挨了一拳，还被踢了一脚："不许用手扶膝盖！"此时双手悬在空中，全身的重力都压到了双腿上，腿真有点承受不了啦。"革命小将"按照喷气式飞机的构造情况，要我变成那个样子。他们工作作风谨严至极，光是调整我的姿势，就用去了几分钟。可我的双腿已经又酸又痛，我直想索性跪在地上。但是，我知道那样一定会招来一阵拳打脚踢。我现在唯一的出路只有咬紧牙关忍受一切了。

忽然听到身后主席台上有人讲话了。台上究竟有多少人，我不清楚。有多少批斗者，又有多少被批斗者，我更不清楚。至于台上的情况，我当然不敢睁眼去看，只听得人声鼎沸，口号之声震天动地。那个讲话的人究竟讲了些什么，我根本没有心思去听。我影影绰绰地知道了，今天我不是主角，我只是押来"陪斗"的。被斗的主角是一个姓戈的老同志。论革命资历，他早于"三八式"。论行政经历，他担任过河北大学校长和北大副校长、党委副书记。这样一位老革命，只因反对了那一位"老佛爷"，也被"新北大公社""打倒"，今天抓来批斗。我弄清楚了自己在这一次空前的大批斗中的地位，心里稍感安慰。在我的右面，大概是主席台的正中，是那位老同志待的地方。他是站着？是坐着？是跪着？还是坐"喷气式"？我都不清楚。我只听得清脆的耳光声，剧烈的脚踢声，沉重的拳头声，声声不绝。我知道他正在受难。也许有人（？）正用点着的香烟烧他的皮肤。可我自己正是泥菩萨过江，自身难保。况且我的双腿已经再没有力量支撑我的身体了，酸痛得简直无法形容。我眼前冒金星，满脸流汗。我咬紧了牙根，自己警告自己："要忍住！要忍住！你可无论如何也不能倒下去呀！否则那后果就不堪设想了！"忽然，完全出我意料，一口浓痰啪的一声吐在我的左脸上。我当然不知道是从哪里来的。我也只能"唾面自干"。想用手去擦，是绝对不可能的。我牙根咬了再咬，心里默默地数着数，希望时光赶快过去。此时闹哄哄的大饭厅里好像突然静了下来，好像整个大饭厅，整个北大，整个北京，整个中国，整个宇宙，只剩下了我一个人。

突然间，大饭厅里沸腾起来，一片震天的口号声，此伏彼起，如大海波涛：批斗大会原来结束了。我还没有来得及松一口气，又被人卡住脖子，反剪双手，押出了会场，押上了一辆敞篷车。我意识到我的戏还没演完，现在是要出去"示众"了。英雄们让我站在正中间，仍然是一边一个人，扭住我的胳臂。我什么也看不见，什么也不敢看。只觉得马路两旁挤满了人。有人用石头向我投掷，打到我的头上，打到我的脸上，打到我的身上。我觉得有一千只手挥动在我的头顶上，有一千只脚踢在我的腿上，有一千张嘴向我吐着唾沫。我招架不住，也不能招架。汽车只是向前开动。开到什么地方去？我完全不知道。我在这里住了将近二十年，每一寸土地我都是稔熟的。可我现在完全糊涂了。我现在像一只颠簸在惊涛骇浪中的小船，像一只四周被猎人包围住的兔子或狐狸，像随风飘动的柳絮，像无家可归的飞鸟。路旁的喊叫声惊天动地，口号声震撼山岳，形成了雄壮无比的大合唱。我脑袋里糊里糊涂，昏昏沉沉。我知道，现在是生命掌握在别人手中，横下了一条心，听天由命吧。

过了不知多久，也不知道车开到了什么地方。车猛然停了。一个人——不是学生，就是工人——一脚把我踹下了汽车。我跌了一个筋斗，躺在地上，拼命爬了起来。一个老工人走上前来，对着我的脸，猛击一掌，我的鼻子和嘴里立即流出了鲜血。这个老工人，我是认识的。后来，当8341进校时，他居然代表北大的工人阶级举着牌子欢迎解放军。我心里真不是滋味。他够得上当一个工人吗？这是后话，暂且不提。我当时嘴里和鼻子里鲜血都往下滴，我仓皇不知所措。忽然听到头顶上工人阶级一声断喝："滚蛋！"我知道是放我回家了。我真好像是旧小说中在"刀下留人"的高呼声中被释放了的死囚。此时我的灵魂仿佛才回到自己身上。我发现，头上的帽子早已经丢了，脚上的鞋也只剩下一只。我就这样一瘸一拐，走回家来。我的狼狈情况让家里的两位老太太大吃一惊，然而立即转惊为喜，我总算是活着回来了。

这是我活了五十多年第一次受到的批斗。它确实能令人惊心动魄，毕生难忘。它把人的残酷的本性暴露无遗。然而它却在千钧一发之际救了我一条命。"这样残酷的批斗原来也是可以忍受得住的呀！"我心里想。"有此一斗，以后还有什么可怕的呢？还是活下去吧！"我心里又想。可我心里真是充满了后怕。如果押解我的红卫兵晚来半个小时的话，我早就爬过了楼后的短墙，到了圆明园，服安眠药自尽了。如果我的态度稍微好一点的话，东语系"新北大公社"的头领们绝不会想到要煞一煞我的威风，不让我来陪斗，我也早已横尸圆明园大苇塘中了。还能有比这更可怕的事情？我还得到了一个结论，一条人生经验：对待坏人有时候还是态度坏一点好。我因为态度坏，才捡了一条命。这次批斗又仿佛是做了一次实验，确定一个人在残酷的折磨下能够忍受程度的最低线。我所遭受的显然还是在这一条线上的。这些都是胡思乱想，反正性命是捡到了。可是捡到了性命，我是应该庆幸呢，还是应该后悔，我至今也还没有弄清楚。

既然决心活下去了，那就要准备迎接更残酷更激烈的批斗。这个思想准备我是有的。

　　我在这里想先研究一个问题：批斗问题。我不知道，这种形式是什么人发明的。大概也是集中了群众的智慧，去粗取精、去伪存真才发明出来的吧。如果对这种发明创造也有专利权的话，这个发明者是一个天才，他应当获得头等大奖。但是我认为他却是一个愚蠢的天才。这种批斗在形式上轰轰烈烈，声势浩大，实则什么问题也不能解决。在旧社会，县太爷或者什么法官，下令打屁股，上夹板，甚至用竹签刺入"犯人"的指甲中，目的是想屈打成招。现在的批斗想达到什么目的呢？如果只想让被批斗者承认自己是"走资派"，是"资产阶级反动学术权威"，罪名你不是已经用大喇叭、大字报昭告天下了吗？承认不承认又有什么用处呢？这个或这些发明者或许受了西方为艺术而艺术的影响，他或他们是为批斗而批斗。再想得坏一点，他或他们是为了满足人类折磨别人以取乐的劣根性而批斗。总之，我认为，批斗毫无用处。但是，在这里，我必须向发明者奉献出我最大的敬意，他们精通科学技术，懂得喷气式飞机的构造原理，才发明了喷气式批斗法。这种方法禽兽们是想不出来的。人为万物之灵，信矣夫！

　　闲言少叙，书归正传。命捡到了，很好。但是捡来是为了批斗的。隔了几天，东语系批斗开始了。原来只让我做配角，今天升级成了主角了。批斗程式，一切如仪。激烈的敲门声响过之后，进来了两个（比上次少了一个）红卫兵，雄赳赳，气昂昂，臂章闪着耀眼的红光，押解着我到了外文楼。进门先在楼道里面壁而立。我仍然是什么都不敢看。耳旁只听得人声嘈杂。我身旁站着两个面壁的人。我明白，这是陪斗者。我在东语系工作了二十多年，现在培养出来的教员和学生，工作起来，有条不紊，滴水不漏，心里暗暗地佩服。还没有等我思想转回到现场来，只听得屋里一声大喊："把季羡林押上来！"从门口到讲台也不过十几步。然而这十几步可真难走呀！四只手扭住了我的胳臂，反转到背上，还有几只手卡住脖子。我身上起码有七八只手，距离千手千眼佛虽还有一段差距，然而已经够可观的了。可是在这些手的缝里还不知伸进了多少手，要打我的什么地方。我就这样被推推搡搡押上了讲台。此处是我二十年来经常站的地方，那时候我是系主任，一系之长，是座上宾；今天我是"反革命分子"，是阶下囚。人生变幻不测，无以复加矣。此时，整个大教室里喊声震天。一位女士领唱。她喊一声："打倒××分子季羡林！"于是群声合之。这××是可以变换的，比如从"资产阶级反动学术权威"变为"走资派"，再变为"国民党残渣余孽"——我先声明一句：我从来没有参加过国民党——再变为什么，我记不清了。每变换一次，"革命群众"就跟着大喊一次。大概"文化大革命"所有的"帽子"都给我戴遍了。我成了北京大学集戴"帽子"之大成的显赫人物！

我斜眼看了看主席台的桌子上摆着三件东西：一是明晃晃一把菜刀；一是装着烧焦的旧信件的竹篮子；一是画了红×的蒋介石和宋美龄的照片。我心里一愣，几乎吓昏了过去。我想："糟了！我今天性命休矣！"对不明真相的群众来说，三件东西的每一件都能形象地激发起群众的极大的仇恨，都能置我于死地。今天我这个挂头牌的主角看来是凶多吉少了。古人说过："既来之，则安之。"地上没有缝，我是钻不进去的。我就"安之"吧。

"打倒"的口号喊过以后，主席恭读语录，什么"革命不是请客吃饭"，什么"你不打他就不倒"之类。我也不知道，读语录会起什么作用。是对"革命群众"的鼓励呢？还是对"囚犯"的震慑？反正语录是读了，而且一条一条地读个没完。终于语录结束了。什么人做主旨发言——好像就是到我家去抄过家的学泰语的王某某——历数我的"罪状"，慷慨激昂，义形于色。我此时正坐着"喷气式"，两腿酸痛得要命。我全身精力都集中到腿上，只能腾出四分之一的耳朵聆听发言。发言百分之九十九是诬蔑、捏造、罗织、说谎。我的头脑还是清楚的，但是没有感到什么愤愤不平——惯了。他说到激昂处，"打倒"之声震动屋瓦。宇宙间真仿佛充满了正气。这时逐渐有人围了过来，对我拳打脚踢，一直把我打倒在地。我在大饭厅陪斗时，只听到拳打脚踢的声音，这声音是发生在别人身上的。这次却发生在自己身上。我是否已经鼻青脸肿，没有镜子，我自己看不到。不久有人把我从地上拖了起来，是更激烈的拳打脚踢。此时我想坐"喷气式"也不可能了。围攻者中我看清楚的有学印地语的郑某，学朝鲜语的谷某某，还有学越南语的王某某。前一个能说会道，有"电门"之称，是"老佛爷"麾下的铁杆。后二者则都是彪形大汉，"两臂有千钧之力"。我忽然又有了被抄家时的想法：我这样一个糟老头子，手无缚鸡之力。你们只需出一个女的铁杆社员，就足能把我打倒在地，并且踏上一千只脚。何必动用你们武斗时的"大将"来对付我呢？你别说，这些巨无霸还真克尽厥职，绝不吝惜自己的力量。他们用牛刀来杀我这一只鸡。结果如何，读者自己可以想象了。

　　我不知道，批斗总共进行了多长的时间。真正批得淋漓尽致。我这个主角大概也"表演"（被动地表演）得不错。恐怕群众每个人都得到了自己那一份享受，满意了。我忽听得大喊一声："把季羡林押下去！"我又被反剪双手，在拳头之林中，在高呼的口号声中，被押出了外文楼。然而革命热情特高的群众，革命义愤还没有完全发泄出来，追在我的身后，仍然是拳打脚踢。我想抱头鼠窜，落荒而逃；然而却办不到，前后左右，都是追兵。好像一个姓罗的阿拉伯语教员说了几句话，追兵同仇敌忾的劲头稍有所缓和。这时候我已经快逃到了民主楼。回头一看，后头没了追兵。心仿佛才回到自己的腔子里，喘了一口气。这时才觉得浑身上下又酸又痛，鼻下、嘴角、额上，有点黏糊糊的，大概是血和汗。我就这样走回了家。

　　我又经过了一场血的洗礼。

劳改的初级阶段

跟着来的是一个批斗的高潮期。

从 1967 年冬天到 1968 年春天，隔上几天，总有一次批斗。对此我已经颇能习以为常，"曾经沧海难为水"，我是在批斗方面见过大世面的人，我又珍惜我这一条像骆驼钻针眼似的捡来的性命，我再不想到圆明园了。

这一个高潮期大体上可以分成两个阶段：从开始直到次年的初春为批斗和审讯阶段；从初春到 1968 年 5 月 3 日为批斗、审讯加劳动阶段。

在第一个阶段中，批斗的单位很多，批斗的借口也不少。我曾长期在北大工会工作。我生平获得的第一个"积极分子"称号，就是"工会积极分子"。北京刚一解放，我就参加了教授会的组织和领导工作。后来进一步发展，组成了教职员联合会，最后才组成了工会。风闻北大工人认为自己已是领导阶级，羞与知识分子为伍组成工会。后经不知什么人解释、疏通，才勉强答应。工会组成后，我先后担任了北大工会组织部长，沙滩分会主席。在沙滩时，曾经学习过美国竞选的办法，到工、农、医学院和国会街北大出版社各分会，去做竞选演说，精神极为振奋。当时初经解放，看一切东西都是玫瑰色的。为了开会布置会场，我曾彻夜不眠，同几个年轻人共同劳动，并且以此为乐。当时我有一个问题，怎么也弄不清楚：我们这些知识分子同中华人民共和国的领导阶级工人阶级是什么关系呢？这个问题常常萦绕在我脑海中。后来听一个权威人士解释说：知识分子不是工人，而是工人阶级。我的政治理论水平非常低。我不明白：为什么不是工人而能属于工人阶级？为了调和教授与工人之间的矛盾，我接受了这个说法，但是心里始终是糊里糊涂的。不管怎样，我仍然兴高采烈地参加工会的工作。1952年，北大迁到城外以后，我仍然是工会积极分子。我被选为北京大学工会主席。北大教授中，只有三四人得到了这个殊荣。

　　然而到了"文化大革命"中，这却成了我的特殊罪状。北大"工人阶级"的逻辑大概是：一个从旧社会过来的臭知识分子，得以滥竽工人阶级，已经证明了工人阶级的宽宏大量，现在竟成了工人阶级组织的头儿，实在是大逆不道，罪在不赦矣。对北大"工人阶级"的这种逻辑，我是能够理解的，有时甚至是同意的。我在上面已经谈到，我心悦诚服地承认自己是资产阶级知识分子，因为我有个人考虑。至于北大"工人阶级"是否都是大公无私，毫不利己，专门利人，我当时还没有考虑。但是对当时一个流行的说法"资产阶级知识分子统治我们学校的现象，再也不能继续下去了"，我却大惑不解。我们资产阶级知识分子，虽然当了教授，当了系主任，甚至当了副校长和工会主席，可并没有真正统治学校呀！真正统治学校的是上级派来的久经考验的老革命。据我个人的观察，这些老革命个个都兢兢业业地执行上级的方针政策，勤勤恳恳地工作。他们不愧是国家的好干部。"文化大革命"中，他们都成了"走资派"，我觉得很不公平。现在又把我们这些知识分子拉进了"统治"学校的圈子，这简直是"城门失火，殃及池鱼"。

这个问题现在暂且不谈，先谈我这个工会主席。我被"打倒"批斗以后，北大的工人不甘落后。在对我大批斗的高潮中，他们也挤了进来。他们是工人，想法和做法都同教员和学生有所不同。他们之间的区别是颇为明显的：工人比学生力气更大，行动更"革命"（野蛮）。他们平常多欣赏评剧，喜欢相声等等民间艺术。在"文化大革命"中，他们大概发现了大批斗要比评剧和相声好看、好听得多，批斗的积极性也就更高涨。批斗我的机会他们怎能放过呢？于是在一阵激烈的砸门声之后，闯进来了两个工人，要押解我到什么地方去批斗。他们是骑自行车来的。我早已无车可骑。这样我就走在中间，一边一个人推车"护驾"，大有国宾乘车、左右有摩托车卫护之威风。可惜我此时心里正在打鼓，没有闲情逸致去装阿Q了。

听说，北大工人今天本来打算把当过北大工会主席的三位教授揪出来，一起批斗。如果真弄成的话，这是多么难得的一出戏呀！这要比杨小楼和梅兰芳合演什么戏还要好看得多。可惜三位中的一位已经调往中国社会科学院，另一位不知为什么也没有揪着，只剩下我孤身一人，实在是大煞风景。但是，"我们工人有力量"，来一个就先斗一个吧。就这样，他们仍然一丝不苟；并没有因为只剩下一个人，就像平常劳动那样，偷工减料，敷衍了事。他们绝不率由旧章，而是大大地发挥了创造性：把在室内斗争，改为"游斗"，也就是在室外大马路上，边游边斗。这样可以供更多的人观赏，满足自己的好奇心或者别的什么心。我糊里糊涂，不敢抬头，不敢说话，任人摆布，任人捉弄。我不知道沿途"观礼"者有多少人。从闹哄哄的声音来推测，大概人数不少。口号声上彻云霄，中间掺杂着哈哈大笑声。可见这一出戏是演得成功了。工人阶级有工人阶级的脾气：理论讲得少，拳头打得重，口号喊得响，石块投得多。耳光和脚踢，我已经习以为常，不以为忤。这一次不让我坐"喷气式"，这就是对我最大的安慰，我真是感恩戴德了。

工会的风暴还没有完全过去，北大亚非所的"革命群众"又来揪斗我了。人们干事总喜欢一窝蜂的方式，要么都不干，要么都抢着干。我现在又碰到了这一窝蜂。在"文革"以前，北大根据教委（当时还叫教育部或者高教部）的意见，成立了亚非研究所。校长兼党委书记陆平亲自找我，要我担任所长。其实是挂名，我什么事情都不管。因此我同所里的工作人员没有任何利害冲突，我觉得关系还不错。可是一旦我被"打倒"，所里的人也要显示一下自己的"革命性"或者别的什么性，绝不能放过批斗我的机会。这算不算"落井下石"呢？大家可以商量研究。总之我被揪到了燕南园的所里，进行批斗。批斗是在室内进行的，屋子不大，参加的人数也不多。我现在在被批斗方面好比在老君八卦炉中锻炼过的孙大圣，大世面见得多了，小小不然的我还真看不上眼。这次批斗就是如此。规模不大，口号声不够响，也没有拳打脚踢，只坐了半个"喷气式"。对我来说，这简直只能算是一个"小品"，很不过瘾，我颇有失望之感。至于批斗发言，则依然是百分之九十是胡说八道，百分之九是罗织诬陷，大约只有百分之一说到点子上。总起来看水平不高。批斗完了以后，我轻轻松松地走回家来。如果要我给这次批斗打一个分数的话，我只能给打二三十分，离及格还有一大截子。

在一次东语系的批斗会上——顺便说一句，这样的批斗会还是比较多的；但是，根据生理和心理的原则，事情太多了，印象就逐渐淡化，我不能都一一记住了——我瞥见主斗的人物中，除了"新北大公社"的熟悉的面孔以外，又有了对立面"井冈山"的面孔。这两派虽然斗争极其激烈，甚至动用了长矛和其他自制的武器，大有你死我活不共戴天之势。然而，从本质上来看，二者并没有区别，都搞那一套极"左"的东西，都以形而上学为思想基础，都争着向那一位"红色女皇"表忠心。现在是对"敌"斗争了——这个"敌"就是我——大家同仇敌忾，联合起来对我进行批斗，这是完全可以理解的。有一次斗争的主题是从我被抄走的日记上找出的一句话："江青给'新北大公社'扎了一针吗啡，他们的气焰又高涨起来了。"这就犯了大忌，简直是大不敬。批斗者的理论水平极低——他们从来也没有高过——说话简直是语无伦次。我坐在"喷气式"上，心里无端产生出鄙夷之感。可见我被批斗的水平已经猛增，甚至能有闲情逸致来评断发言的水平了。从两派合流我想到了自己的派性。日记中关于江青的那一句话，证明我的派性有多么顽固。然而时过境迁，我认为对之忠贞不贰的那一派早已同对立面携起手来对付我了。我边坐"喷气式"，边有点愤愤不平了。

这样的批斗接二连三，我心中思潮起伏，片刻也不能平静。我想得很多，很多；很远，很远。我想到我的幼年。如果我留在乡下的话，我的文化水平至多也只是一个半文盲。我们家里大约只有一两亩地。我天天下地劳动。解放以后还能捞到一个贫农的地位，可以教育知识分子了。生活当然是清苦的，"人生识字忧患始"，我可以无忧无患，多么舒服惬意呀！如今自己成了大学教授，可谓风光已极。然而一旦转为"反动权威"，则天天挨批挨斗，胆战心惊，头顶上还不知道戴上了多少顶"帽子"，前途未卜。我真是多么后悔呀！造化小儿实在可恶之至！

这样的后悔药没有什么用处，这一点我自己知道。我下定决心，不再去想，还是专心致志地考虑眼前的处境为佳，这样可能有点实际的效益。我觉得，我在当时的首要任务是锻炼身体。这种锻炼不是一般的体育锻炼，而是特殊的锻炼。说明白一点就是专门锻炼双腿。我分析了当时的种种矛盾，认为最主要的矛盾是善于坐"喷气式"，能够坐上两三小时而仍然能坚持不倒。我在上面已经谈到过，倘若在批斗时坐"喷气式"受不住倒在地上，其后患简直是不堪设想。批斗者一定会认为我是故意捣乱，罪上加罪，拳打脚踢之外，还不知道用什么方法来惩罚我哩。我必须坚持下来，但是坚持下来又是万分不容易的。坐"喷气式"坐到半个小时以后，就感到腰酸腿痛，浑身出汗；到了后来，身子直晃悠，脑袋在发晕，眼前发黑，耳朵轰鸣。此时我只能咬紧牙关。我有时也背语录："下定决心，不怕牺牲，排除万难，去争取胜利！"我的潜台词是："下定决心，不怕苦痛，排除万难，去争取不要倒下！"你别说，有时还真有效。我坚持再坚持。到了此时，台上批斗者发言不管多么激昂慷慨，不管声音多么高，"打倒，打倒"的呼声不管多么惊天动地，在我听起来，只如隔山的轻雷，微弱悠远而已。

这样的经验，有过多次。自己觉得，并不保险。为了彻底解决、根本解决这个主要矛盾，我必须有点长久之计。我于是就想到锻炼双腿。我下定决心，每天站在阳台上进行锻炼。我低头弯腰，手不扶膝盖，完全是自觉自愿地坐"喷气式"，我心里数着数，来计算时间，必至眼花流汗而后止。这样的体育锻炼是古今中外所未有的。如果我不讲出来，绝不会有人相信，他们一定认为这是海外奇谈。今日回想起来，我真是欲哭无泪呀！

站在阳台上，还有另外一个作用。我能从远处看到来我家押解我去批斗或审讯的红卫兵。我脾气急，干什么事我都从来不晚到。对待批斗，我仍然如此。我希望批斗也能正点开始。至于何时结束，那就不是我的事了。

站在阳台上，还有意想不到的发现。有一天，我在"锻炼"之余，猛然抬头看到楼下小园内竹枝上坐着的麻雀。此时已是冬天，除了松柏翠竹外，万木枯黄，叶子掉得精光。几竿翠竹更显得苍翠欲滴。坐在竹竿上的几只小麻雀一动也不动。我的眼前一亮，立刻仿佛看到一幅宋画"寒雀图"之类。我大为吃惊，好像天老爷在显圣，送给我了一幅画，在苦难中得到点喜悦。但是，我稍一定神，顿时想到，这是什么时候，我还有这样的闲情逸致。我的资产阶级、修正主义思想真可谓顽固至极，说我"死不改悔"，我还有什么办法不承认呢？

类似这样的奇思怪想，我还有一些。每一次红卫兵押着我沿着湖边走向外文楼或其他批斗场所时，我一想到自己面临的局面，就不寒而栗。我是多么想逃避呀！但是茫茫天地，我可是往哪里逃呢？现在走在湖边上，想到过去自己常在这里看到湖中枯木上王八晒盖。一听到人声，通常是行动迟缓的王八，此时却异常麻利，身子一滚，坠入湖中，除了几圈水纹以外，什么痕迹都没有了。我自己为什么不能变成一只王八呢？我看到脚下乱爬的蚂蚁，自己又想到，我自己为什么不能变成一只蚂蚁呢？只要往草丛里一钻，任何人都找不到了。我看到天空中飞的小鸟，自己又想到，我自己为什么不能变成一只小鸟？天空任鸟飞，翅膀一展，立刻飞走，任何人都捉不到了。总之，是嫌自己身躯太大。堂堂五尺之躯，过去也曾骄傲过，到了现在，它却成了累赘，欲丢之而后快了。

这一些幻想毫无用处，自己知道。有用处的办法有没有呢？有的，那就是逃跑。我确实认真考虑过这一件事。关键是逃到什么地方去。逃到自己的家乡，这是最蠢的办法。听说有一些人这样做了。"新北大公社"认为这是犯了王法，大逆不道，派人到他的家乡，把他揪了回来，批斗得加倍地野蛮残酷。这一条路绝不能走。那么逃到哪里去呢？我曾考虑过很多地方，别人也给我出过很多点子，或到朋友那里，或到亲戚那里。我确曾认真搜集过全国粮票，以免出门挨饿。最后，考虑来，考虑去，认为那些都只是幻想，有很大的危险，还是留在北大吧。这是一条最切实可走的路，然而也是最不舒服、最难忍受的路，天天时时提心吊胆，等候红卫兵来抓，押到什么地方去批斗。其中滋味，实不足为外人道也。

然而，忽然有一天，东语系"公社"的领导派人来下达命令：每天出去劳动。这才叫作"劳动改造"，简称"劳改"，没有劳动怎么能改造？这改变了我天天在家等的窘境，心中暂时略有喜意。

从今以后，我就同我在上面谈到的首先被批斗的老教授一起，天天出去劳动。仅在一年多以前"十年浩劫"初起时，在外文楼批斗这一位老教授，我当时还滥竽人民之内，曾几何时，我们竟成了"同志"。人世沧桑，风云变幻，往往有出人意料者，可不警惕哉！

我们这一对难兄难弟，东语系的创办人，今天同为阶下囚。每天八点到指定的地方去集合，在一个工人监督下去干杂活。十二点回家，下午两点再去，晚上六点回家。劳动的地方很多，工种也有变换，有时候一天换一个地方。我们二人就像是一对能思考会说话的牛马，在工人的鞭子下，让干什么干什么，半句话也不敢说，不敢问。据我从旁观察，从那时起，北大工人就变成了白领阶级，又好像是押解犯人的牢头禁子，自己什么活都不干，成了只动嘴不动手的"君子"。我颇有点腹诽之意。然而，工人是领导一切的阶级，我自己只不过一个阶下囚，我吃了老虎心豹子胆也不敢说三道四了。据我看，专就北京大学而论，这一场所谓"文化大革命"，实际上是工人整知识分子的运动。在旧社会，教授与工人地位悬殊，经济收入差距也极大。有一些教授自命不凡，颇有些"教授架子"，对工人不够尊重。工人心中难免蕴藏着那么一点怨气。在那时候他们也只能忍气吞声。解放以后，情况变了。到了"十年浩劫"，对某一些工人来说，机会终于来了。那一股潜伏的怨气，在某一些人鼓励煽动下，一股脑儿爆发出来了。在大饭厅批斗面壁而立时，许多响亮的耳光声，就来自某一些工人的巴掌与某一些教授的脸相接触中。我这些话，有一些工人师傅可能不肯接受。但我们是唯物主义者，要实事求是，事情是什么样子，就应该说它是什么样子。不接受也否认不了事实的存在。

我现在就是在一个工人监督下进行劳改。多脏多累的活，只要他的嘴一动，我就必须去干。这位工人站在旁边颐指气使。他横草不动，竖草不沾，就这样来"领导一切"。

这样劳动，我心里有安全感了没有？一点也没有。我并不怕劳动。但是这样的劳动，除了让我失掉锻炼双腿的机会而感到遗憾外，仍然要随时准备着，被揪去批斗。东语系或北大的某一个部门的头领们，一旦心血来潮，就会派人到我劳动的地方，不管这个地方多么远，多么偏僻，总能把我手到擒来。有时候，在批斗完了以后，仍然要回原地劳动。坐过一阵"喷气式"以后，劳动反而给我带来了乐趣，看来我真已成了不可雕的朽木了。

无论是走去劳动，还是劳动后回家，我绝不敢，也不愿意走阳关大道。在大道上最不安全。戴红袖章手持长矛的红卫兵，三五成群，或者几十成群，雄赳赳气昂昂地走在路上，大有"天上天下，唯我独尊"之概。像我这样的人，一看打扮，一看面色，就知道是"黑帮"分子。我们满脸晦气，目光呆滞，身上鹑衣百结，满是尘土，同叫花子差不多。况且此时我们早已成了空中飞鸟，任何人皆可得而打之。打我们一拳或一个耳光，不但不犯法，而且是"革命行动"，这能表现"革命"的义愤，会受到尊敬的。连十几岁的小孩都知道我们是"坏人"，是可以任意污辱的。丢一块石头，吐几口唾沫，可以列入"优胜纪略"中的。有的小孩甚至拿着石灰向我们眼里撒。如果任其撒入，眼睛是能够瞎的。在这样的情况下，我们也不敢还口，更不敢还手。只有"夹着尾巴逃跑"一途。有一次，一个七八岁的小男孩手里拿着一块砖头，命令我："过来！我拍拍你！"我也只能快走几步，逃跑。我还不敢跑得太快，否则吓坏了我们"祖国的花朵"，我们的罪孽就更大了。我有时候想，如果我真成了瞎子，身上再被"踏上一千只脚"，那可真是如堕入十九层地狱，"永世不得翻身"了。

不敢走阳关大道怎么办呢？那就专拣偏僻的小路走。在"十年浩劫"期间，北大这样的小路要比现在多得多。这样的小路大都在老旧房屋的背后，阴沟旁边。这里垃圾成堆，粪便遍地，杂草丛生，臭气熏天。平常是绝对没有人来的。现在却成了我的天堂。这里气味虽然有点难闻，但是非常安静。野猫野狗是经常能够碰到的。猫狗的"政治觉悟"很低，完全不懂"阶级斗争"，一抓就灵。它们不知道我是"黑帮"，只知道我是人，对人它们还是怕的。到了这个环境里，平常不敢抬的头敢抬起来了。平常不敢出的气现在敢出了，也还敢抬头看蔚蓝色的天空，心中异常地快乐。对这里的臭气，我不但不想掩鼻而过，还想尽量多留一会儿。这里真是我这类人的天堂。

但是，人生总是祸不单行的，天堂也绝非能久留之地。有一天，我被押解着去拆席棚。倒在地上的木板上还有残留的钉子。

我一不小心，脚踏到上面，一寸长的钉子直刺脚心，鞋底太薄，阻挡不住钉子。我只觉脚底下一阵剧痛，一拔脚，立即血流如注。此时，我们那个牢头禁子，不但对此毫不关心，而且勃然大怒，说："你们这些人简直是没用的废物！"所谓"无用的废物"，指的就是教授。这我和他心里都是明白的。我正准备着挨上几个耳光，他却出我意料大发慈悲，说了声："滚蛋吧！"我就乘机滚了蛋。我脚痛得无法走路，但又不能不走。我只能用一只脚正式走路，另一只是被拖着走的。就这样一瘸一拐地走回家来。我不敢进校医院，那里管事的都是"公社派"，见了我都怒目而视，我哪里还敢自投罗网呢？看到我这一副狼狈相，家里的两位老太太大吃一惊，也是一筹莫展，只能采用祖传的老办法，用开水把伤口烫上一烫，抹点红药水，用纱布包了起来。下午还要去劳动。否则上边怪罪下来，不但我吃不消，连那位工人也会受到牵连。我现在不期望有什么人对我讲革命的人道主义，对国民党俘虏是可以讲的，对我则不行，我已经被开除了"人籍"，人道主义与我无干了。

此时，北大的两派早已开始了武斗。两派都创建了自己的兵工厂，都有自己的武斗队。兵器我在上面已经提到一点。掌权的"公社派"当然会阔气非凡。他们把好好的价值昂贵的钢管锯断，磨尖，形成了长矛，拿在手里，威风凛凛。"井冈山"物质条件差一点，但也拼凑了一些武器。每一派各据几座楼，相互斗争。每一座楼都像一座堡垒，警卫森严。我没有资格亲眼看到两派的武斗场面。我想，武斗之事性命交关，似乎应该十分严肃。一天，我被监工头领到学生宿舍区去清理一场激烈的武斗留下的战场。附近楼上的玻璃全被打碎，地上堆满了砖头石块，是两派交战时所使用的武器。我们的任务就是来清除这些垃圾。但是，我猛一抬头，瞥见一座楼的窗子外面挂满了成串的破鞋。我大吃一惊，继而在心里莞尔一笑。关于破鞋的故事，我上面已经谈过。老北大都知道破鞋象征着什么，它象征的就是那一位"老佛爷"。我真觉得这些年轻的大孩子顽皮到可爱的程度。把这兵戎大事变成一幕小小的喜剧。我脸上没有笑意已经很久很久，笑这个本能我好像已经忘掉了。不意今天竟有了想笑的意思，这在囚徒生活中是一个轻松的插曲。

但是，真正的武斗，只要有可能，我还是尽量躲开的。这种会心的微笑于无意中得之，不足为训。我现在是"猪八戒照镜子，里外不是人"。两派中哪一派都把我看作敌人。我若遇到武斗而躲不开的话，谁不想拿我来撒气呢？我既然凭空捡了一条命，我现在想尽力保护它。我虽然研究过比较自杀学，但是，我现在既不想自杀，也不想他杀。我还想活下去哩。

劳改初级阶段的情况，大体如此。

大批斗

日子就这样一天天地过去，时光流逝得平平静静。

但是我却一点平静都没有。我一天二十四小时都在提心吊胆中。不管是什么时候，也不管是什么地方，在家里，在劳动的地方，红卫兵一到，我立刻就被押解着到什么地方去接受批斗，同劳改前一模一样。因此，即使在一个非常僻远几乎是人迹不到的地方，只要远处红卫兵的红袖章红光一闪，我就知道，自己的灾星又到了。我现在已经变成了不会说话的牲畜，一言不发，一句不问，乖乖地被押解着走。走到什么地方去，只有天晓得。这种批斗同劳改前没有任何差别，都是"行礼如仪"，没有任何的花样翻新。"喷气式"我已经坐得非常熟练，再也不劳红卫兵用拳打脚踹来纠正我的姿势了。我在阳台上争分夺秒的锻炼也已取得出乎意料的成功，我坐"喷气式"姿势优美，无懈可击；双腿微感不适，再也没有酸痛得难忍难受之感了。对那些比八股都不如的老一套胡说八道谎话连篇的所谓"批判发言"，我过去听得就不多，现在更是根本不去听，"只等秋风过耳边"了。总之，批斗一次，减少劳动一次，等于休息一次。我在批斗的炼狱中已经接近毕业，应该拿到批斗实践学的学士证书了。

可是，有时候红卫兵押着我不是去批斗，而是去审讯，地方都在外文楼，但不总是在一间屋子里。其中奥秘我不得而知。一进屋子，东语系"公社"的领导——恕我不知道他们是什么官职——一排坐在那里，面色严肃，不露一丝笑容，像法庭上的法官。我走进去，以为也要坐"喷气式"，但是，天恩高厚，只让我站在那里，而且允许抬头看人。我实在感到异常别扭，我想现在已经成为《法门寺》的贾桂①了。原来我在这种场合，态度很不好。自从由于态度不好而捡回一条命以后，我的态度好多了。我觉得，态度不好，一点用处也没有。他们审讯的主题往往是在抄走了我的几百万字的日记中，捕风捉影，挖出几句话，断章取义，有时还难免有点歪曲。我在洗耳恭听之余，有时候觉得他们罗织得过于荒谬，心中未免有点发火，这当然会影响我的态度，但是我尽量把心中的火压下去。在被抄走的几百万字的手稿和日记中，想用当时十分流行的形而上学的诬陷的方法挖出片言只字，进行歪曲是非常容易的。他们还一定要强迫我回答。不说不行，说又憋着一肚子气，而这气又必须硬压下去。这种滋味真难受呀！有时候我想，还不如坐在"喷气式"上，发言者的胡说八道可以不听。即使挨上几个耳光，也比现在这样憋气强。俗话说："这山望着那山高。"我难道说也是望着被批斗的那一座山高吗？

---

① 京剧《法门寺》里的贾桂，一举一动，一言一行，都是十足的奴才相。

审讯我的人，不是东语系原来的学生，就是我亲手请进来的教员。我此时根本没有什么"忘恩负义"的想法。这想法太陈腐了。我能原谅他们中的大部分。他们同我一样，也是受了派性的毒害，以致失去评断是非的理智。但是，其中个别的人，比如一位朝鲜语教员，是"公社"的铁杆，对审讯我表现出反常的积极性，难道是想用别人的血染红自己的顶子，期望他的"女皇"对他格外垂青，飞黄腾达吗？还有一位印尼语教员，平常对我毕恭毕敬，此时也一反常态，积极得令人吃惊。原来他的屁股并不干净，解放前同进步学生为敌，参加过反苏游行，想以此来掩盖自己的过去。但狐狸尾巴是掩藏不住的，后来终于被人揭发，用资本主义的自杀方式去见上帝去了。

最令我感到不安，甚至感到非常遗憾的是一位阿拉伯语教员。这是一位很老实很正派的人，我们平常无恩无怨，关系还算是过得去的。现在他大概在东语系"公社"中并不是什么主要人物，被分配来仔细阅读我被抄的那一些日记和手稿。我比谁知道得都清楚，这是一件万分困难、万分无聊的工作。在摞起来可以高到一米多的日记和手稿中，寻求我的"反革命"的罪证，一方面很容易，可以任意摘出几句话来，就有了足够批斗我一次的资料。但在另一方面，如果一个字一个字地细读，那就需要有极大的耐心，既伤眼力，又伤脑筋。让我每读一篇，我都难以做到。然而这一位先生——我没有资格称他为"同志"——却竟然焚膏继晷，把全部资料都读完了，提供了不少批斗的资料。如果我是大人物，值得研究；如果他真有兴趣来研究"季羡林学"，那还值得。但我只是一个很平凡的人。读了那样多的资料，费了那么大的力量，对他来说不是白白浪费自己的生命吗？反过来说，如果他用同样大的力量和同样多的时间，读点阿拉伯语言、文学或文化的资料，他至少能写成一篇像样的论文，说不定还能拿到硕士学位，被提升一级哩。因此，我从内心深处同情他，觉得对他不起。可这是我能力以外的事，我有什么办法呢？

东语系对我的审讯，并不总是心平气和的，有时候也难免有点剑拔弩张。但是没有人打我耳光，我实在是非常感恩戴德了。

即使是这样，这种劳改、批斗和审讯三结合的生活，确也让我感到厌烦。我又有了幻想。我幻想能有一个救世主，大慈大悲，忽然大发善心，结束这一场浩劫，至少对像我这样无辜的人加恩，把我解放。我从来没有相信过任何教门，上帝、天老爷、佛爷、菩萨，我都不去祈祷。我想到的是我们国家领导人。在劳改、批斗之余，夜里在暗淡的灯光下，在十分不友好的气氛中——同一个单元住的一位太太早已把我看成“敌人，反革命分子”，不但不正眼看我一眼，而且还鼓动我们家两位老太太，同我划清界限。我们的老婶直截了当地告诉她说：“我们还靠他吃饭哩！”——我伏案给我们的国家领导人写信，妄想世间真会出现奇迹。但是世间怎会出现奇迹呢？世间流传的是：“‘文化大革命’七八年一次，一次七八年。”我写这些信，等于瞎子点灯，白费一支蜡。我却一厢情愿，痴心妄想，妄想有一天一睁眼，“文革”结束，我这个鬼再转变成人，那时我真要更加用万倍的激情来歌颂我们“人民的大救星”。那该有多么好呀！在弥漫宇宙仿佛凝固起来的黑暗中我隐隐约约从“最高楼”（陈寅恪先生有诗曰：“看花愁近最高楼”）上看到流出来的一线光明。然而最终证明，这只是一片海市蜃楼，转瞬即逝。我每天仍然是劳改、批斗、审讯。

就是在家里，不劳改，不批斗，不审讯，日子也过得不得安生。同住一单元的要同我划清界限的那一位太太，我在上面已经谈过几句了，但是麻烦还不止这一些。她逼我把存在他们屋中的据说北京只有一张的红木七巧桌和大沙发搬出来。我真是进退两难。我现在只剩下堆满了东西的一大间和一小间房子。这些大家伙往哪里放呢？楼下存书的车库，抄家之后，一片狼藉，成了垃圾堆，我看都不忍看。沙发和七巧桌无论如何也是搬不进去的。火上浇油，楼下住的一位女教员还贴出小字报，要我把书搬出车库。我此时一个朋友也没有，谁都视我如瘟神，我向谁求援呢？我敢走出去吗？我好像是乌江边上四面楚歌的项羽。幸亏我已经研究过比较自杀学，我绝不自刎。我还要活下去。但是活下去又怎样呢？我真已经走到了山穷水尽了。

但是来的却不是"柳暗花明又一村"，而是更大的灾难。

我劳改了整整1968年的一个春天。此时人地重又回春。大自然根本不理会什么"文化大革命"，依旧繁花似锦，姹紫嫣红，燕园成了一片花海。人人都喜欢春天，而我又爱花如命。但是，到了此时，我却变成了一个色盲，红红绿绿，在我眼睛里统统都成了灰色。

但是，在另一方面，烂漫的春光却唤醒了"革命家"的"革命"热情。"新北大公社"的头子们谨遵"一年之计在于春"的古训，决定使自己的工作水平再提高一步，着重发明创造，避免故步自封，想出了一套崭新的花样。对象当然还是这百十口子囚徒。他们之中是否有真正想"革命"的，我说不准。但是，绝大多数，如果不是全体的话，却绝对是以虐待别人来取乐的。人类的劣根性，过去被掩盖住，现在完全"解放"了。他们可以为所欲为了。我在这里顺便着声明几句：在北大几千名工人中，在北大上万名学生中，参加这个活动的只是极少数。他们平常就是一些调皮捣蛋、耍奸卖滑、好吃懒做、无巧不沾的类似地痞流氓的人物。现在天赐良缘，得到了空前的千金难买的好机会，可以施展自己的本领了。

1968 年 5 月 4 日，五四运动的纪念日，中国规定的青年节，我们这一批囚徒一个个从家中被押解到了煤厂。提起煤厂，真正是大大地有名。顾名思义，这里是贮存煤炭的地方，由一群工人管理。在"文化大革命"分派时期，里面的工人碰巧都是拥护"老佛爷"的。运煤工人当然个个都是身强体壮的彪形大汉，对付煤块他们有劲；对付我们这一批文弱书生，他们的劲有极大的剩余。他们打一个耳光或踢上一脚，少说也抵得上《水浒传》里的黑旋风和花和尚。具体的感受不可言喻，只有我们这些人的目内心也得清楚。特别是"浩劫"第一阶段重点在批"走资派"的那一阶段，在煤厂劳改过的"走资派"，一提到煤厂，无不不寒而栗，谈虎色变，简直像谈到国民党的渣滓洞一样。

现在我们这一批囚徒又被押到这里来了。我仔细看了一下，不是所有的囚徒，而是"择优录取"，或是"优化组合"，选了一批特别"罪大恶极"的。其中有"第一张马列主义大字报"点了名的陆平和彭珮云等等。我们每一个人的脖子上都被戴上了一块十几斤重的大木板，上面写着自己的名字。我们被命令坐在地上，谁也不敢出声。我估计批斗的时间不会短的。为了保险起见，先请求允许到便所去一趟。路颇远，我仍然挂着木牌，嘀里当啷，踉踉跄跄，艰难跋涉，到了目的地，赶快用超人的速度完成任务，回去坐在地上待命。我心里直打鼓，谁知道，这是一阵什么样的风暴呢？

时间终于到了，虽然不是午时三刻，然而滋味也差不多。只听到远处一声大喝："把他们押走！"于是上来了一大堆壮士，每两个对付一个囚犯，方式没有改变，双臂被拧到背后，脖子上还有两只粗壮的手。走了很长的路，才到了我依稀认出的当时的学三食堂。从左边的门进去，排成一行，坐上了"喷气式"。这里没有讲台，主持人和发言者也都站在平地上一张桌子的后面。我只瞥见我的右边是彭珮云。其余的人的排列顺序就看不清了。行礼一切如仪。先是声震屋瓦的"打倒"声，大概每一个囚犯都打倒一遍。然后恭读语录，反正仍然是那一套"革命不是请客吃饭"等等。接着是批判发言。说老实话，我一个字都没有听见，我一个字也不想听到，那一套胡说八道，我已经听够了，听腻了。我只听到发言者为了对什么人表示忠诚，发言时声嘶力竭，简直成了号叫。这对我毫无影响，对这些东西我的神经已经麻木了。我最关心的是希望批斗赶快结束。我无法看表，大概当时手表是没有戴的。我在心里默默地数着数：一二三四五六七八，一直数下去，数到了二三千了，耳边狼嚎之声仍然不断。可我这双经过锻炼的腿实在有点吃不消了，眼里也冒出了金星，脑袋里昏昏沉沉，数也数不下去了。斜眼一看，彭珮云面前的地上已经被头上流下来的汗水滴湿。我自己面前怎样，我反而没有注意。此时只觉得脖子上的木牌越来越重，挂牌子的铁丝越来越往肉里面扎。我处于半昏迷的状态之中。

又过了不知多久，耳边只听得一声断喝："把他们都押出去！"我知道，仪式结束了。但是同上一次大饭厅的批斗一样，仪式并没有完全结束。"老鼠拉木锨，大头还在后面。"我被押出了学三食堂，至少有三个学生或工人在"服侍"我。双臂被弯到背上，脖子上不知道有几只手在卡住，头当然抬不起，连身子也站不直。就这样被拖到马路上。两旁有多少人在"欣赏"，我说不出来，至少比在大饭厅批斗时还要多。只听得人声嘈杂，如夏夜的蚊声。这又是一次游斗；但是比上次的速度可要快多了。我身上有那么多累赘，又刚坐过"喷气式"。要让我自己走路，我是走不了这么快的。于是我身旁的年轻人就拖着我走，不是架着，好像拖一只死狗。我的鞋在水泥马路和石头上同地面摩擦。鞋的前头已经磨破，磨透，保护脚趾的袜子当然更不值得一磨，于是脚趾只好自己出马。这样一来，其结果如何，概可想见。当时是否流了血，自己根本无法知道，连痛的感觉都一点也没有。小石块又经常打在头上。我好像已经失去知觉，不知道自己是在人间，还是在梦中。自己被拖到什么地方，走的哪一条路，根本不知道。看样子好像已经拖到了大饭厅。不知道怎样一来，又被拖了回来。几个人把我往地上一丢。我稍一清醒，才知道自己躺在煤厂门外。

这一次行动真是非同小可。跟上几次的批斗和游斗都不一样。我已经完全筋疲力尽，躺在地上再也爬不起来。头脑发昏，眼睛发花，耳朵里嗡嗡作响，心里怦怦直跳。在蒙眬中感觉到脚趾流出了血，刺心地痛。我完全垮了。此时周围一下子静了下来，批斗的人走了，欣赏者也兴尽到什么地方去吃饭了。抬眼看到身旁还有两个人：一个是张学书，一个是王恩涌。宇宙间好像只剩下我们三个被批斗者。他俩比我年轻，身体也结实。是他们俩把我扶了起来，把我扶回了家。这种在苦难中相濡以沫的行动，我三生难忘。

太平庄

　　我原以为，或者毋宁说是希望，在大批斗以后，能恩赐两天的休息时间。我实在支持不住了。

　　然而"造反派"的脾气却不是这样。

　　他们要趁热打铁。

　　就在大批斗的第二天，我们一百多号"黑帮分子"接到命令，到煤厂去集合，而且要带上行李。我知道又出了新花样，还不晓得要把我们带到什么地方去哩。我心里真不是滋味，觉得非常凄凉。当我扛着行李走在那一条依山傍湖的曲径上时，迎面遇到前一阵被当作"走资派"批斗过的姓胡的经济系教授。他虽然还没有"解放"，仍然是一脸晦气；但他毕竟用不着到煤厂去集合了。在我当时的眼中，他已是神仙中人，真让我羡煞。

　　我战战兢兢地走进了煤厂。对我们"反革命分子"来说，这里是非常令人发怵的地方，无异于阎王殿。昨天的记忆犹新，更增加了我的恐怖感。我走了进去，先被领到一个墙外的木牌子下

135

面，低头弯腰，站在那里。这是第一个下马威。我随时准备着脸上、头上、肩上、背上、脚上，被打上几个耳光，挨上几拳，被踢上几脚。然而，这些都没有发生。我觉得这十分反常，心里很不踏实，很不舒服。觉得这不一定是吉兆，其中暗藏着杀机。然而我又不能虔心请求，恩赐几个耳光，那样我才会觉得正常，觉得舒服。我只有把这痛苦的不安埋在自己心中。

过了一会儿，我们这一群"黑帮"被命令排成两列纵队。一个"新北大公社"学生模样的人，大模大样，右手执钢管制成的长矛一根，开口训话，讲了一大篇歪理。我们现在没有坐"喷气式"，能够清清楚楚地听懂他说的话。其中警句颇为不少，比如："你们这一群王八蛋，你们的罪恶，铁证如山，谁也别梦想翻案！"他几次抖动手里的长矛，提高声音说："老子的长矛是不吃素的！"这一点我最清楚，而且完全相信。因为他们的长矛确实曾吃过几次人肉了，其中包括校外一个中学生的肉。我现在只希望，他们这吃肉的长矛不要吃到我身上来。当时杀死一个"黑帮"等于杀死一只苍蝇，不但不会受到法律制裁——哪里还有什么法律！——反而会成为"革命行动"。在训话的同时，有人就从我们"黑帮"队伍中拖出几个人去，一个耳光或用脚一踹，打倒在地，然后几个人上去猛揍一顿，鼻青脸肿，一声不敢吭，再回到队伍中。这是杀鸡给猴看的把戏，我是懂得的。我只是不知道他们拖人的原则，生怕自己也被拖出去，心里吓得直打哆嗦。我幸而只是猴子，没有成鸡。

杀鸡的把戏要完，"黑帮"们在长矛队的押解下，排队登上了几辆敞篷车，开往十三陵附近的北大分校，俗称"二百号"。

路上大约走了一个小时。到了以后，又下车整队，只能有一辆车开往我们此行的目的地，也就是我们劳改的地方太平庄。从二百号到太平庄，还有四五里路是要步行的。可是在列队时，我们几个年老的"黑帮"被叫出队列。这次不是要杀鸡给猴看了，而是对我们加以优待。我们可以乘车到太平庄，其余的人都要步行。这次天恩高厚，实在出我意外。你能说人家一点人道主义也没有吗？我实在真是受宠若惊了。

到了太平庄以后，我们被安排在一些平房里住下。我不知道，这些平房是干吗用的。现在早已荒废不用。门窗几乎没有一扇是完整的。屋里到处布满尘土，木板床上也积了很厚的土。好在我们此时已经不再像人。什么卫生不卫生，已经同我们无关了。每屋住四个"黑帮"，与我同屋的有东语系那一位老教授，还有我非常熟悉的国政系的一位姓赵的教授。他好像是从"走资派"起一直到"资产阶级反动学术权威"，"全程陪同"，一步没缺。我们都是熟人；但没有一个人敢吭上一声，敢笑上一笑。我们都变成了失掉笑容不露表情的木雕泥塑。我们都从"人"变成了"非人"。这也算是一种"异化"吧。

我此时关心的绝不是这样的哲学问题，就只是想喝一点水。我从早晨到现在滴水没有入口。天气又热，又经过长途跋涉，渴得难以忍受。我木然坐在床板上，心里想的只是：

　　　水　水　水。

如果我眼前有一点水的话，不管是河水、湖水，还是海里的水、坑里的水，甚至臭沟里的水，我一定会埋头狂饮。我感觉到，人生最大的幸福就是能有水喝。我梦想，"时来运转风雷动"，我一旦被"解放"，首先要痛痛快快地喝一通水。如果能有一瓶冰镇啤酒，那就会赛过玉液琼浆了。

"水，水，水"，我心里想。

但是一滴水也看不到。

我忽然想到在大学念书时读过的英国浪漫诗人柯勒律治（Coleridge）的《古舟子咏》（*Ancient marines*），其中有一行是：

Water, water, everywhere.（水，水，到处都有。）

这里指的是海水。到处有水，却是咸的，根本没法子喝，我此时连咸水也看不到，我眼前只有一片干黄的尘土，同古舟子正相反，我是：

Water, water, nowhere.（水，水，无处有水。）

我坐在那里，患了思水狂。恍恍惚惚，不知待了多久。

此地处在燕山脚下，北倚大山，南面是纵横交错的田畴。距离居民聚居的太平庄，还有一段路。实际上它孤立在旷野之中。然而押解我们到这里来的"革命小将"和"中将"，对于这个风景宜人宛如世外桃源的地方，却怕得要命。他们大概害怕，人数远远超过他们的"黑帮"会团结起来举行暴动。所以在任何时候，在任何地方，他们都是手持长矛。他们内心是胆怯的，其实我们这一群手无缚鸡之力的中老年知识分子，哪里还能有什么暴动的能力和勇气呢？我们只是虔心默祷上苍，愿不吃素的长矛不要刺到我们身上，我们别无所求，别无所图。看了他们这种战战兢兢的神气，心里觉得非常可笑。

到了夜里，更是戒备森严，大概是怕我们逃跑，试问在旷野荒郊中我们有逃跑的能力和勇气吗？也许是押解人员真正心慌。他们传下命令：夜里谁也不许出门，否则小心长矛！如果非到厕所去不行，则必须大声喊："报告！"得到允许，才能行动。有一天夜里，我要小便，走出门来，万籁俱寂，皓月当空。我什么人都看不到，只好对空高呼："报告！"在黑影里果然有了人声："去吧！"此人必然是长矛在手，但是我没有见到人影。

我们是来劳动改造的。劳动是我们的主课。第二天早晨，我们就上了半山，课程是栽白薯秧。按说这不是什么累活。可是我拖着带伤的身体，跪在地上，用手栽秧，感到并不轻松。但是我仍然卖劲地干，一点不敢懈怠。可是我头上猛然挨了一棒，抬头看到一个一手抓长矛一手抓棒的押解人员，他厉声高喊："季羡林！你想挨揍吗？！"我不想挨揍，只好低下头，用出吃奶的力气来干活，手指头磨出了血。

此地风光真是秀美。当时是初夏，桃花、杏花早已零落；但是周围全是树林，绿树成荫，地上开满了各种颜色的小花，如锦绣一般。再往上看，是高耸入云的山峰。在平常时候，这样美妙的大自然风光，必然会引起我的兴趣，大大地欣赏一番。但是此时，我只防备头上的棒子，欣赏山水的闲情逸致连影儿都没有了。也许真是积习难除，在满身泥污、汗流浃背的情况下，我偶一斜眼，瞥见苍翠欲滴的树林，心里涌起了两句诗：

栽秧燕山下，
慊然见绿林。

当年陶渊明是"悠然见南山"。我此时却是"悠然"不起来的，我只能"慊然"。大自然不关心人间的阶级斗争，不管人间怎样"黄钟毁弃，瓦釜雷鸣"，它依然显示自己的美妙。我不"慊然"能行吗？

我干了几天活以后，心理的负担，身体的疲劳，再加上在学校大批斗时的伤痕，我身心完全垮了。睾丸忽然肿了起来，而且来势迅猛，直肿得像小皮球那样大，两腿不能并拢起来，连站都困难，更不用说走路。我不但不能劳动，连走出去吃饭都不行了。押解人员大发慈悲，命令与我同住的那一位东语系的老教授给我打饭，不让我去栽秧，但是不干活是不行的，安排我在院子里捡砖头石块，扔到院了外面去。我就裂开双腿，爬在地上，把砖石捡到一起，然后再爬着扔到院子外面。此时，大队人马都上了山，只有个别的押解人员留下。不但院子里寂静无声，连院子外面，山脚下，树林边，田畴上，小村中也都是一片静寂。静寂铺天盖地压了下来，连几里外两人说话的声音都能听到。久住城市的人无法领会这种情景。我在仿佛凝结了起来的大寂静中，一个人孤独地在地上爬来爬去。我不禁"念天地之悠悠，独怆然而涕下"了。

又过了两天，押解人员看到我实在难熬，睾丸的肿始终不消，便命令我到几里外的二百号去找大夫。那里驻有部队，部队里有医生。但是郑重告诫我：到了那里一定要声明自己是"黑帮"。我敬谨遵命，裂开两腿，夹着一个像小球似的睾丸，蜗牛一般地爬了出去。路上碰到"黑帮"难友马士沂。他推着小车到昌平县去买菜。他看到我的情况，再三诚恳地要我上车，他想把我推到二百号。我吃了豹子心老虎胆也不敢上车呀！但是，他这一番在苦难中的真挚情意，我无论如何也是忘不了的。

我爬了两个小时，才爬到二百号。那里确实有一个解放军诊所。里面坐着一个穿军服的医生。他看到了我，连忙站起来，满面春风地搀扶我。我看到他军服上的红领章，这红色特别鲜艳耀眼，闪出了异样的光彩。这红色就是希望，就是光明，就是我要求的一切。可是我必须执行押解人员的命令。我高声说："报告！我是'黑帮'！"这一下子坏了。医生脸上立刻晴转阴，连多云这个阶段都没有。我在他眼中仿佛是一个带艾滋病毒的人，连碰我一下都不敢，慌不迭地连声说："走吧！走吧！"我本来希望至少能把我的睾丸看上一眼，给找一点止痛药什么的。现在一切都完了，我眼前的红色也突然黯淡下来。我又爬上了艰难的回程。

人类忍受灾难和痛苦的能力，简直是没有底儿的，简直是神秘莫测的。过了几天，我一没有停止劳动，二没有服任何药，睾丸的肿竟然消了。我又能够上山干活了。此时，白薯秧已经栽完。押解人员命令我同东语系那一位老教授上山去平整桃树下的畦。我们俩大概算是一个劳动小分队，由一名押解人员率领，并加监督。他是东语系阿拉伯语教员。论资排辈，他算是我们的学生。但现在是押解人员，我们是阶下囚，地位有天壤之别了。就我们这两个瘦老头子，他还要严加戒备，手执长矛，威风凛凛，宛如四大天王中的一个天王。这地方比下面栽白薯秧的地方，更为幽静，更为秀美。但是我哪里有心去欣赏呢？

我们的生活——如果还能算是"生"，还能算是"活"的话——简单到不能再简单。吃饭的地方在山脚下，同我们住的平房群隔一个干涸的沙滩。这里房子整洁，平常是有人住的。厨房就设在这里。押解人员吃饭坐在屋子里，有桌有椅，吃的东西也不一样。我们吃饭的地方是住房外的草地上，树根下；当然没有什么桌椅。吃的东西极为粗糙，粗米或窝头、开水煮白菜，炸油饼等算是珍馐，与我们绝对无缘。我们吃饭不过是为了维持性命。除了干活和吃饭睡觉外，别的任何活动都没有。

但是，我们也有特殊的幸福之感：这里用不着随时担心被批斗。批斗我们的单位都留在校内了。在这里除了偶尔挨上一棒或一顿骂之外，没有"喷气式"可坐，没有胡说八道的批斗发言。这对我们来说已是最大的幸福。

我们真希望长期待下去。

自己亲手搭起牛棚

但是，我们的希望又落了空。

造反派的脾气我们还没有摸着。

有一天，接到命令：回到学校去。我们在太平庄待的时间并不长，反正不到一个月。

返校就返校吧。反正我们已是"瘸子掉在井里，扶起来也是坐"，到什么地方去都一样。太平庄这二十来天，我不知道，在虐待折磨计划中占什么地位。回来以后，我也不知道，他们还会想出什么花样来继续虐待和折磨我们。

到了学校，下车的地点仍然是渣滓洞阎罗殿煤厂。临走时给我们训话的那一个学生模样的"公社"头子，又手执长矛，大声训了一顿话。第二天，我们这一群"黑帮"就被召到外文楼和民主楼后面的三排平房那里去，自己动手，修建牛棚，然后再请君入瓮，自己住进去。

这几排平房我是非常熟悉的。我从家里到外文楼办公室去，天天经过这里。我也曾在这里上过课。房子都是简陋到不能再简陋的程度。屋顶极薄，挡不住夏天的炎阳。窗子破旧，有的又缺少玻璃，阻不住冬天的寒风。根本没有暖气。安上一个炉子，也只能起"望梅止渴"的作用。地上是砖铺地，潮湿阴冷。总之，根据我在这里上课的经验，这个地方毫无可取之处。

然而今天"北大公社"的头子们却偏偏选中了这块地方当作牛棚，把我们关在这里。牛棚的规模是，东面以民主楼为屏障，南面以外文楼为屏障，西面空阔的地方，北面没有建筑的地方，都用苇席搭成墙壁，遮了起来。在外文楼与民主楼之间的空阔处，也用苇席圈起，建成牛棚的大门。我们这一群"牛"们，被分配住在平房里，男女分居，每屋二十人左右，每个人只有躺下能容身之地。因为久已荒废，地上湿气霉味直冲鼻官。监改者们特别宣布："老佛爷"天恩，运来一批木板，可以铺在地上挡住潮气。意思是让我们感恩戴德。这样的地方监改者们当然是不能住的。他们在民主楼设了总部，办公室设在里面，有的人大概也住在那里。同过去一样，他们非常惧怕我们这一群多半是老弱的残兵。他们打开了民主楼的后门，直接通牛棚。后门内外设置了很多防护设施，还有铁蒺藜之类的东西，长矛当然也不会缺少。夜里重门紧闭，害怕我们这群"黑帮"会起来暴动。这情况令人感到又可笑又可叹。在西边紧靠女牢房的地方搭了一座席棚，原名叫"外调室"。后来他们觉得这不够"革命"，改名为"审讯室"。在这里确审讯过不少人，把受审者打得鼻青脸肿的事情，也经常发生。在外文楼后面搭了一座大席棚，后来供囚犯们吃饭之用。

"黑帮大院"的建筑规模大体上就是这样。这里由于年久失修，院子里坑坑洼洼，杂草丛生，荒芜不堪。现在既然有我们这一批"特殊"的新主人要迁入，必须大力清扫，斩草铺地。这工作当然要由我们自己来做。监改人员很有韬略，指挥若定。他们把我们中少数年富力强者调了出来，组成了类似修建队的小分队，专门负责这项工作。其余的老弱残兵以及一些女囚徒则被分配去干其他的活。工地上一派生气勃勃的劳动气氛。同任何工地不同之处则是，这里没有一个人敢说说笑笑，都是囚首丧面，是过去在任何时候、任何地方都没有见过的劳动大军。

我原来奉命在今天考古楼东侧的一排平房（平房现在已经拆掉）的前面埋柱子，搭席棚。先用铁锹挖土成坑，栽上木桩，再在桩与桩之间架上木柱，搭成架子，最后在架子上钉上苇席，有一丈多高，人们是无法爬出来的。原来是毫无阻拦的通道，现在则俨然成了铁壁铜墙，没有人胆敢跨越一步了。

席棚搭完，我又被调到审讯室去，用铁锹和木棍把地面捣固，使之平整。我们被调去的人，谁也不敢偷懒耍滑。我们都是鼓足干劲，力争上游。并不是因为我们的觉悟特别高。我们只是古怕有意外的横祸飞临自己头上。这时候，监改人员手里都不拿着长矛了，同在太平庄时完全不同。也许是因为太平庄地处荒郊野外，而此处则是"公社"的大本营，用不着担心了。我们心里也清楚：虽然他们手里没有长矛，但大批的长矛就堆在他们在民主楼内的武器库中，不费吹灰之力就可以拿到手的。而且他们现在手中都执有木棒。他们的长矛是不吃素的，他们的木棒也不会忌荤的。

我的担心并没有错。西语系教法语的一位老教授，当时岁数总在古稀以上。他眼睛似乎有点毛病，神志好像也不那么清醒，平常时候就给我以痴呆的印象。他大概是没有到太平庄去经受大的洗礼；在被批斗方面，他也没有上过大的场面，有点闭目塞听，不知道天高地厚，没有长矛不吃素的感性认识。现在也被调来用铁锹捣地。在干活的时候，手中的铁锹停止活动了一会儿，他哪里知道，监改人员就手执木棒站在他身后。等到背上重重挨了一棒，他才如梦方醒，手里的铁锹又运转起来了。这可能算是一个小小的插曲。插曲一过，天下太平，小小的审讯室里响彻铁锹砸地的声音，激昂而又和谐，宛如某一个大师的交响乐了。

劳改大院终于就这样建成了。

落成之后，又画龙点睛，在大院子向南的一排平房子的墙上，用白色的颜料写上了八个大字：横扫一切牛鬼蛇神。每一个字比人还高，龙飞凤舞，极见功力。顿使满院生辉，而且对我们这一群牛鬼蛇神极有威慑力量，这比一百次手执长矛的训话威力还要大。我个人却非常欣赏这几个字，看了就心里高兴，窃以为此人可以入中国书谱的。我因此想到，在"文化人革命"中，写大字报锻炼了书法，打人锻炼了腕力，批斗发言锻炼了诡辩说谎，武斗锻炼了勇气。对什么事情都要一分为二。你能说"十年浩劫"一点好处都没有吗？

此外，我还想到，鲁迅先生的话是万分正确的，他说中国是文字之国。这种做法古已有之，于今为烈。汉朝有"霄寐匪祯，扎闼宏麻"，翻成明白的话就是"夜梦不祥，出门大吉"。只要把这几个字往门上一写，事情就"大吉"了。后来这种文字游戏花样繁多，用途极广，什么"迎门见喜""吉祥如意"等等，到处可见。连中国的鬼都害怕文字，"泰山石敢当"是最好的例子。中国进入社会主义阶段以后，此风未息。"为人民服务"五个字，很多地方都能看到。好像只要写上这五个字，为人民服务的工作就已完成。至于服不服务，那是极其次要的事情了。现在我们面临的"横扫一切牛鬼蛇神"，也属于这种情况。八个字一写，我们这一群牛鬼蛇神，就仿佛都被横扫了。何其简洁！何其痛快！

　　从此以后，我们这一群囚徒就生活在这八个大字的威慑之下。

牛棚生活（一）

我们亲手把牛棚建成了，我们被"请君入瓮"了。

牛棚里面也是有生活的。有一些文学家不是宣传过"到处有生活"吗？

但是，现在要来谈牛棚生活，都还非常不容易，"一部十七史，不知从何处说起"。我考虑了好久，忽然灵机一动，我想学一学过去很长时间内在中国史学界最受欢迎、几乎被认为是金科玉律的"以论带史"的办法，先讲一点理论。但是我这一套理论，一无经可引，二无典可据，完全是我自己通过亲自体验，亲眼观察，又经过深思熟虑，从众多的事实中抽绎出来的。难登大雅之堂，是可以肯定的。但我自己则深信不疑。现在我不敢自秘，公之于众，这难免厚黑之诮、老王卖瓜之讽，也在所不顾了。

我的理论是什么呢？一言以蔽之，可名之为"折磨论"。我觉得，"革命小将"在"文化大革命"中自始至终所搞的一切活动，不管他们表面上怎样表白，忠于什么什么人呀，维护什么什

148

么路线呀，这些都是鬼话。要提纲挈领的话，纲只有一条，那就是：折磨人。这一条纲贯彻始终，无所不在，无时不在，左右一切。至于这一条纲的心理基础、思想基础，我在上面几个地方都有所涉及，这里不再谈了。从"打倒"抄家开始，一直到劳改，花样繁多，令人目迷五色，但是其精华所在则是折磨人。在这方面，他们也有一个进化的过程。最初对于折磨人，虽有志于斯，但经验很少，办法不多。主要是从中国过去的小说杂书中学到了一点。我在本书开头时讲到的《玉历至宝钞》，就是一个例子。此时折磨人的方式比较简单、原始、生硬、粗糙，并不精美、完整。比如打耳光、用脚踹之类，大概在原始社会就已有了。他们不学自通。但是，这一批年轻人勤奋好学，接受力强，他们广采博取，互相学习，互相促进。正如在战争中武器改良迅速，在"文化大革命"中，折磨人的方式也是时新日异，无时不在改进、丰富中。往往是一个学校发明了什么折磨人的办法，比电光还快，立即流布全国，比如北大挂木牌的办法，就应该申请专利。结果是，全国的"革命造反派"共同努力，各尽所能，又集中了群众的智慧，由粗至精，由表及里，由近及远，由寡及众，折磨人的办法就成了体系，光被寰宇了。如果有机会下一次再使用时，那就方便多了。

我的"论"大体如此。

这个"论""带"出了什么样的"史"呢？

这个"史"头绪繁多。上面其实已经讲了一些。现在结合北大的"牛棚"再来分别谈上一谈。据我看，北大"黑帮大院"的创建就是理论联系实践的结果。

下面分门别类来谈。

（一）正名

孔子曰："必也正名乎。""名不正则言不顺。"我们这一群被抄家被"打倒"的罪犯应该怎样命名呢？这是"革命"的首要任务。我们曾被命名为"黑帮"。但是，这是老百姓的说法，其名不雅驯。我们曾被叫作"工八蛋"，但是，此名较之"黑帮"，更是"斯下矣"。我们曾被命名为"反革命分子"。这确实是一个"法律语言"；不知为什么，也没有被普遍采用。此外还有几个名，也都没有流行起来。看来这个正名的问题，一直没有妥善地解决。现在"黑帮大院"已经建成了，算是正规化了，正名便成了当务之急。我们初搬进大院来的时候，每一间屋的墙上都贴着一则告示，名曰"劳改人员守则"。里面详细规定了我们必须遵守的规矩，具体而又严厉。看样子是出自一个很有水平的秀才之手。当时还没有人敢提倡法治。我们的"革命小将"真正是得风气之先，居然订立出来了类似法律的条款，真不能不让我们这些被这种条款管制的人肃然起敬了。

但是，俗话说："智者千虑，必有一失。"我们这些小智者也有了"一失"，失就失在正名问题上。《劳改人员守则》贴出来大概只有一两天就不见了，换成了《劳改罪犯守则》。把"人员"改为"罪犯"，只更换了两个字，然而却是点铁成金。"罪犯"二字何等明确，又何等义正词严！让我们这些人一看到"罪犯"二字，就能明确自己的法律地位，明确自己已被打倒，等待我们的只是身上被踏上一千只脚，永世不得翻身了。我们这一群从来也不敢造反的秀才们，从此以后，就戴着罪犯的帽子，小心翼翼，日日夜夜，却如临深渊，如履薄冰，把我们全身，特别是脑袋里的细胞，都万分紧张地调动到最高水平，这样来实行劳改。

我有四句歪诗：

> 大院建成，
> 乾坤底定。
> 言顺名正，
> 天下太平。

（二）我们的住处

关于我们的住处，我在上面已经有所涉及。现在再简略地谈一谈。

"罪犯们"被分配到三排平房中去住。

这些平房，建筑十分潦草，大概当时是临时性的建筑，其规模比临时搭起的棚子略胜一筹。学校教室紧张的时候，这里曾用作临时教室。现在全国大学都停课闹革命已经快两年了。北大连富丽堂皇的大教室都投闲置散，何况这简陋的小屋？所以里面尘土累积，蛛网密集，而且低矮潮湿，霉气扑鼻。此地有老鼠、壁虎，大概也有蝎子。地上爬着多足之虫，还有土鳖，以及其他许许多多的小动物，总之，低矮潮湿之处所有的动物，这里应有尽有。实际上是无法住人的。但是我们此时已经被剥夺了"人籍"，我们是"罪犯"，让我们在任何地方住，都是天恩高厚。我们还敢有什么奢望！

最初几天，我们就在湿砖地上铺上席子，晚上睡在上面，席子下面薄薄一层草实在挡不住湿气。白天苍蝇成群，夜里蚊子成堆。每个人都被咬得遍体鳞伤，奇痒难忍。后来，运来了木头，席子可以铺在木头上了。夜里每间房子里还发给几个蘸着敌敌畏的布条，悬挂在屋内，据说可以防蚊。对了这一些"人道"措施，我们几乎要感激涕零了。

这时候，比起太平庄来，劳动"罪犯"的队伍大大地扩大了，至少扩大了一倍。其中原因我们不清楚，也不想清楚，这同我们有什么关系呢？我观察了一下，陆平等几个"钦犯"，最初并没有关在这里，大概旁处还有"劳改小院"之类，这事我就更不清楚了。有一些新面孔，有的过去在某个批斗会上见过面，有一些则从没有见过面，大概是随着"阶级斗争"的深入发展，新"揪"出来的。事实上，从入院一直到大院解散，经常不断地有新"罪犯"参加进来。我们这个大家庭在不断扩大。

（三）日常生活

牛棚里有了《劳改罪犯守则》，就等于有了宪法。以后虽然也时常有所补充，但大都是口头的，没有形诸文字。这里没有

152

"劳改罪犯"大会，用不着什么人通过。好在监改人员——我不知道这是不是官方的称呼？——出口成法，说什么都是真理。

在"宪法"和口头补充法律条文的约束下，我们的牛棚生活井然有序，早晨六点起床，早了晚了都不允许。一声铃响，穿衣出屋，第一件事情就是绕着院子跑步。监改人员站在院子正中，发号施令。在我的记忆中，他们很少手执长矛，大概是觉得此地安全了。跑步算不算体育锻炼呢？按常理说，是的。但是实际上我们这一群"劳改罪犯"，每天除了干体力活以外，谁也不允许看一点书，我们的体育锻炼已经够充分的了，何必再多此一举？再说我们"这一群王八蛋"已经被警告过，我们是铁案如山，谁也别想翻案。我们已经罪该万死，死有余辜，身体锻炼不锻炼完全是无所谓的。唯一的合理解释就是我发现的"折磨论"。早晨跑步也是折磨"罪犯"的一种办法。让我们在整天体力劳动之前，先把体力消耗净尽。

跑完步，到院子里的自来水龙头那里去洗脸漱口。洗漱完，排队到第二食堂去吃早饭。走在路上，一目多人的恓恓惶惶的队伍，个个垂头丧气，如丧考妣。根据口头法律，谁也不许抬头走路，谁也不敢抬头走路。有违反者，背上立刻就是一拳，或者踹上一脚。到了食堂，只许买窝头和咸菜，油饼一类的"奢侈品"是绝对禁止买的。当时"劳改罪犯"的生活费是每月十六元五角，家属十二元五角。即使让我买，我能买得起吗？靠这一点钱，我们又怎样"生"，怎样"活"呢？餐厅里当然有桌有凳；但那是为"人"准备的，我们无份。我们只能在楼外树底下、台阶上，或蹲在地上"进膳"。中午和晚上的肉菜更与我们无关，只能吃点盐水拌黄瓜、清水煮青菜之类。整天剧烈地劳动，而肚子里却滴油没有。我们只能同窝头拼命，可是我们又哪里去弄粮票呢？这是我继在德国挨饿和所谓"三年困难时期"之后的第三次堕入饥饿地狱。但是，其间也有根本性的区别：前两次我只是饿肚子而已，这次却是在饿肚之外增加了劳动和随时会有皮肉之苦。回思前两次的挨饿，宛如天堂乐园可望而不可即了。

早饭以后，回到牛棚，等候分配劳动任务。此时我们都成了牛马。全校的工人没有哪个再干活了，他们都变成了监工和牢头禁子。他们有了活，不管是多脏多累，一律到劳改大院来，要求分配"劳改罪犯"。这就好比是农村生产队队长分配牛马一样。分配完了以后，工人们就成了甩手大掌柜的，在旁边颐指气使。解放后的北大工人阶级，此时真是踌躇满志了。

还有一件最最重要的事情，无论如何也是不能忘记的。在出发劳动之前，我们必须到树干上悬挂的黑板下，抄录今天要背过的"最高指示"。这指示往往相当长，每一个"罪犯"，今天不管是干什么活，到哪里去干活，都必须背得滚瓜烂熟。任何监改人员，不管在什么场合，都可能让你背诵。倘若背错一个字，轻则一个耳光，重则更严厉的惩罚。现在，如果我们被叫到办公室去，先喊一声："报告！"然后垂首肃立。监改人员提一段语录的第一句，你必须接下去把整段背完。倘若背错一个字，则惩罚如上。有一位地球物理老教授，由于年纪实在太老了，而且脑袋里除了数学公式之外，似乎什么东西也挤不进去。连据说有无限威力的"最高指示"也不例外。我经常看到他被打得鼻青脸肿，双眼下鼓起两个肿泡。我颇有兔死狐悲之感。

背语录有什么用处呢？也许有人认为，我们这些"罪犯"都是花岗岩的脑袋瓜，用平常的办法来改造，几乎是不可能的。"革命家"于是就借用了耶稣教查经的办法，据说神力无穷。但是，我很惭愧，我实在没有感觉出来。我有自己的解释，这解释仍然是我发明创造的"折磨论"。我一直到今天还认为，这是唯一合理的解释。监改人员自己也不相信，"最高指示"会有这样的威力，他们自己也背不熟几条语录。连向"罪犯"提头时，也往往出现错误。有时候他提了一个头，我接着背下去，由于神经紧张，也曾背错过一两个字；但监改人员并没有发现。我此时还没有愚蠢到"自首"的地步，蒙混过了关。我如真愚蠢到起来"自首"，那么监改人员面子不是受到损害了吗？那后果就不堪设想了。

从此，我们就边干活，边背语录。身体和精神都紧张到要爆炸的程度。

至于我参加的劳动工种，那还是非常多的。劳动时间最长的有几个地方。根据我现在的回忆，首先是北材料厂。这里面的工人都属于"新北大公社"一派，都是拥护"老佛爷"的。在"劳改罪犯"中，也还是有派别区分的。同是"罪犯"，而待遇有时候会有不同。我在这里，有两重身份，一是"劳改罪犯"，二是原"井冈山"成员，因此颇受到一些"特殊待遇"，被训斥的机会多了一点。我们在这里干的活，先是搬运耐火砖，从厂内一个地方搬到小池旁边，码了起来。一定要码整整齐齐，否则会塌落下来。耐火砖非常重，砸到人身上，会把人砸死的。我们"罪犯们"都知道这一点，干起活来都万分小心谨慎。耐火砖搬完，又被分配来拔掉旧柱子和旧木板上的钉子。干这活，允许坐在木墩子上，而且活也不累，我们简直是享受天福了。厂内的活干完了后，又来到厂外堆建房用的沙堆旁边，去搬运沙子，从一堆运到另一堆上。在北材料厂我大概干了几个星期。我在这里还要补充说明几句，在这里干活的只是"罪犯"的一小部分。其余的人都各有安排，情况我不清楚，我只好略而不谈了。

我从北材料厂又被调到学生宿舍区去运煤。现在是夏天，大汽车把煤从什么地方运到学校，卸在地上，就算完成任务。我们的任务是把散堆在地上的煤，用筐抬着，堆成煤山，以减少占地的面积。这个活并不轻松，一是累，二是脏。两个老人抬一筐重达百斤以上的煤块或煤末，有时还要爬上煤山，是非常困难的。大风一起，我们满脸满身全是煤灰。在平常时候这种地方我们连走进都不会的。然而此时情况变了。我们已能安之若素。什么卫生不卫生，更不在话下了。同我长时间抬一个筐的是解放前在燕京大学冒着生命的危险参加地下工作的穆斯林老同志，趁着监督劳动的工人不在眼前的时候，低声对我说："我们的命运看来已经定了。我们将来的出路，不外是到什么边远地区劳改终生了。"这种想法是有些代表性的。我自己何尝不是这样想呢？

以后，我的工种有过多次变化。我曾随大队人马到今天勺园大楼的原址稻田的地方去搬过石头，挖过稻田。有一次同西语系的一位老教授被分配跟着一个工人，到学生宿舍三十五楼东墙外面去修理地下水管。这次工人师傅亲自下了手，我们两个老头只能算是"助教"，帮助他抬抬洋灰包，递递铁锹。这位工人虽然也绷着脸，一言不发，但是对我们一句训斥的话都没有说过。我心里实在是铭感五内。"十年浩劫"以后，我在校园里还常见到他骑车而过，我总是用感激的眼光注视着他的背影渐渐消逝。

此外，我还被分配到一些地方去干活，比如修房子、拔草之类，这里不一一叙述了。

既然叫作"劳改"，劳动当然就是我们主要的生活内容。不管是在劳动中，还是在其他活动中，总难避开同监改人员打交道。见了他们，同在任何地方一样，我们从不许抬头，这已经是金科玉律。往往我们不知道，站在面前谈话的是什么人。但是对方则一张口就用上一句"国骂"，这同美国人见面时说"hello"一样，不过我们只许对面的人说而已。监改人员用的词很丰富，除了说"妈的"以外，还说"你这混蛋！""你这王八蛋！"等等，词彩丰富多了。如果哪个监改人员不用"国骂"开端，我反而觉得非常反常，非常不舒服了。

（四）晚间训话

我先郑重声明一句：这是劳改监改人员最伟大的最富有天才的发明创造。

在我上面谈"劳改罪犯"的日常生活时，曾谈过监改人员在管理"劳改罪犯"的许多发明创造。这些监改人员，除了个别职员和一些工人以外，有一多半是学生。这些学生平常学习成绩怎样，我说不清楚。但在管理劳改大院时的表现，我作为一个老师，却不能不给他们打很高的分数。过去我们的教学颇多脱离实际的地方。这主要由教学制度负责，我们当教员的也不能辞其咎。在劳改大院里，他们是完全联系实际的，他们表现出来的才能是多方面的：组织的才能，管理的才能，训话的才能，说歪理诡辩的才能，株连罗织的才能，等等，简直说也说不完。再加上他们表现出来的果断和勇气，说打人伸手就打，抬脚就踢，丝毫也不游移迟疑，我辈老师实在是望尘莫及。

但是，他们发明创造的天才表现得最最突出的地方，却是晚间训话。

什么叫"晚间训话"呢？每天晚上，吃过晚饭，照例要全体"罪犯"集合，地点在两排平房之间的小院子里。每天总有一个监改人员站在队列前面训话，这个人好像是上边来的，不是我们在大院里常碰到的那些人，他大概是学校"公社"的头子之一。这个训话者常换人，个中详情我说不清楚。训话的内容，每天不同。因为它的目的不在讲大道理，而大道理是没有多少的，讲大道理必然每天重复。他们的训话是属于"折磨学"的，是这一门学问的实践。训话者每天主要做法是抓小辫子，而小辫子我们满头都是，如果真正没有，他们还可以栽在你头上嘛。小辫子的来源大体上有两个：一个是白天劳动时一些芝麻绿豆大的小事；一个是我们每天的书面思想汇报中一些所谓"问题"。我们劳动都是非常兢兢业业的，并不是由于我们"觉悟"高，而是由于害怕拳打脚踢。但是，欲加之罪，何患无辞，说不定哪一个"棚友"今天要倒霉，让监改人员看中了。到了晚间训话时，就给你来算账。至于写书面的思想汇报，那更是每天的重要工作。不管我们怎样苦思苦想，细心推敲，在中国这个文字之国，这个刀笔师爷之国，挑点小毛病是易如反掌的。中国历史上这类著名的例子多如牛毛。清朝雍正皇帝就杀过一个大臣，原因是他把"朝乾夕惕"，为了使文章别开生面，写成了"夕惕朝乾"。这二者其实是一样的，都是"颂圣"之句。然而"龙颜大怒"，结果丢掉了脑袋。我们监改人员的智商要比封建皇帝高多了。他们反正每天必须从某个"罪犯"的书面汇报中挑点小毛病。不管是谁，只要被他们选中，晚间训话时就倒了大霉。

晚间训话的程序大体上是这样的。"罪犯"们先列队肃立，因为院子不大，排成四行。监改人员先点名。这种事情我一生经历多了，没有留下什么深刻的记忆。只有一件极小极小的小事，却给我留下了毕生难忘的回忆，就是我将来见了阎王爷，也不会忘记的。有一位西语系的归国华侨教授，年龄早过了花甲，而且有重病在身，躺在床上起不来。不知道是用什么东西把他也弄到"黑帮大院"里来。他行将就木，根本不能劳动，连吃饭都起不来，就让他躺在床上"改造"。他住的房子门外就是晚间训话"罪犯"们排队的地方。每次点名，他都能听到自己的名字。此时就从屋中木板上传出来一声："到！"声音微弱、颤抖、怯怯、凄凉。我每次都想哭上一场。这声音震动了我的灵魂！

其他"罪犯"站在这一间房子的门外，个个心里打鼓。说不定训话者高声点到了谁的名字，还没有等他自己出队，就有两个年轻力壮的监改人员走上前去，用批斗会上常用的方式，把他倒剪双臂，拳头按在脖子上，押出队列，上面是耳光，下面是脚踢。清脆的耳光声响彻夜空。更厉害的措施是打倒在地，身上踏上一两只脚——一千只脚是踏不上的，这只不过是修辞学的夸大而已，用不着推敲，这也属于我所发现的"折磨论"之列的。

这样的景观大概只有在"十年浩劫"中才能看到。我们不是非常爱"中国之最"吗？有一些"最"是颇有争议的；但是，我相信，这里绝无任何争议。因此，劳改大院的晚间训话的英名不胫而走，不久就吸引了大量的观众，成为北大最著名的最有看头的景观。简直可以同英国的白金汉宫前每天御林军换岗的仪式媲美了。每天，到了这个时候，站在队列之中，我一方面心里紧张到万分，生怕自己的名字被点到；另一方面在低头中偶一斜眼，便能看到席棚外小土堆上，影影绰绰地，隐隐约约地，在暗淡的电灯光下，在小树和灌木的丛中，站满了人。数目当然是数不清的。反正是里三层外三层的人不在少数。这都是赶来欣赏这极为难得又极富刺激性的景观的。这恐怕要比英国戴着极高的黑帽子、骑在高头大马上的御林军的换岗难得多。这仪式在英国已经持续了几百年，而在中国首都的最高学府中只持续了几个月。这未免太煞风景了，否则将会给我们旅游业带来极大的经济效益。

　　还有一点十分值得惋惜的是，我们晚间训话的棚外欣赏者们，没有耐性站到深夜。如果他们有这个耐性的话，他们一定能够看到比晚间训话更为阴森森的景象。这个景象连我们这个大院里的居民都不一定每个人都能看到。偶尔有一夜，我出来小解，我在黑暗中看到院子里一些树下都有一个人影，笔直地站在那里，抬起两只胳臂，向前做拥抱状。实际上拥抱的只是空气，什么东西都没有。我不知道，我们这几个棚友已经站在那拥抱空虚有多久了。对此我没有感性认识，我只觉得，这玩意儿大概同"喷气式"差不多。让我站的话，站上一刻钟恐怕都难以撑住。棚友们却不知道已经站了多久了，更不知道将站到何时。我们棚里的居民都知道，在这时候，什么话也别说，什么声也别出。我连忙回到屋里，在梦里还看到一些拥抱空虚的人。

（五）离奇的规定

在"黑帮大院"里面，除了有《劳改罪犯守则》这一部"宪法"以外，还有一些不成文法或者口头的法规。这我在上面已经说过几句。现在再选出两个典型的例证来说上一说。

这两个例证：一是走路不许抬头，二是坐着不许跷二郎腿。

我虽不是研究法律的学者，但是在许多国家待过，也翻过一些法律条文；可是无论在什么地方也没有看到或者听到一个人走路不许抬头的规定。除了生理上的歪脖子以外，头总是要抬起来的。

但是，在北京大学的劳改大院里，牢头禁子们却规定"罪犯"走路不许抬头。我不知道，他们是怎样想出这个极为离奇的规定来的。难道说他们读到过什么祖传的秘典？或者他们得到了像《水浒》中说的那种石碣文？抑或是他们天才的火花闪耀的结果？这些问题我研究不出来。反正走路不许抬头，这就是法律，我们必须遵守。

除了在个人的牢房里以外，在任何地方，不管是在院内，还是在院外，抬头是禁止的。特别在同牢头禁子谈话的时候，绝对不允许抬头看他一眼的。如果哪一个"罪犯"敢于这样干，那后果真是不堪设想。轻则一个耳光，重则拳打脚踢，甚至被打翻在地。因此，我站在牢头禁子面前，眼光总是落在地上，或者他的脚上，再往上就会有危险。他们穿的鞋，我观察得一清二楚，面孔则是模糊一团。在干活时，比如说抬煤筐，抬头是可以的。因为此时再不允许抬头，活就没法干了。有一次，我们排队去吃饭，不知道由于什么原因，我稍稍抬了一下头，时间最多十分之一秒。然而押送我们到食堂的监改人员立即作狮子吼："季羡林！你老实点！"我本能地期望着脸上挨一耳光，或者脚上挨一脚。幸而都没有，我从此以后再也不敢不"老实"了。

至于跷二郎腿，那几乎是人人都有的一个习惯。因为这种姿势确实能够解除疲乏。但是在劳改大院里却是被严厉禁止的。记得在什么书上看到有关袁世凯的记载，说他一生从来不跷二郎腿，坐的时候总是双腿并拢，威仪俨然。这也许是由于他是军人，才能一生保持这样坐的姿势。我们这一群"劳改罪犯"都是平常的人，不是洪宪皇帝，怎么能做得到呢？

还有一件不大不小的事情，我想在这里提一提。我在上面已经说到过，我们"罪犯"们已经丢掉了笑的本领。笑本来是人的本能，怎么竟能丢掉了呢？这个"丢掉"，不是出自"劳改宪法"，也不是出自劳改监督人员的金口玉言，而是完全"自觉自愿"。试问，在打骂随时威胁着自己的时候，谁还能笑得起来呢？劳改大院里也不是没有一点笑声的，有的话，就是来自牢头禁子的口中的。在寂静如古墓般的大院中，偶尔有一点笑声，清脆如音乐，使大院顿时有了生气。然而，这笑声会在我们心中引起什么感觉呢？别人我不知道，在我耳中心中，这笑声就如鸱鸮在夜深人静时的狞笑，听了我浑身发抖。

牛棚生活（二）

（六）设置特务

这一群年轻的牢头禁子们，无师自通，或者学习外国的"盖世太保"或克格勃，以及国民党的"中统"或"军统"，也学会了利用特务，来巩固自己的统治。他们当然绝不会径名之为"特务"，而称之为"汇报人"。每一间牢房里都由牢头禁子们任命一个"汇报人"，这个"汇报人"是根据什么条件被选中的？他们是怎样从牢头禁子那里接受任务？对我们这些非"汇报人"的"罪犯"来说，都是极大的秘密。据我的观察，"汇报人"是有一些特权的。比如每星期日都能够回家，而且在家里待的时间也长一点。我顺便在这里补充几句，"罪犯"们中有的根本不允许回家。有的隔一段比较长的时间可以回家，有的每个星期日都能够回家。这叫作"区别对待"。决定的权力当然都在牢头禁子手中。"汇报人"既然享受特权，"士为知己者用"，他们必思有以报效，这就是勤于"汇报"。鸡毛蒜皮，都要"汇报"，越勤越好。有的"汇报人"还能看风使舵。哪一个"罪犯""失宠"于牢头禁子，他就连忙落井下石，以期得到更大的好处。我还观察到，有一天，某一间屋子里的"汇报人"在一个牢头禁子面前，低头弯腰，"汇报"了一通，同房的某一个"罪犯"立刻被叫了出去，拖到一间专供打人用的房间里去了。其结果我无法亲眼看到，但是完全可以想象了。

（七）应付外调

所谓"外调"，是一个专用名词，意思就是从外地外单位向劳改大院的某一个"罪犯"调查本地本单位某一个人——他们那里是不是也叫"罪犯"？这个称呼也许是北大的专利——的"罪行"。当时外调人员满天飞。哪一个单位也不惜工本，派人到全国各地，直至天涯海角，深入穷乡僻壤，调查搜罗本单位有问题人员的罪证，以便罗织罪名，把他打倒在地，让他永世不得翻身。拿我自己来讲。我斗胆开罪了那一位"老佛爷"。她的亲信们就把我看作"眼中钉"，大卖力气，四处调查我的"罪行"。后来我回老家，同村的儿童时的朋友告诉我说，北大派去的人一定要把我打成地主。他把他们（大概是两个人）狠狠地教训了一顿，说："如果讲苦大仇深要诉苦的话，季羡林应是第一名！"第一次夹着尾巴跑了。听口气，好像还去过第二次。我上面已经说到，在抄家时，他们专把我的通信簿抄走，好按照上面的地址去"外调"。北大如此，别的单位也不会两样。于是天下滔滔者皆外调人员矣。

　　我被关进"劳改大院"以后，经常要应付外调人员。这些人也是三六九等，很不相同。有的只留下被调查人的姓名，我写完后，交给监改人员转走。有的要当面面谈，但态度也还温文尔雅，并不吹胡子瞪眼。不过也有非常野蛮粗鲁的。有一天，山东大学派来了两个外调人员，一定要面谈。于是我就被带进审讯室，接受我家乡来人的审讯了。他们调查的是我同山大一位北京籍的国文系教授的关系。我由此知道，我这位朋友也遭了难。如果我此时不是"黑帮"的话，对他也许能有一点帮助。但我是自身难保，对他是爱莫能助了。我这个"新北大公社"的"罪犯"，忽然摇身一变成了山东大学的"罪犯"。这两位仁兄拍桌子瞪眼，甚至动手扯头发，打人，用脚踹我。满口山东腔，"如此乡音真逆耳"，我想到吴宓先生的诗句。我耳听粗蛮重浊而又有点油滑的济南腔，眼观残忍蛮横的面部表情，我真恶心到了极点。山东济南的"国骂"同北京略有不同，是用三个字："我日妈！"这两个汉子满嘴使用着山东"国骂"，迫我交代，不但交代我同那位教授的"黑"关系，而且还要交代我自己的"罪行"。来势之迅猛，让我这久经疆场的老"罪犯"也不知所措，浑身上下流满了汗。一直审讯了两个钟头，看来还是兴犹未尽。早已过了吃午饭的时间。连北大的监改人员都看不下去了，觉得他们实在有点过分，干脆出面干涉。这两位山东老乡才勉强收兵，悻悻然走掉了。我在被折磨得筋疲力尽之余，想到的还不是我自己，而是我的那位朋友："碰到这样蛮横粗野没有一点人味的家伙，你的日子真够呛呀！"

（八）连续批斗

被囚禁在牛棚里，每天在监改人员或每天到这里要人的工人押解下到什么地方去劳动。我一下子就想到农村中合作化或人民公社时期生产队长每天向农民分配耕牛的情景。我们现在同牛的差别不大。牛只是任人牵走，不会说话，不会思想；而我们也是任人牵走，会说话而一声不敢吭而已。

但是劳动并不是我们现在唯一的生活内容，换句话说，并不是唯一的"改造"手段。我们不总是说"劳动改造"吗？我一直到现在，虽然经过了多年的极为难得的实践，我却仍然认为，这种"劳动改造"只能改造"犯人"的身体，而不能改造思想、改造灵魂。它只能让"犯人"身上起包，让平滑的皮肤上流血、长疤，却不能让"犯人"灵魂中不怒气冲冲。劳动不行怎么办呢？济之以批斗。在劳动改造以前，是批斗单轨制。劳动改造以后，则与批斗并行，成了双轨制。批斗我在上面已经谈到，它也只能用更猛烈、更残酷的手段把"犯人"的身体来改造，与劳改伯仲之间而已。

但是劳改与批斗二者之间还是有区别的。如果让我辈"罪犯"选择的话，我们都宁愿选取前者。可惜我们选择的权利一点都没有。因此，我们虽然身居劳改大院，仍然必须随时做好两手准备。即使我们已经被分配好跟着工人到什么地方去干活了，心里也并不踏实。说不定什么时候，也说不定哪一个单位，由于某一个原因——其中并不排除消遣取乐的原因——要批斗我们"罪犯"中的某一个人了。戴红袖章的"公社"红卫兵立即奉命来"黑帮大院"中押人，照例是雄赳赳气昂昂地，找到大院的"办公厅"，由负责人批准批斗。过了或长或短的时间，被批斗者回来了。无人不是垂头丧气，头发像乱草一般。间或也有人被打得鼻青脸肿。

　至于有多少人这样被押出去批斗，我没有法子统计。反正每天都有。我自己在大院中，从某种意义上来讲，是"要犯"。我作为一个原"井冈山"的勤务员，反对了那一位"老佛爷"，这就罪在不赦。从大院中被押出去批斗的机会也就特别多。我每天早饭之后，都在提心吊胆，怕被留下，不让出去劳动。我此时简直是如坐针毡，度秒如年，在牢房里，坐立不安。想到"棚友"们此时正在某处干活，自由自在，简直如天上人。等待着自己的却是一场说不定是什么样的风暴。押解我的红卫兵一走进大院，监改人员就把我叫到对着劳改大院门口的一座苇席搭成的屏风似的东西前面——屏风上有许多字，我现在记不清是什么了——低头弯腰，听候训示："季羡林！好好地去接受批斗！"好像临行时父母嘱咐孩子："乖乖的不要淘气！"在这期间，我被押去批斗的地方很多，详细情形我不讲了。每次反正都是"行礼如仪"。先是震天的"打倒"的口号，接着是胡说八道、胡诌八扯的所谓"批斗发言"。紧张的时候，也换上两个耳光。最后又在"打倒"声中一声断喝："把季羡林押下去！"完了，礼仪结束了。我回到大院，等于回到自己家里，大概也是垂头丧气，头发像乱草一般。

（九）1968 年 6 月 18 日大批斗

我在上面谈到过北京大学"文化大革命"的历史。1966 年 6 月 18 日，第一次斗"鬼"。因为我当时还不是"鬼"，没有资格上斗"鬼"台，只是躺在家中，听到遥远处闹声喧天而已。1967 年 6 月 18 日，此时这个日期已经被规定为"纪念日"，又大规模地斗了一次"鬼"。因为我仍然没能争取到"鬼"的资格，幸免了难。

到了 1968 年 6 月 18 日，我已经被打成了"鬼"，并已在"黑帮大院"中住了一个多月。今年我有资格了，可以被当"鬼"来斗了。但是，这也是一个沉重的灾难，是好久没有过的了。一大早，本院的牢头禁子们就忙碌上了。也不知道是根据什么原则来进行"优化组合"，并不是每一个"棚友"都能得到这个一年一度极为难得的机会。在列队出发的时候，我发现只有少数人参加。东语系的"代表"只有两人：我和那一位老教授。押解我们的人，不是本院的监改人员，而是东语系派来的一位管电化教育的姓张的老工作人员。由此也许可以推断，这次斗"鬼"的出席人员是由各系所单位确定的。这一位姓张的老同事，见了我们，不但不像其他同等地位人员那样，先"妈的""混蛋"骂上一通，而且甚至和颜悦色。我简直有点毛骨悚然，非常不习惯。我们这一伙"罪犯"，至少是我，早已觉得自己不是人了。一旦被人当人来看待，反而觉得"反常"。这位姓张的老同事使我终生难忘。

但是，那些"斗鬼者"却完全不是这个样子。这些人是谁，我不知道。我不敢抬头，不但路旁的人我看不清，也不敢看，连走什么道路也看不清。只是影影绰绰地被押出"黑帮大院"，看到眼前的路是走过临湖轩和俄文楼，沿斜坡走上去的。当时现在的大图书馆还根本没有，只有一条路通向燕南园和哲学楼。我们大概就是顺着这一条林荫马路，被押解到哲学楼一带地方。不知道在什么地方，也不清楚是用什么方式，批斗了一番之后，就押解回"府"。我没有记得坐很久的"喷气式"，也不记得有人针对我做什么批斗发言。我的印象是，混乱一团。我只听到人声鼎沸，间以"打倒"之声，也许是各个系所单位分头批斗的。我自己好像梦中的游魂，稀里糊涂地低头弯腰，向前走去，"前不见古人，后不见来者"，我只感觉到，不但前后有人，而且左右也有人，好像连上下都有人，弥天盖地，到处都是人。我能够看到的却只有鞋和裤子。在"打道回府"的路上，我感觉到周围的人似乎更多了，人声也更嘈杂了，砖头瓦块打到身上的更多了。我现在已经麻木，拳头打在身上，也没有多少感觉。回到"黑帮大院"以后，脱下衬衣，才发现自己背上被画上了一个人士八，衣襟被捆了起来，绑上了一根带叶的柳条。根据我的考证，这大概就算是狗尾巴吧。平常像阎罗王殿一样的"黑帮大院"，现在却显得异常宁静、清爽，简直有点可爱了。

痛定思痛，我回忆了一下今天大批斗的过程。为什么会这样热闹而又隆重呢？小小的批斗，天天都有，到处都有。根据心理学的原理，越是看惯的东西，就越不能引起兴趣。那些小批斗已经是"司空见惯浑无事"了。今天的大批斗却是一年才一次的大典，所以就轰动燕园了。

（十）棚中花絮

这里的所谓"花絮"，同平常报纸上所见到的大异其趣。因为我一时想不出更恰当的名称，所以姑先借用一下。我的"花絮"指的是同棚难友们的一些比较特殊的遭遇，以及一些琐琐碎碎的事情，都是留给我印象比较深的。虽是小事，却小中见大，颇能从中窥探出牛棚生活的一些特点。又由于大家都能了解的原因，我把人名一律隐去。知情者一看就知道是谁，用不着学者们再写作《〈牛棚杂忆〉索隐》这样的书。

1. 图书馆学系一教授

这位教授做过北京图书馆的馆长，是国内外知名的图书馆学家和敦煌学家。我们早就相识，也算是老朋友了。这样的人在"十年浩劫"中难以幸免，是意料中事。我不清楚加在他头上的是些什么莫须有的罪名。他被批斗的情况，我也不清楚。不知道是怎样一来，我们竟在牛棚中相会了。反正我们现在早已都变成了哑巴，谁也不同谁说话。幸而我还没有变成瞎子，我还能用眼睛观察。

在牛棚里，我辈"罪犯"每天都要写思想汇报。有一天，在著名的晚间训话时，完全出我意料，这位老教授被叫出队外，一记清脆响亮的耳光声在他脸上响起，接着就是拳打脚踢，一直把他打倒在地，跪在那里。原来是他竟用粗糙的手纸来写思想汇报，递到牢头禁子手中。在当时那种阴森森的环境中，我一点开心的事情都没有。这样一件事却真大大地让我开心了一通。我不知道，这位教授是出于一时糊涂，手边没有别的纸，只有使用手纸呢？还是他吃了豹子心老虎胆，有意嘲弄这一帮趾高气扬、天上天下唯我独尊的牢头禁子？如果是后者的话，他简直是视这一帮手操生杀大权的丑类如草芥，可以载入在旧社会流行的笔记中去了。我替他捏一把汗，又暗暗地佩服。他是牛棚中的英雄，为我们这一批阶下囚出了一口气。

2. 法律系一教授

这位教授是一位老革命干部，在抗日战争以前就参加了革命。他的生平我不清楚。他初调到北大来时，曾专门找我，请我翻译印度古代著名的法典《摩奴法论》。从那时起，我们就算是认识了。以后在校内外开会，经常会面。他为人随和、善良，具有一位老干部应有的优秀品质。我们很谈得来。谁又能料得到，在"十年浩劫"中，我们竟有了"同棚之谊"。

在"黑帮大院"里，除非非常必要时，"黑帮"们之间是从来不互相说话的。在院子里遇到熟人，也是各走各的路，各低各的头，连眼皮都不抬一抬。我同这位教授之间的情况，也并不例外。

有一天，是一个礼拜天，下午被牢头禁子批准回家的"罪犯"，个个按照批准回棚的时间先后回来了。我正在牢房里坐着，忽然看到这一位老教授，在一个牢头禁子的押解下，手中举着一个写着他自己名字的牌子，走遍所有的一间间的牢房，一进门就高声说："我叫某某某，今天回来超过了批准的时间，奉命检讨，请罪！"别的人怎么样，我不知道。我却是毛骨悚然，站在那里，不知所措。

3. 东语系一个女教员

她是东语系教蒙古语的教员，为人耿直，里表如一，不会虚伪。"文化大革命"一起，不知道是什么人告密，说她是国民党三青团的骨干分子。这完全是捕风捉影的无稽之谈，根本缺乏可靠的材料，也根本没有旁证。大概是因为她对北大那一位女野心家不够尊敬，莫须有的"罪名"渐渐乎大有变成"罪行"之势。当我同东语系那一位老教授被勒令劳动的时候，最初只有我们两个人，在学校东门外的一个颇为偏僻的地方，捡地上的砖头石块，有一个工人看管着我们。有一天，忽然这一位女教员也去了。我有点困惑不解。我问她，是不是系革委会命令她去的？她回答说："不是。""既然不是，你为什么自己来呢？""人家说我有罪，我就有了有罪的感觉，因此自动自愿地来参加劳动改造了。"她这种逻辑真是匪夷所思。"其愚不可及也"，这是我心中的一闪念。我对于这种类似耶稣教所谓"原罪"的想法，觉得十分奇怪，十分不理解。由此完全可以看出她这个人的为人。但是，在我当时的处境中，自己是专政的对象，"只准规规矩矩，不准乱说乱动"，我敢说什么呢？

如此过了一些时候。等我们被押解到太平庄去劳动的时候，"罪犯"队伍里没有她。这是理所当然的。焉知祸不单行，古有明训。等我们从太平庄回来自建牛棚自己进驻以后，最初也没有看到她。这也是理所当然的，我自己心里想。但是，忽然有一天，已经是傍晚时分，从"黑帮大院"门外连推带搡地推进一个新的"棚友"来，我低头斜眼一看：正是那一位女教员。我这一惊可真不小。我原以为她已经平安过了关，用不着再自投罗网，"鱼目混珠"了。现在，"胡为乎来哉"！她怎么到这阎王殿来了呢？这次看样子绝不是自动自愿的，而是被押解了来的。尽管我心里胡思乱想，然而却一言不发，视而不见。

有一个牢头禁子问她："你叫什么名字？"

"××华。"

"哪一个'华'呀？"

"中华民国的'华'。"

这一下子可了不得！一个"反革命罪犯"竟敢在威严神圣的、代表"聂"记北大革委会权威的劳改大院中，在光天化日众目睽睽下为"中华民国"张目，是可忍，孰不可忍！简直是胆大包天，狂妄至极！非严惩不可！立即给戴上了"现行反革命分子"的"帽子"，拳足交加，打倒在地。不知道是哪一个有天才的牢头禁子忽然异想天开，把她带到一棵树下。这棵树长得有点奇特：有一枝从主干上长出来的枝干，是歪着长的。她被命令站在这个枝干下面，最初头顶碰到树干。牢头禁子下令："向前一步走！"

她遵令向前走了一步。此时她的头必须向后仰。又下了一个口令："向前一步走！"

此时树干越来越低，不但头必须向后仰，连身子也必须仰了。但是，又来了一个口令："向前一步走！"

此时树干已极低，她没有练过马戏，腰仰着弯不下去。这时口令停了。她就仰着身子，向后弯着站在那里。这个姿势她连一分钟也保持不了。在浑身大汗淋漓之余，软瘫在地上。结果如何，用不着我讲了。我觉得，牢头禁子把折磨人的手段提高到了一个新的水平。然而，这一位女教员却是苦矣。

一夜折磨的情况，我不清楚。第二天早晨起来，我看到她面部浮肿，两只眼睛下面全是青的。

4. 生物系党总支书记

我在北大搞了几十年的行政工作，校内会很多。因此，我早就认识这一位总支书记。我们可以算是老朋友了。

"文革"一开始，他在劫难逃，是天然的"走资派"。所以在第一阵批"走资派"的大风暴中，他就被揪了出来。第一个"六一八"斗"鬼"，他必然是参加者之一。在这一方面，他算是老前辈了。

不知道是什么缘故，拥护那位"老佛爷"的"造反派"，生物系特别多。在"黑帮大院"的牢头禁子中，生物系学生也因而占绝对优势。我可是万没有想到，劳改大院建成后，许多"走资派"在被激烈地冲激过一阵之后，没有再同我们这一批多数是"资产阶级反动学术权威"的"牛鬼蛇神"一起被关进来，这一位生物系总支书记却出现在我们中间。

大概是因为牢头禁子中生物系学生多，他就"沾"了光，受到一些"特殊待遇"。详情我不清楚，不敢乱说。我只看到一个例子，就足以让人毛发直竖了。

有一天，中午，时间大概是七八月，正是北京最炎热，太阳光照得最——用一句山东土话——"毒"的时候，我走过"黑

帮大院"的大院子，在太阳照射的地方，站着一个人：是那位总
支书记，双眼圆睁，看着天空里像火团般的太阳。旁边树荫中悠
然地坐着一个生物系学生的牢头禁子。我实在莫名其妙。后来听
说，这是牢头禁子对这位总支书记惩罚：两眼睁着，看准太阳；
不许眨眼，否则就是拳打脚踢。我听了打了一个寒战：古今中外，
从奴隶社会一直到资本主义社会，试问哪一个时代、哪一个国家
有这样的惩罚？谁要是想实践一下，管保你半秒钟也撑不下来。
这样难道不会把人的眼睛活生生地弄瞎吗？

此外，我还听说，没有亲眼看到，也是生物系教员中的两位
"牛鬼蛇神"，不知怎样开罪了自己的学生。作为牢头禁子的学
生命令这两位老师，站在大院子中间，两个人头顶住头，身子却
尽管往后退；换句话说，他们之所以能够站着，就全靠双方彼此
头顶头的力量。

类似的小例子，还有一些，不再细谈了。总之，折磨人的
"艺术"在突飞猛进地提高。可惜到现在我还没有看到这方面的
专著。如果年久失传，头忧是太可惜了。

5. 附小一位女教员

这个女教员是哪个单位的，我说不清楚了。我原来并不认识
她。她是由于什么原因被关进牛棚的，我也并不清楚。

根据我在牛棚里几个月的观察，牢头禁子们在打人或折磨人
方面，似乎有所分工。各有各的专业，还似乎有点有条不紊，泾
渭分明。专门打这位女教员的人就是固定不变的。

有一天早上，我看到这女教员胳臂上缠着绷带，用一条白布

挂在脖子上。隐隐约约地听说，她在前几天一个夜里，在刑讯室受过毒打，以致把胳臂打断，但仍然受命参加劳动。详细情况，当时我就不清楚，后来更不清楚。当时，"黑帮"们的原则是，事不干己，高高挂起。我就一直挂到现在。

6. 西语系的一个"老右派"学生

这个学生姓周，我不认识他，平常也没有听说过。到了"黑帮大院"，他突然出现在我的眼前。

既然叫"右派"，而且还"老"，可见这件事有比较长久的历史渊源了。在中国，划右派最集中的时期是1957年。难道这一位姓周的学生也是那时候被划为右派的吗？到了进入牛棚时，他已经戴了将近十年的右派"帽子"了。这个期间他是怎样活下来的，我完全不清楚。等我见到他的时候，他满面蜡黄，还有点浮肿，头发已经脱落了不少，像是一个年老的病人。据说他原是一个聪明机灵的学生。此时却已经显得像半个傻子，行动不很正常了。我们只能说，这一切都是在身体上和精神上受到十分严重的折磨的结果。这无疑是一个人生悲剧。我自己虽然身处危难，性命操在别人手中，随时小心谨慎，怕被不吃素的长矛给吃掉；然而看到这一位"老右派"，我不禁有泪偷弹，对这一位半疯半傻的人怀有无量的同情！

可是在那一批毫无心肝的牢头禁子眼中，这位傻子却是一个可以随意打骂、任意污辱、十分开心的玩物。这样两只腿的动物到哪里去找呀！按照他们的分工原则，一个很年轻的看上去很聪明伶俐的工人，是分工折磨这个傻子的。我从没有见过这个年轻工人打过别的"罪犯",独独对于这个傻子,他随时都能手打脚踢。排队到食堂去吃饭的路上,他嘴里吆喝着又打又骂的也是这个傻子。每到晚上,刑讯室里传出来的打人的声音以及被打者叫唤的声音也与这个傻子有关。我写回忆录,有一个戒条,就是:绝不去骂人。我在这里,只能作一个例外,我要骂这个年轻的工人以及他的同伙:"万恶的畜类!猪狗不如的东西!"

有一天,我在这个傻子的背上看到一个用白色画着的大王八。他好像是根本没有家,没有人管他。他身上穿的衣服,满是油污,至少进院来就没洗过,鹑衣百结。但是这一只白色的大王八却显得异常耀眼,从远处就能看得清清楚楚。别人见了,有笑的权利的"自由民"会哈哈大笑,我辈失掉笑的权利的"罪犯",则只有兔死狐悲,眼泪往肚子里流。

7. 物理系的一个教员

这个教员是北大心理系一位老教授的儿子,好像还是独生子。不知道是由于什么原因,他的一条腿短一截,走起路来像个瘸子。

我从前并不认识他。初进牛棚时,甚至在太平庄时,都没有见到过他。我们在牛棚里已经被"改造"了一段时间。有一天,是中午过后不久——我在这里补充几句。牛棚里是根本没有什么午休的。东语系那位老教授,就因为午饭后坐着打了一个盹儿,被牢头禁子发现,叫到院子里在太阳下晒了一个钟头,好像也是眼睛对着太阳——我在牢房里忽然听牛棚门口有打人的声音,是棍棒或者用胶皮裹起来的自行车链条同皮肉接触的声音。这种事情在"黑帮大院"里是司空见惯的事，一天能有许多起。我们的神经都已经麻木了，引不起什么感觉。但是，这一次声音特别高，时间也特别长。我那麻木的神经动了一下，透过玻璃窗向棚口看了看。我看到这一位残伤的教员，已经被打倒在地，有几个"英雄"还用手里拿着的兵器，继续抽打。他身上是不是已经踏上了一千只脚，我看不清楚。我只看到这一位腿脚本来就不灵便的人，躺在地上的泥土中，脸上还好像流着血。

他为什么这样晚才到牛棚里来？他是由于什么原因才来的？他是不是才被"揪"出来的？这些事情我都不清楚。一直到今天也不清楚。我虽然也像胡适之博士那样有点考据癖，但是我不想在这里施展本领了。

从此以后，我们每次排队到食堂去吃饭时，整齐的队伍里就多了走起路来很不协调的瘸腿的"棚友"。

关于牛棚中个别人的"化絮"，如果认真写起来的话，还可以延长几倍。我现在没有再写的兴致，我也不忍再写下去了。举一隅可以三隅反。希望读者自己慢慢地去体会吧。

牛棚生活（三）

（十一）特别雅座

我自己已经堕入地狱。但是，由于根器浅，我很久很久都不知道，地狱中还是有不同层次的。佛教不是就有十八层地狱吗？

这话要从头讲起，需要说得长一点。生物系有一个学生，大名叫张国祥。牛棚初建时，我好像还没有看到他。他是后来才来的。至于他为什么到这里来，又是怎样来的，那是聂记北大革委会的事情，我辈"罪犯"实无权过问，也不敢过问。他到了大院以后，立即表现出鹤立鸡群之势。看样子，他不是一个大头子，只是一般的小卒子之类。但管的事特别多，手伸得特别长。我经常看到他骑着自行车——这自行车是从"罪犯"家中收缴来的。"罪犯"们所有的财物都归这一批牢头禁子掌握，他们愿意到"罪犯"家中去拿什么，就拿什么。连"罪犯"的性命自己也没有所有权了——在大院子里兜圈子，以资消遣。这在那一所阴森恐怖寂静无声的牛棚中，是非常突出的惹人注目的举动。

有几天晚上，在晚间训话之后，甚至在十点钟规定的"犯人"就寝之后，院子里大榆树下面，灯光依然很辉煌，这一位张老爷，坐在一把椅子上，抬起右腿，把脚放到椅子上，用手在脚指头缝里抠个不停。他面前垂首站着一个"罪犯"。他问着什么问题，间或对"罪犯"大声训斥、怒骂。这种训斥和怒骂，我已经看惯了。但是他这坐的姿势，我觉得极为新鲜，在我脑海里留下的影像，永世难忘。更让我难忘的是，有一天晚上，他眼前垂头站立的竟是原北大校长兼党委书记、"一二·九"运动的领导人之一、当过铁道部副部长的陆平。他是那位"老佛爷"贴大字报点名攻击的主要人物。"黑帮大院"初建时，他是首要"钦犯"，囚禁在另外什么地方，还不是"棚友"。不知道什么时候，他竟也乔迁到棚中来了。张国祥问陆平什么问题，问了多久，后果如何，我一概不知。只是觉得这件事儿很蹊跷而已。

可是我哪里会想到，过了不几天，这个厄运竟飞临到我头上来了。有一天晚上，已经响过熄灯睡觉的铃，我忽然听到从民主楼后面拐角的地方高喊："季羡林！"那时我们的神经每时每刻都处在最高"战备状态"中。我听了以后，连忙用上四条腿的力量，超常发挥的速度，跑到前面大院子里，看到张国祥用上面描绘的那种姿态，坐在那里，右手抠着脚丫子，开口问道："你怎么同特务机关有联系呀？"

"我没有联系。"

"你怎么说江青同志给'新北大公社'扎吗啡针呀？"

"那只是一个形象的说法。"

"你有几个老婆呀？"

我大为吃惊，敬谨回禀："我没有几个老婆。"

这样一问一答，"交谈"了几句。他说："我今天晚上对你很仁慈！"

是的，我承认他说的是实话。我一没有被拳打脚踢；二没有被"国骂"痛击。这难道不就是极大的"仁慈"吗？我真应该感谢"皇恩浩荡"了。

我可是万万没有想到，他最后这一句话里面含着极危险的"杀机"。"我今天晚上对你很仁慈"，明天晚上怎样呢？

第二天晚上，也是在熄灯铃响了以后。我正准备睡觉，忽然像晴空霹雳一般，听到一声："季羡林！"我用比昨晚还要快的速度，走出牢房的门，看到这位张先生不是在大院子里，而是在两排平房的拐角处，怒气冲冲地站在那里："喊你为什么不出来？你耳朵聋了吗？"

我知道事情有点不妙。还没有等我再想下去，我脸上、头上蓦地一热。一阵用胶皮裹着的自行车链条作武器打下来的暴风骤雨，铺天盖地地落到我的身上。不是下半身，而是最关要害的头部。我脑袋里嗡嗡地响，眼前直冒金星。但是，我不敢躲闪，笔直地站在那里。最初还有痛的感觉，后来逐渐麻木起来，只觉得头顶上，眼睛上，鼻子上，嘴上，耳朵上，一阵阵火辣辣的滋味，不是痛，而是比痛更难忍受的感觉。我好像要失掉知觉，我好像要倒在地上。但是，我本能地坚持下来。眼前鞭影乱闪，叱骂声——如果有的话——也根本听不到了。我处在一片迷茫、混沌之中。我不知道，他究竟打了多久。据后来住在拐角上那间牢房里的"棚友"告诉我，打的时间相当长。他们都觉得十分可怕，大有谈虎色变的样子。我自己则几乎变成了一块木头、一块石头，成为没有知觉的东西，反而没有感到像旁观者感到的那样可怕了。不知到了什么时候，我隐隐约约地仿佛是在梦中，听到了一声："滚蛋！"我的知觉恢复了一点，知道这位凶神恶煞又对我"仁慈"了。我连忙夹着尾巴逃回了牢房。

但是，知觉一恢复，浑身上下立即痛了起来。我的首要任务是"查体"，这一次"查体"全是"外科"，我先查一查自己的五官四肢是否还完整。眼睛被打肿了，但是试着睁一睁：两眼都还能睁开，足证眼睛是完整的。脸上、鼻子里、嘴里、耳朵上都流着血。但是张了张嘴，里面的牙没有被打掉。至于其他地方流血，不至于性命交关，只好忍住疼痛了。

试想，这一夜我还能睡得着吗？我躺在木板上，辗转反侧，浑身难受。流血的地方黏糊糊的，只好让它流。痛的地方，也只好让它去痛。我没有镜子，没法照一照我的"尊容"。过去我的难友，比如地球物理系那一位老教授、东语系那一位女教员等等，被折磨了一夜之后，脸上浮肿，眼圈发青。我看了以后，心里有点颤抖。今天我的脸上就不止浮肿、发青了。我反正自己看不到，由它去吧。

第二天早晨，照样派活，照样要背语录。我现在干的是在北材料厂外面马路两旁筛沙子的活。我身上是什么滋味？我心里是什么滋味？我一概说不清楚，我完全迷糊了，迷糊到连自杀的念头都没有了。

正如俗话所说的：祸不单行。我这一个灾难插曲还没有结束，这一天中午，还是那一位张先生走进牢房，命令我搬家。我这

"家"没有什么东西，把铺盖一卷，立即搬到我在门外受刑的那一间屋子里。白天没有什么感觉，到了夜里，我才恍然大悟：这里是"特别雅座"，是囚禁重囚的地方。整夜不许关灯，屋里的囚犯轮流值班看守，不许睡觉。"看守"什么呢？我不清楚。是怕犯人逃跑吗？这是根本不可能的。知识分子犯人是最胆小的，不会逃跑。看来是怕犯人寻短见，比如上吊之类。现在我才知道，受过重刑之后，我在"黑帮大院"里的地位提高了，我升级了，升入一个更高的层次。"钦犯"陆平就住在这间屋里。打一个比方说，我在佛教地狱里进入了阿鼻地狱，相当人间的死囚牢吧。

但是，问题还没有完。仍然是那一位张先生，命令我同中文系一位姓王的教授，每天推着水车，到茶炉上去打三次开水，供全体囚犯饮用。我不知道为什么这一位王教授会同我并列。据我所知，他并没有参加"井冈山"，也并没有犯过什么弥天大罪，为什么竟受到这样的惩罚呢？打开水这个活并不轻，每天三次，其他的活照干，语录照背。别人吃饭，我看着。天下大雨，我淋着。就是天上下刀，我也必须把开水打来，真是苦不堪言。但是，那一位姓王的教授却能苦中寻乐：偷偷地在茶炉那里泡上一杯茶，抽上一烟斗烟。好像是乐在其中矣。

（十二）特别班

这一批牢头禁子们，是很懂政策的。把我们这"劳改罪犯"集中到一起，实行了半年多的劳动改造。念经、说教与耳光棍棒并举。他们大概认为，我们已经达到了一定的水平。现在是采取分化瓦解的时候了。

"特别班"于是乎出笼。

牢头禁子们不知道是根据什么标准，从"劳改罪犯"中挑选出来了一些，进这个班。

这个班的班址设在外文楼内。但是，前门不能走，后门不能开，于是就利用一扇窗子当作通道，窗内外各摆上了一条长木板，可以借以登窗入楼，然后走入一间小教室。这间教室内是什么样子？有什么摆设？我不清楚。在我眼中，虽然近在咫尺，却如蓬山万里了。

我是非常羡慕这个班的。我觉得，对我们"劳改罪犯"来说，眼前的苦日子，挨打，受骂，忍饥，忍渴，咬一咬牙，就能够过去了。但是，瞻望将来，却不能无动于衷。什么时候是我们的出头之日呢？我跟前好像是一片白茫茫的大海，却没有舟楫，也看不到前面有任何岛屿。我盼望着出现点什么。这种望穿秋水的日子真是度日如年啊！现在出现了特别班，我认为，这正是渡过大海的轻舟。

特别班的学员有一些让人羡煞的特权。他们有权利佩戴领袖像章，他们有权利早请示、晚汇报，等等。在牛棚里，党员是剥夺了交党费的权利的。特别班学员是否有了权利？我不知道。我每次听到从特别班的教室里传来歌颂领袖的歌声或者语录歌的歌声时，那种悠扬的歌声真使我神往。看到了学员们一些——是否被批准的，我不清楚——奇特的特权，我也是羡慕得要命。比如他们敢在牢房里跷二郎腿，我就不敢。他们走路头抬得似乎高一点了，我也不敢。我真是多么想也能够踏着那块长木板走到外文楼里面去呀!

后来,不知是由于什么原因,一直到"黑帮大院"解散,特别班的学员也没能真正变成龙跳过了龙门。

(十三)东语系一个印尼语的教员

这一位教员原是从解放前南京东方语专业转来的学印尼语的学生,毕业后留校任教。人非常聪明,读书十分勤奋,写出来的学术论文极有水平,是一个不可多得的人才。他留学印尼时,家里经济比较困难,我也曾尽了点绵薄之力。因此我们关系很好。他对我毕恭毕敬。

然而人是会变的。"文化大革命"北大一分派,他加入了掌权的"新北大公社"。人各有志,这也未可厚非。但是,对我这一个"异教徒",他却表现出超常的敌意。我被"揪"出来以后,几次在外文楼的审讯,他都参加了,而且吹胡子瞪眼,拍桌子捶板凳,胜其他一些参加者。看样子是唯恐表现不出自己对"老佛爷"的忠诚来。难道是因为自己曾反苏反共现在故作积极状以洗刷自己吗?我曾多次有过这样的想法。否则,一般的世态炎凉、落井下石的解释,还是不够的。

然而政治斗争是不讲情面的。

有一天早晨我走出"黑帮大院",钦赐低头,正好看到写在马路上的大字标语:

打倒反革命分子某某某！

我大吃一惊。就在不久前，在一次审讯我的小会上，他还是"超积极分子"，革命正气溢满眉宇。怎么一下子变成了"反革命分子"了呢？原来有人揭了他的老底。他在夜间就采用了资本主义的自杀方式，"自绝于人民"了。

对于此事，我一不幸灾，二不乐祸。我只是觉得人生实在太复杂，太可怕而已。

（十四）自暴自弃

在牛棚里已经待了一段时间，自己脑筋越来越糊涂，心情越来越麻木。这个地方，不是地狱，胜似地狱；自己不是饿鬼，胜似饿鬼。如果还有感觉的话，我的自我感觉是：非人非鬼，亦人亦鬼。别人看自己是这样，自己看自己也是这样。不伦不类地而又亦伦亦类地套用一个现成的哲学名词：自己已经"异化"了。

过去被认为是人的时候，我自己当然以人待己。我这个人从来不敢狂妄，我是颇有自知之明的。如果按照小孩子的办法把人分为好人和坏人的话，我毫不迟疑地把自己归入"好人"一类。就拿金钱问题来说吧，我一不吝啬，二不拜金，在这方面，我颇有一些"优胜纪略"。十几岁在济南时，有一天到药店去打药。伙计算错了账，多找给我了一块大洋。当时在小孩子眼中，一块大洋是一个巨大的财富。但是我立即退还给他，惹得伙计的脸一下子红了起来。这种心理我以后才懂得。1946年，我从海外回到祖国，卖了一只金表，寄钱给家里，把剩下的"法币"换成黄金。伙计也算错了账，多给了一两黄金。在当时一两黄金也算是一笔不小的财富。但是我也立即退还给他。在大人物名下，这些都是不足挂齿的小事。然而对一个像我这样平凡的人来，也不能说一点意义都没有的。

到了现在，自己一下子变成了鬼。最初还极不舒服，颇想有所反抗。但是久而久之，自己已习以为常。人鬼界限，好坏界限，善恶界限，美丑界限，自己逐渐模糊起来。用一句最恰当的成语，就是"破罐子破摔"。自己已经没有了前途，既然不想自杀，是人是鬼，由它去吧。别人说短论长，也由它去吧。

而且自己也确有实际困难。聂记革委会赐给我和家里两位老太太的"生活费"，我靠它既不能"生"，也不能"活"。就是天天吃窝头就咸菜，也还是不够用的。天天劳动强度大，肚子里又没有油水，总是饥肠辘辘，想找点吃的。我曾几次跟在牢头禁子身后，想讨一点盛酱豆腐罐子里的汤，蘸窝头吃。有一段时间，我被分配到学生宿舍区二十八楼、二十九楼一带去劳动，任务是打扫两派武斗时破坏的房屋，捡地上的砖石。我记得在二十八楼南头的一间大房子里，堆满了杂物，乱七八糟，破破烂烂，什么都有。我忽然发现，在一个破旧的蒸馒头用的笼屉上有几块已经发了霉的干馒头。我简直是如获至宝，拿来装在口袋里，在僻静地方，背着监改的工人，一个人偷偷地吃。什么卫生不卫生，什么有没有细菌，对一个"鬼"来说，这些都是毫无意义的了。

我也学会了说谎，离开大院，出来劳动，肚子饿得不行的时

187

候，就对带队的工人说，自己要到医院里去瞧病。得到允许，就专拣没有人走的小路，像老鼠似的回到家里，吃上两个夹芝麻酱的馒头，狼吞虎咽之后，再去干活，就算瞧了病。这行动有极大的危险性，倘若在路上碰上监改人员或汇报人员，那结果将是什么，用不着我说了。

有一次我在路上捡到了几张钞票，都是一毛两毛的。我大喜过望，赶快揣在口袋里。以后我便利用只许低头走路的有利条件，看到那些昂首走路的"自由民"绝不会看到的东西，曾捡到过一些钢镚儿。这又是意外的收获。我发现了一条重要的规律：在"黑帮大院"的厕所里，掉在地上的钢镚儿最多。从此别人不愿意进的厕所，反而成了我喜爱的地方了。

上面说的这一些极其猥琐的事情，如果我不说，绝不会有人想到。如果我自己不亲身经历，我也绝不会想到。但是，这些都是事实。应该说是极其丑恶的事实。当时我已经完全失掉了羞恶之心，并没有感到有什么不对。现在回想起来，真是不寒而栗。我从前对一个人堕落的心理过程发生过兴趣，潜意识里似乎有点认为这是天生的。现在拿我自己来现身说法，那种想法是不正确的。

然而谁来负这个责任呢？

（十五）"折磨论"的小结

牛棚生活，千头万绪。我在上面仅仅择其荦荦大者，简略地叙述了一下。我根据"以论带史"的原则，先提出了一个理论：

折磨论。最初恐怕有很多怀疑者。现在看了我从非常不同的方面对"黑帮大院"情况的叙述，我想再不会有人怀疑我的理论的正确性了。

"革命小将"们的折磨想达到什么目的呢？他们绝不会暴露自己心里的肮脏东西，别人也不便代为答复。冠冕堂皇的说法是"劳动改造"。我在上面已经说过，这种打着劳动的旗号折磨人的办法，只是改造人的身体，而绝不会改造人的灵魂。如果还能达到什么目的的话，我的自暴自弃就是一个最好的例证。折磨的结果只能使人堕落，而不能使人升高。

这就是我对"折磨论"的小结。

牛棚转移

时令已经进入了冬季，牢房里也装上了炉子，生上了火，虽然配给的煤不多，炉火当然不能很旺。但是，比起外面来，屋子里已经是温暖如春了。

可是劳改的队伍却逐渐缩小了起来。一来二去，剩下的人不多了，就都受命搬到一间大屋子里来。什么原因呢？我不清楚，当然也不敢问。我此时反正已经堕入阿鼻地狱，再升上一级两级，是鬼总是鬼，对我无所谓了。

屋子里显得空荡荡的。大概是因为人少了，连老鼠的胆子也大了起来，大白天里，竟敢到处乱窜。我从家里带回来一个干馒头首当其冲，被老鼠咬掉了一些。我想赶走它们，它们竟敢瞪着小眼睛，在窗台上跟我玩捉迷藏。也许老鼠们也意识到，屋子里住的不是人，而是"黑帮"，等级不比老鼠高，欺负他们一下，谅他们也不敢奈自己何。

大家虽然不大敢随便说话，不能互通信息，但是正如俗话所说的"没有不透风的墙",我逐渐知道了,聂记革委会改变了对待"劳改罪犯"的"政策",不再集中,而要实行分散,把各系所处的"罪犯"分回各自的单位。姗姗来迟,东语系也把我们几个"罪犯"提回系里。我们的"牛棚"转移了,转移到外文楼去。

前些日子,"特别班"还在外文楼时,我是多么希望能进外文楼来呀!现在果然进来了,却是依然故我。我们几个"罪犯"被分配住在二楼北面的缅甸语教研室里,都在地上打地铺。靠窗子有一张大桌子。我们的牢头禁子睡在上面,居高临下,监督我们。他外号叫"小炉匠",大概是姓卢的青年学生。最使我吃惊的是,"我们"又增加了新人,是"黑帮大院"中没有见过的。他们也是"罪犯"吗?我心里纳闷。反正现在是同我们一锅煮了,彼此相安无事。

在这里,生活比较平静了。不像在"黑帮大院"里那样,时时刻刻都要把神经绷得紧紧的,把耳朵伸得长长的,唯恐牢头禁子喊自己的名字时答应晚了,招致灾难。现在牢头禁子就高踞在同一间小屋的桌子上,用不着把神经开得那样紧张了。

但是,日子也并不好过,也不可能好过。我仍然是"劳改罪犯"。这楼上有许多办公室,大多是各专业的教研室。在我被"打倒"以前,我当了二十年的系主任。这些办公室我都是熟悉的。周围的气氛当然是非常好的。我是这里的主人。而今时移世迁,我一"跳"(自己跳出来也)而成为阶下囚了。"流水落花春去也,天上人间",我当"反革命"已经有一年多了。我并不是留恋当年的"威风",我深知自己已被"打倒在地",永无翻身之日了。我只求苟延残喘而已。

191

现在，在整个大楼里，我只有几个地方能进：一是牢房，二是厕所，三是审讯我的屋子，最后这一项是并不固定的。至于第二项则是"黑帮"同"白帮"（"革命者"）共同享用的，因为"黑帮"虽然是鬼，也总得大小便呀——真鬼大概是不大小便的，待查。

此外，这里也颇有令人难堪之处。"黑""白"杂居，抬头不见低头见。中国是礼仪之邦，见了面，总得说点什么。可我们又缺少英美人见面说的"Good morning！""How do you do？"或者单纯一声"Hello！"现在习用的"早安"之类，是地道的舶来品。我们过去常用的"你吃饭了吗？"是举国通用的问候语，我想缩为"国候"。现在，在外文楼，见到了以前很熟很熟的人，舶来品不敢用，"国候"也不敢用。只有低头，望望然而去之。"白帮"怎么想？我不得而知。似我"黑帮"却实在觉得非常别扭。有时"白帮"在某一间屋子里，讨论什么问题，逸兴遄飞，欢笑之声中溢满了"革命气"，在楼道里往复回荡。这革命气却一点也没有熏到我身上。我们现在是"谈笑之声能闻，而老死不相往来"。"能闻"者，能听到也，这是别人的声音，我们是不能有声音的。我们都像影子似的活动着，影子是没有声音的。

但是，这里也并不缺少新闻、缺少有刺激性的东西。这新闻并不是哪一个人告诉我的，现在没有人敢干、肯干这种事。这是我自己从楼道中喊喊喳喳的声音中听出来的。最重要的一条新闻是关于我在上面提到过的那一位蒙古语女教员的。原来东语系"罪犯"中只有她一个女性。在"黑帮大院"时有女囚牢。到了外文楼以后，女囚牢没有了，又不能同我辈男士一起睡在地铺上，所以就把她关在另外一间屋子里。据我的推测，管理她的大概是一个学朝鲜语的女学生和一个系图书室女管理员。后者姓叶，大名暂缺。此人是一个女光棍似的人物，泼辣，粗暴，最擅长惹是生非、兴风作浪。她所在的图书室是东语系的小沙龙，谣言由此处产生，小道消息在这里集散。"文革"一分派，她就成了聂记公社在东语系的女干将，大概也属于那一种"老子铁了心，誓死保聂孙"类型的人物。有一次是她到我家来，大声叱骂，押解着我到外文楼去接受批斗。女牢头禁子押解男"犯人"，在北大恐怕是罕见的新鲜事儿。这样一个人物，对唯一的女囚绝对不会放过。在一天夜里，她和其他几个人对这位女囚大肆审讯、殴打。这位女囚是不是像在"黑帮大院"里那样被折磨得眼圈发青，我没有看见，不敢瞎说。我听到这个消息以后，心里没有引起什么波动，我的神经现在已经完全麻木了。

可是我却万万没有想到，第二条引起人们震动的新闻竟然出在我身上。

到了外文楼以后，我没有再挨揍。大概我天生就是一个不识抬举的家伙，一个有着花岗岩脑袋瓜死不改悔的家伙。虽然经过了炼狱的锻炼，我并没有低头认罪。有一天，解放军派来"支左"的常驻东语系的一个大概是营长的军官，大名叫赵良山（此人后来听说已经故去），把我叫到他的办公室里，问我一个问题。我当时心里非常火，非常失望。我想，解放军水平总应该是高的，现在看来也不尽然。我粗声粗气地说道："我的全部日记已经都被抄来了。一定会放在外文楼某一间屋子里。你派一个人去查一查那一天的日记。最多只用五分钟，问题就可以全部弄明白了。"万没有想到，这一下子又捅了马蜂窝。他勃然变色，说我态度极端恶劣。他现在是太上皇，我哪里还敢吭气儿呢？

晚饭以后，回到牢房。原先反聂的一位女教员，率领着几个人，手里拿着红红绿绿的大标语，把小屋墙上贴满。原来一片白色，非常单调寡味。现在增添了大红大绿，顿觉斗室生光，一片勃勃的生机。标语内容，没有什么创新，仍然是"季羡林要翻天，就打倒他！""坦白从宽，抗拒从严！""只许规规矩矩，不许乱说乱动！"等等，等等。"司空见惯浑无事"，这些东西已经对于我的神经不能产生任何作用了。我夜里照睡不误，等候着暴风雨的来临。

果然，"革命家"们第二天就开始行动了。首先由东语系的"红卫兵"——现在恐怕是两派的都有了——押解着我，走向东语系学生住的四十楼。我自己又像一个被发配的囚犯，俯首帖耳，只能看到地上，踉跄前进。旧剧中，囚犯是允许抬头的。我这个新社会的囚犯却没有这个特权。既来之，则安之，由它去吧。

我原来并不知道把我押向何方。走近四十楼，凭我的本能，我恍然大悟。此时隐隐约约地看到楼外贴满了大字报和大标语，内容不外是那一套。我猜想——因为我不能看——不过是"打倒老保翻天的季羡林！""坦白从宽，抗拒从严！"此外再加上造谣、诬蔑、人身攻击。从震耳欲聋的口号声中，听到的也不过是那些东西。我顿时明白了：我现在成了"翻天"的代表人物。

我被卡住脖子，拧住胳臂，推推搡搡，押进楼去，先走过一楼楼道。楼道本来很狭，现在又挤满了学生。我耳朵里听的是口号，头上、身上，挨的是拳头。我一个人也看不到，仿佛腾云驾雾一般，我飞上了二楼。同在一楼一样，从楼道这一头，走（按语法来讲，应该是被动式）到那一头，仍然是震天的口号声。在嘈杂混乱中，我又走（同前）上了三楼。在这里也没有什么新花样，心里颇有点不满足，觉得太单调，不够味。"仪式"完了以后，我又被押解着回到了外文楼。

后来听说，这叫作"楼内游斗"。这是不是东语系学生的发明创造？如果是的话，将来有朝一日编写《无产阶级文化大革命史》时，应该着重提上一笔，说不定还要另立专章的。至于我自己，我是经过了大风大浪的人，身体上、精神上，都没有受到什么痛苦，只觉得有点"好玩"而已。

事情当然不能就这样结束。看来那位赵营长下定了决心，连夜召开会议，制订了斗争方案。第二天，刚吃过早饭，立即有学生来找我，到一间教研室里去批斗。这次准我抬头了，看到的是一个教研室的成员，加上个别的学生。我已摆好了架子坐"喷气式"，然而有人却推给我一把椅子。我大惊失色，我现在已经成了《法门寺》的贾桂了。在这样的情况下，你想这个批斗会，还能批出什么，又斗出什么呢？我觉得十分平淡寡味。我于是把两个耳朵都关闭了起来，"任凭风浪打，稳坐钓鱼船"。蒙眬中，听到一声："把季羡林押出去！"我知道，这一出戏算是结束了。

我正准备回自己的牢房，又有人来把我拉到另一个教研室去，"行礼如仪"。然后是第三个教研室，第四个教研室。我没有记录，也无法统计。估计是每一个教研室都批斗一次。东语系十几个教研室，共批斗了十几次。接着来的是学生。我不知道，东语系学生共有多少个班。每班批斗一次（也许有的班是联合批斗），我记不清楚，加起来，总有二十来次。以每次批斗一个小时计算，共有三十来个小时。我看有的班"偷工减料"，质量大有问题。实际上怕用不了这样多的时间。反正在三四天以内，我比出去"走穴"的人还要忙。这个班刚批完，下一个班接着干。每天批斗八九场，只给我留出了吃饭的时间。可谓紧张之至了。

对我产生了什么结果呢？除了感觉到有点疲倦之外，"虱子多了不痒"，我"被批斗的积极性"反而调动起来了。我爱上了这种批斗。我觉得非常开心。你那里"义正词严"，我这里关上耳朵，镇定养神，我反而是"以逸待劳"了。

世间事真是复杂的。我以"态度恶劣"始，又以"态度恶劣"终。第一个"恶劣"救了我的命，第二个"恶劣"养了我的神。当时的真假革命家们，大概是万万想不到的吧。

半解放

什么叫"半解放"呢？没有什么科学的定义，只是我个人的感觉而已。

集中批斗之后，时令已经走过了 1968 年，进入了 1969 年。在这一年的旧历元旦前，系革委会突然通知我，可以回家了。送我（这次恐怕不好再说"押解"了）回家的，就是上面提到的那一个"小炉匠"。此时我家的那一间大房间久已被封门了。全家挤住在一间九平方米的小屋里。据家里两位老太太告诉我，其间曾有一个学生拿着抄走了的房门钥匙，带着一个女人，在那间被查封了的大屋子里，鬼混了相当长一段时间，睡在我的床上，用我们的煤气做饭。他们威胁两位老太太说："不许声扬！"否则将有极其严重的后果。现在"小炉匠"就拿着那一把钥匙，开了门，让我睡在里面。我离开自己的床已经有八九个月了。

我此时在高兴之中又满怀忧虑。我头上还顶着一摞"帽子"，自己的前途仍然渺茫。每月只能拿到那一点钱，吃饭也不够。我记得后来增加了点钱，数目和时间都想不起来了。外来的压力还是有的。有一天我无意中听到楼下一个家属委员会的什么"连长"的老头子（他自己据说是国民党的兵痞）高声昭告全楼："季羡林放回来了。大家都要注意他呀！"这大概是"上面"打的招呼。我听了没有吃惊，这种事情对我可以说是习以为常了。但是，心里仍然难免有点别扭，知道自己被判"群众监督"了。我仿佛成了瘟神或艾滋病的患者，没有人敢接触了。

即使没有人告诉我，毋宁说是提醒我这种情况，我这人已经有点反常。走路抬头，仍不习惯。进商店买东西，像是一个白痴，不知道说什么好。我不敢叫售货员"同志"，我怎么敢是他们的"同志"呢？不叫"同志"又叫什么呢？叫"小姐"，称"先生"，实有所不妥。什么都不叫，更有所不安。结果是口嗫嚅而欲言，足趑趄而不前，一副六神无主、四体失灵的狼狈相，我自己都觉得十分难堪。我已经成了一个老年痴呆症的患者了。

过了没有多久，我被指令到四十楼去参加"学习"。我第一次从家里走向四十楼的时候，正是千里冰封、万里雪飘的时候。这一段路相当长，总有三四里路；走快了，也得用半小时。我正出门去，走了一段路，立即避开大路，从湖中的冰上走过去。我忽然想到古人"如临深渊，如履薄冰"的说法，这只是形象的比喻，可我今天的处境不正是这个样子吗？我不知道将来会发生什么事情。我现在已经很不习惯同人打交道。我到了四十楼，见了"革命小将"，是不是还要高喊"报告！"呢？是不是还要低头垂手站在他们面前呢？这都是非常现实的问题。我得不到答复，走起路来，就磨磨蹭蹭。

我越走越慢，好不容易才走到四十楼。我见景生情，思绪万端。前不久我还在这里被"楼中游斗"，曾几何时，我又回到这里来了。这回是以什么身份？我说不清。"丑媳妇怕见公婆的面"，怕也不行。我一鼓勇气，进去报了到。幸而没有口号的喊声，没有手打脚踹，而是不冷不热的待遇。我心头一块石头落了地，被分派了小组，组员都是学印地语的学生。从此以后，我就以一个莫名其妙的身份，参加了他们的学习和活动。原来东语系的"棚友"都被召唤到那里。可是待遇却不知为什么显然不同了。有的被分配打扫楼道。有一个印地语教员被无端扣上了地主的"帽子"，被分配打扫厕所。我原来是有思想准备来干最脏最累的活，然而竟然没有，实出我的意外了。

　　同革命群众在一起，我还非常不习惯，有点拘谨，有点不舒服。我现在是人是鬼，还没有定性。游离于人鬼之间，不知何以自处。学生们是青年人，活泼爱动，学习休息时，他们就吹拉弹唱。有一个同学擅长拉二胡，我非常欣赏；但又不敢忘形。年轻人说说笑笑，打打闹闹，我则呆坐一旁，俨然泥塑木雕，自己也觉得气氛很不协调。

　　但是，在相对平静的生活中，也不是没有一些波澜。我回忆所及，首先就是党费问题。我上面已经谈过，在"黑帮大院"中，交党费是犯忌讳的。我当时自己不能领每月的生活费，都是我的年迈的婶母代劳。她每月到外文楼东语系办公室去领全家三口人四十多元的生活费。作为"黑帮"的家属，她没少听到闲话。特别是"井冈山""黑帮"的家属，更会直接或间接受到奚落。老人没有办法，只有忍气吞声。在这个情况下，她居然还怕自己的孩子丢掉党票，仍然按月交纳党费。东语系不知道哪一位党组织干部居然敢收下，而没有向"黑帮大院"通报。否则我一定会多挨上一顿打。我至今感激不尽。我婶母还告诉我，一位姓袁的老同志，不但对她没有奚落，而且还偷偷地小声对她说："把钱收好！走路要小心！"她老人家每次谈到这种雪地冰天中的一星温暖，也总是感激不尽。

但是，到了四十楼以后，应该我自己交党费了。我这种非人非鬼的处境，却使我不敢厚着脸皮去交党费。此时党组织好像已经不再活动，我也不知道向谁交。如此就耽误了一些时间。系里的领导找我谈话，问我："为什么不按时交党费？"我十分坦诚地告诉他："等到支部决定开除我出党的时候，我一定会把所有拖欠的党费一文不少地交上，然后离开。"由此可见，我认为，留在党内已经完全不可能了。

除了党费问题，我在四十楼颇有一些小小的无关大局的感慨。这一座楼对我来说实在是太太熟悉了。我在东语系，截止到1966年，已经当了二十年的系主任。东语系的男学生在四十楼也住了极长的时间了。我必然要经常到这里来的。我在这里走过阳关大道，也走过独木小桥。我受到过热烈的欢迎，也遭受过无情的凌辱。我不想发那些什么"世态炎凉，人情如纸"一类的牢骚。因为世态自古以来就是这样，不这样的人与事，只能算是例外。因此这种事情已经不值得再发牢骚了。

但是，我在感情上是异常脆弱的。我不能成为英雄，我有自知之明。我从来也不想成为英雄。英雄是用特种材料造成的，而我实非其俦。我是一个极其平凡的人，小小的个人悲欢，经常来打扰我。何况"十年浩劫"绝非小事，我在其中的遭受，也绝非小事。以我这个脆弱的心灵来承受这空前的灾难，来承受这一件极大极大的事，其艰难程度完全可以想见了。到了四十楼以后，我的处境应该说是已经有所改变，但是前途仍然笼罩在一片迷雾之中。触景生情，心里就难免有所波动了。

远的不必讲了，专就"文化大革命"开始以来的两年多来说，四十楼就能唤起我很多不同的回忆，激起我很多不同的感慨。1966 年 6 月我从南口村回校，看到批判我的《春满燕园》的大字报，鼻子里不由自主地哼了一声，是在四十楼。我被勒令交出"黑钱"三千元，又被拒绝接受，是在四十楼。亲眼看到"文革"初期批斗东语系"走资派"，口号之声惊天动地，我自己也颇想"对号入座"，是在四十楼。自己顶撞了"支左"的解放军军官而被判处"楼内游斗"，是在四十楼。

啊，四十楼！我本不愿意想但又不能不想的四十楼！

我现在又到你里面来了，第二次滥竽"革命群众"之中。

在延庆新华营

这一次我在四十楼待的时间不算很长，大概是半个冬天、一个夏天、半个秋天。在这期间有一件大事，就是 8341 部队的进驻。只派不多的军官和士兵，也算是来"支左"吧。这是一支有悠久革命传统的部队。因此，他们的到来引起了绝大多数人，包括我在内的北大师生员工的极大的希望，希望他们能够拨乱反正，整理好北大这个烂摊子。在全校派性严重、一团乱糟糟的情况下，似乎出现了一派生气勃勃的生机。

不知道是出于哪一级的决定，北大绝大多数的教职员工，在"支左"部队的率领下，到远离北京的江西鲤鱼洲去接受改造。此地天气炎热，血吸虫遍地皆是。这个部队的一个头子说，这叫作"热处理"。这当然是对知识分子的又一次迫害。我有自知之明，像我这样的"人"（？）当然在"热处理"之列。我做好了充分的精神和物质准备，准备发配到鄱阳湖去。可是，最初我不知道是出于什么考虑，让我留在北京，同印地语、泰语的学生到京郊长城以外的延庆新华营去，接受贫下中农的再教育。我没有来得及表露感激之情，我就发现，原来我是"另有任用"。

根据什么人的指示，大批判不能空对空，需要有人做"活靶子"，这样批起来才能有生气、有声势，效果才能最好。现在我就是这样一个"活靶子"。我忽然想到，在新疆时我曾看到郊游时汽车上总载着一只活羊。到了山明水秀的目的地，游玩够了，就拿出刀了，把羊宰掉，做成羊肉抓饭，吃饱了回家。我在新华营，在菜窖里搬菜，曾拉出来，被批斗过一次。我知道，我不辱使命，完成了任务。

1970 年旧历元旦，奉召回京。

完全解放

上一节的标题是"半解放"，这一节是"完全解放"。我这样写都是毫无根据的。这两个词儿都不是科学的或法律的用语，其间界限也不分明。这都让法学家或哲学家去探索吧。

仍然谈我的情况。回校以后，我有一股振奋的情绪。就在这一阵振奋中，我们都住进三十五楼。似乎是根据一种新精神，也许是一种新规定，每个系的办公室都设在学生宿舍中，大概是想接近学生，以利于学生的"上（大学）、管（理大学）、改（造大学）"吧。上、管、改的精义就是把老师、老知识分子置于学生的管理和改造之下。提倡初年级的学生编高年级的教材。如此等等，不一而足。

三十五楼共有四层。三、四层住女生，一、二层住男生。在二层中腾出若干间屋子，是系的党政办公室。这一些办公室与我无干。我被分配在一楼进口处左边的朝外有大玻璃窗子的极小的一间房子里，这里就是本楼的门房。我的差使就是当门房，第一个任务是看守门户，第二个任务是传呼电话，第三个任务是收发信件和报纸。第一个任务又难又不难。领导嘱咐我说：不要让闲杂人员进入楼内。本系的教职员都是"老同志"了，我都认识。高年级学生也认个八九不离十。新学生则并不清楚。我知道谁是闲杂人员呢？既然不认识，我无能为力，索性一概不管，听之任之。这不是又难又不难吗？

第二个任务，也是又难又不难。不难在于有电话我就接；没有电话，我就闲坐着。难在什么地方呢？据我统计，似乎女生的电话特别多，要我每次传呼都爬上三、四楼，这倒是很好的许多专家都介绍过的"爬楼运动"；无奈一天爬上十次二十次，是任何体育锻炼专家也难以做到的。我爬了几次，觉得不行，就改为到门外楼下向上高呼。这办法有一定的效果。但是住在朝北房间里的女同学就不大容易听到。也颇引起一点麻烦。我的能力如此，有麻烦就让它有麻烦吧。

至于第三个任务，那是非常容易的。来了报纸，我就上楼送到办公室。来了信，我就收下，放在玻璃窗外的窗台上，让接信者自己挑取。

就在完成这三项任务的情况下，日子像流水似的过去。我每天八点从十三公寓走到三十五楼，十二点回家；下午两点再去，六点回家，每天干足八个小时，步行十几里路。这是很好的体育锻炼。我无忧无虑，身体健康。忘记了从什么时候起，又恢复了我的原工资。吃饭再也不用发愁了。此时，我既无教学工作，也没有科研任务。没有哪一个人敢给我写信，没有哪个人敢来拜访我。外来的干扰一点都没有，我真是十分欣赏这种"不可接触者"（印度的贱民）的生活，其乐也陶陶。

翻译《罗摩衍那》

但是，我是一个舞笔弄墨惯了的人，这种不动脑筋其乐陶陶的日子，我过不惯。当个门房，除了有电话有信件时外，也无事可干。一个人孤独地呆坐在大玻璃窗子内，瞪眼瞅着出出进进的人，久了也觉得无聊。"不为无益之事，何以遣有涯之生？"我想到了古人这两句话。我何不也找点"无益之事"来干一干呢？世上"无益之事"多得很。有的是在我处境中没有法子干的，比如打麻将等等。我习惯于舞笔弄墨久矣，想来想去，还是出不了这个圈子。在这个环境中，写文章倒是可以，但是无奈丝毫也没有写文章的心情。最后我想到翻译。这一件事倒是可行的。我不想翻译原文短而容易的，因为看来门房这个职业可能成为"铁饭碗"，短时间是摆脱不掉的，原文长而又难的最好，这样可以避免经常要另想挑选原文的麻烦。即使不会是一劳永逸，也可以能一劳久逸。怎么能说翻译是"无益之事"呢？因为我想到，像我这种人的译品永远也不会有出版社肯出版的。翻译了而又不能出版，难道能说是有益吗？就根据我这一些考虑，最后我决定了翻译蜚声世界文坛的印度两大史诗之一的《罗摩衍那》。这一部史诗够长的了，精校本还有约两万颂，每颂译为四行（有一些颂更长），至少有八万多诗行。够我几年忙活的了。

我还真有点运气。我抱着有一搭无一搭的心情，向东语系图书室的管理员提出了请求，请他通过国际书店向印度去订购梵文精校本《罗摩衍那》。大家都知道，订购外国书本来是十分困难的事情。可我万万没有想到，过了不到两个月，八大本精装的梵文原著居然摆在我的眼前了。我真觉得这几本大书熠熠生光。这算是"文革"以来几年中我最大的喜事。我那早已干涸了的心灵似乎又充满了绿色的生命。我那早已失掉了的笑容，此时又浮现在我脸上。

可是我当时的任务是看门，当门房。我哪里敢公然把原书拿到我的门房里去呢？我当时还是"分子"——不知道是什么"分子"——，我头上还戴着"帽子"——也不知是些什么"帽子"——，反正沉甸甸的，我能感觉到。但是，"天无绝人之路"，我终于想出来了一个"妥善"的办法。《罗摩衍那》原文是诗体，我坚持要把它译成诗，不是古体诗，但也不完全是白话诗。我一向认为诗必须有韵，我也要押韵。但也不是旧韵，而是今天口语的韵。归纳起来，我的译诗可以称之为"押韵的顺口溜"。就是"顺口溜"吧，有时候想找一个恰当的韵脚，也是不容易的。我于是就用晚上在家的时间，仔细阅读原文，把梵文诗句译成白话散文。第二天早晨，在到三十五楼去上班的路上，在上班以后看门、传呼电话、收发信件的间隙中，把散文改成诗。改成押韵而每句字数基本相同的诗。我往往把散文译文潦潦草草地写在纸片上，揣在口袋里。闲坐无事，就拿了出来，推敲、琢磨。我眼瞪虚空，心悬诗中。绝不会有任何人——除非他是神仙——知道我是在干什么。自谓乐在其中，不知身在门房、头戴重冠了。偶一抬头向门外张望一眼——门两旁的海棠花正在怒放，其他的花也在盛开，姹紫嫣红，好一派大好春光。

一个小插曲

春光虽好，我自己的境遇却并没有多少改进。我安心当门房，"躲进门房成一统"，然而事实上却是办不到的，仍然有意想不到的干扰。

有一天，我正在向门外张望，忽然看到有门外专门供贴大字报之用临时搭起的席棚上贴出了很多张用黄纸写成的大字报，下面有几十位东语系教员签的名，有的教员还在江西鲤鱼洲没有回来。内容是批判"五一六"分子的。这样的批判一点也不新奇，我原来想不去管它。但是为好奇心所驱使，我走出了我那"成一统"的窄狭的门房，到门外去看了看大字报。我真是万万没有想到，这张大字报竟是对我来的：我成了"五一六"的嫌疑分子。这真是从何说起呀！稍微对所谓"文化大革命"有常识的人，都会知道，当时盛传一时的所谓"五一六"组织，是出身好的青年人所组成的。我一非青年，二又出身不好；既非工人，也非贫下中农或"革命干部"，我哪里有资格参加这样的"革命"组织呢？我同"五一六"是完全风马牛不相及，是驴唇对不上马嘴。这样的事情，我本来可以一笑置之的。但是这一次我却笑不起来。几年前我看到批判我的《春满燕园》时，我曾不自觉地哼了一声。这次我连哼都哼不起来了。这样滑天下之大稽的事情，我不知道，东语系的革委会和军工宣队是怎样考虑的。滑稽的事情还没有完，更滑稽的还在后面哩。全国上下大声嚷嚷了一阵

207

"五一六"，北大"井冈山"的一位头领公然承认自己是"五一六"分子，可是最后却忽然销声匿迹——原来天地间根本没有一个什么"五一六"组织。这真像是堂吉诃德大战风车，成为"文革"中众多笑话中最可笑的一个。

一幕闹剧

不管人世风云如何变幻，"文革"浪涛怎样激荡，时间还是慢慢地或者迅速地向前流驶。转瞬之间，"文革"好像高潮已过，有要结束的样子了。虽然说"乱是乱了敌人"，实际上主要是乱了自己，还是以不乱为好。现在是要拨乱恢复正常的秩序了，首先是要恢复党的组织。一个非党的工宣队员，居然主持党支部的工作，实在有点太"那个"了。

要想恢复党组织的活动，首先要恢复党员的组织生活。我不知道，是从什么时候起，又是根据什么法令，所有的党员（"四人帮"等当然除外）都失去了组织。现在每一个党员都要经过一定的手续，好像是要经过群众讨论和领导批准，才能恢复组织生活。这当然是一件大事。东语系大概是经过军工宣队的讨论（那一位非党的工宣队员当然会参加的），决定从全系党员中挑选出一个，当作标兵，演一出恢复组织生活的开场戏，期在一举通过，马到成功，为以后的人树立一个榜样。这样一个人选责任之大可以想见。用什么标准来挑选呢？首先要出身好，其次要党性强。其此二标准者，庶乎近之。大概是经过了周详的考虑、谨慎的筛选，我上面提到的那一位烈属兼贫下中农的姓马的党员中了标，他是我作为系主任兼导师精心选择留下当我的助教和接班人的。现在，我成了"资产阶级反动学术权威"，这正好成了他的党性的试金石。具备这两个条件，又有这样"亮相"的机会的，东语系并无第二人。谁敢说这不是天生的"佳选"呢？

记得有一天下午，我同东语系全系的留校师生被召到学一食堂里去开会，每人自带木板小凳。空荡荡的食堂里，饭桌被推到旁边去。腾出来的空地上，摆满了小木板凳子，我们就坐在上面。前面有几张大桌子，上面摆了不少的东西。我仔细一瞧，有毛料衣服和裤子，有收音机（当时收音机还不像今天这样多，算是珍贵稀有的东西），还有一些零零碎碎的东西。我跟在"革命群众"的后面，还摸不清是怎么一回事，没有闲心去一件件地仔细瞅。我只觉得，这颇像一个旧品展销义卖会。可是在这些东西旁边，有几本用很粗糙的纸张油印成本的讲义，我最初还不知道是什么讲义；也不知道这样粗糙的道具为什么竟能同颇为漂亮的西装裤子摆在一起。对所有的这一些道具，我都不知道它们在今天第一个恢复党员组织生活的会上会起什么作用。我满腹疑团坐在那里，不知道葫芦里究竟要卖什么药。

人到齐了，时间到了。主席宣布开会。他先说明了开会的目的和做法，然后就让这位选中的标兵发言，或讲话，或"检讨"，反正是一个意思。这位标兵站起来，走到前面，威仪俨然，义形于色，开始说话。说话的中心主题是：不做资产阶级学术权威的金童玉女。这里要解释一句："金童玉女"是旧社会出殡时扎的殉葬的纸人。所谓"资产阶级学术权威"谁一听都知道指的就是我。

此时，我恍然大悟，原来今天这一出戏是针对着我来的。我有点吃惊，但又不太吃惊——惯了。只听我这位前"高足"、前"接班人"怒气冲冲地控诉起来，表情严肃，声调激昂，诉说自己中了资产阶级学术权威的糖衣炮弹，中了资产阶级思想的毒，在生活上追求享受，等等，等等。说到自己几乎要背叛了自己出身的阶级时，简直是声泪俱下。他用手指着桌子上陈列的东西，意思是说，这些东西就是无可辩驳的证据。于是怒从心上起，顺手拿起了桌子上摆的那一摞讲义——原来是梵文讲义——三下五除二，用两手撕了个粉碎，碎纸片蝴蝶般地飞落到地上。我心里想：下一个被撕的应该轮到那漂亮的毛料西服裤或者收音机了！想时迟，那时快，他竟戛然而止，没有再伸出手去，料子西装裤和收音机安全地躺在原地，依旧闪出了美丽的光彩。我吃了一惊，恐怕全场的人都吃了一惊。这个撕东西的行动，应该是今天大会的高潮，应该得到满屋的掌声，然而这些全落了空。我哭笑不得，全体与会者大概也是哭笑不得。全场是一片惊愕的寂静。

这一幕闹剧以失败收场了。

在散会后回三十五楼的路上，大家纷纷议论：为什么不撕可能最透露资产阶级享乐思想的西装裤子，而偏偏撕很难说就是代表资产阶级思想的梵文讲义呢？我自己也想了很多。这一位表演家到北大来已经十年多了。当学生时对我温顺如绵羊。在"文化大革命"中的所作所为，我在上面已经说了一点，那是远远不够的。他还有一些非常精彩、匪夷所思的表演。在一般政治性表态性的大标语上，按惯例从来没有人署名的。有之自北大始，北大有两个人是这样干的，恰恰都出在东语系，其中之一就是我说的这一位。这一个惊人的举动，在北大一时传为"美"谈或者笑谈。在我第一次混迹"革命群众"中参加学习的小组会上，我曾对他坦率地提过意见，我说，他既不像一个烈属，也不像一个贫农。他大概为此事耿耿于怀。以后发生的这一些事情，难道与此没有联系吗？

这一幕闹剧以后东语系的党员是怎样逐渐恢复党组织生活的，因为与我基本无关，我没有去注意，今天更回忆不起来了。

我的恢复组织生活

时序推移，不知经过了多长的时间，北京大学恢复党组织生活的工作已经要结束了。剩下的大概还只有两三个人了，我是其中之一。写一个榜的话，我不是孙山，就是还在孙山之下，俗话说"名落孙山"了。

忽然有一天，东语系的党组织找我谈话，我知道，这一下轮到我了。我此时早已调离了那个门房，参加印地语教研室的活动。系领导一个解放军的军官和总支书记告诉我，领导上决定不但发给我整个的工资，而且以前扣发的工资全部补给。我当然非常感动。我决意把补发的工资全部作为党费上缴给国家。东语系的一个非常正派的同志先递给我一千五百元。我立即原封不动地交给了系总支。这位同志告诉我，还有四五千元以后给我。

我现在已经记不清楚，是否开过支部大会讨论我的恢复组织生活的问题。突然有一天，系里军宣队的头儿和系总支书记找我。总支书记问我："你考虑过没有，自己的问题究竟何在？"我愕然不知所对。要说思想问题，我有不少的毛病。要说政治问题，我没有参加过国民党和任何反动组织，我只能说没有。但是，我一时很窘，半天没有说话。那个解放军颇为机灵，连忙用话岔开，结束了这一场不愉快的谈话。不久，总支的宣委或组委一个由中文系调来的干部来找我，告诉我，支部决议：恢复我的组织生活，但给我留党察看两年的处分。我勃然大怒。由于我反对了那位一度统治北大的"女皇"，我被诬陷，被迫害，被关押，被批斗，几乎把一条老命葬送上，临了仍然给扣上了莫须有的罪名。世界上可还有公道可讲！世界上可还有正义可说！这样的组织难道还不令人寒心！这位干部看到了我的表情，他脸上一下子也严肃起来，"我们党支部再讨论一下，行不行？"他说。说老实话，我已经失望到了极点。我盼星星，盼月亮，盼着东天出太阳。太阳出来了，却是这样一个太阳。我不想再在这个问题上伤脑筋了，够了，够了，已经足够了。如果我在支部后面签上"同意"二字，那是绝对办不到的。如果我签上"不同意"三字，还有不知多少麻烦要找。我想来想去，告诉那位干部："不必再开会了！"我提笔签上了"基本同意"四个字。我着重告诉他说："你明白，'基本'二字是什么意思！"继而又一想："我戴着留党察看两年的帽子，我有什么资格把补发的工资上缴给国家呢？"结果预备上缴的那四五千块钱，我就自己留下。

我恢复组织生活的故事结束了。

我算不算是"完全解放"了呢?

"完全解放"这一节我只能写到这里了。

我的"文化大革命"到此结束了。

我的《牛棚杂忆》也就算是写完了。

余思或反思

但是，我必须还要啰唆上一阵子。

我不能就到此住笔。

"文化大革命"结束后十六七年以来，我一直在思考有关这一次所谓"革命"的一些问题。特别在我撰写《牛棚杂忆》的过程中，我考虑得更为集中，更为认真。这可以算是我自己的"余思"或者"反思"吧。

我思考了一些什么问题呢？

首先是：吸取了教训没有？

世人都认为，所谓"无产阶级文化大革命"，既无"文化"，也无"革命"，是一场不折不扣的货真价实的"十年浩劫"。这是全中国人民的共识，绝没有再争论的必要。在这一场空前绝后（我但愿如此）的"浩劫"中，我们人民在精神和物质两个方面所受的损失可谓大矣。这一笔账实在没有法子算了。不算也罢。我们不是常说，寻求知识，得到经验或教训，都要付出学费吗？

我完全同意这个看法。可是，我们付出的学费已经大到不能再大的程度，我们求得的知识、得到的经验或教训在哪里呢？

我的回答是：没有，一点也没有。

我个人一向认为，"十年浩劫"是总结教训的千载一时的好机会，是亿金难买的"反面教员"。从这一个"教员"那里，我们能够获得非常非常多的反面的教训；把教训一转化，就能成为正面的经验。无论是教训还是经验，对我们进一步建设我们伟大的祖国，都是非常有用的。

可是，我们没有这样干，空空错过了这一个恐怕难以再来的绝好机会。有什么人说："文革"已经过去了，可以不必再管它了。

因此，我思考的其次一个问题是："文革"过去了没有？

我们是唯物主义者，唯物主义的真髓是实事求是。如果真想实事求是的话，那就必须承认，"文革"并没有过去。虽然从表面上来看，似乎已经过去了；但是，如果细致地观察一下，情况恰恰相反。你问一问参加过"文革"，特别是在"文革"中受过迫害的中老年知识分子，如果他们肯而且敢讲实话的话，你就会知道，他们还有一肚子气没有发泄出来。今天的青年人情况可能不同。他们对"文革"不了解，听讲"文革"，如听海外奇谈。我觉得值得忧虑的正是这一点。他们昧于前车之鉴，谁能保证，他们将来不会干出类似的事情来呢？至于中老年受过迫害的知识分子，一提"文革"，无不余怒未息，牢骚满腹。我不可能会见百分之百的这样的知识分子，但我敢保证，至少绝大部分人是这样子。

至于为创建新中国立过功而在"文革"中遭受迫害的老干

部，他们觉悟高，又能宽宏大度，可能同知识分子不同。我接触的老干部不多，不敢乱说。但是，我想起了一件小而含义深远的事儿，不妨说上一说。记得是在1978年，全国政协恢复活动后，我在友谊宾馆碰到一位参加革命很久的、在文艺界极负盛名的老干部，"文革"前，我们同是全国政协社会科学组的成员。十多年不见，他见了我劈头第一句话就是："古人说：'士可杀，不可辱。''文革'证明了：'士可杀亦可辱。'"说罢，哈哈大笑。他是笑呢，还是哭？我却一点也笑不起来。在这位老干部心中，有多少郁积的痛苦，不是一清二楚了吗？

有这种想法的，绝不止这个老干部一人。我个人就有这样的想法。而且，我相信，中国的知识分子，也就是古代的所谓"士"，绝大部分人都会有这种想法。"士可杀，不可辱"，这一句话表明了中国自古以来就有这种传统。我们比起外国知识分子来，在这方面更为敏感。

我不禁想起了中国知识分子这一类人，既不是阶级，也不是阶层，想起了他们的历史和现状。在封建社会里，"士"列在"士农工商"之首。一向是进可以攻，退可以守，在社会上有崇高的地位。予生也晚，《儒林外史》中那样的知识分子，我没有见到过。军阀混战时期和国民党统治时期的知识分子，我是见到过的。不说别的，专就当时的大学教授而言，薪俸优厚，社会地位高。他们无形中养成了一种高人一等的优越感。存在决定意识，这是必然的。他们一般都颇为神气，所谓"教授架子"者便是。到了我当教授的时候，情况大大改变。国民党统治已到末日，通货膨胀达到了惊人的程度。教授实际的收入少得可怜。但是，身上那一件孔乙己的大褂还是披着的，社会地位还是有的。

刚一解放，我同大部分教授一样，兴奋异常，觉得自己真是站起来了，自己获得了新生了。我们高兴得像小孩，幼稚得也像小孩。我们觉得"解放区的天是明朗的天"。我们看什么东西都红艳似玫瑰，光辉如太阳。

但是，好景不长。在第一个大型的政治运动"三反""五反"思想改造运动中，我在"中盆"里洗了一个澡，真好像是洗下来了不少污浊的东西，觉得身轻体健，尝到了思想改造的甜头。可是后面跟着来的政治运动，一个紧接一个，好像是有点喘不过气来。批判武训，批判胡风，批判胡适，再加上"肃反"等等，马不停蹄，应接不暇。到了1957年的反右斗争，达到了一个空前的高潮。我虽然没有被裹进去，没有戴什么"帽子"；但是时时处处，自己的精神都处在极度紧张的状态中，日子过得并不愉快。从我的思想深处来看，我当时是赞成这些运动的，丝毫也没有否定的意思。在反右期间，我大大忙于参加批判会——我顺便说一句，当时还没有发明"喷气式"，批判会不像"文革"中那么"好看"——忙于阅读批判的材料。但是，在我心里却逐渐升起了一片疑云：为什么人们的所作所为同在那前后发表的几篇"最高指示"，有些地方显得极不合拍呢？即使是这样，我对那一句最有名的话"是阳谋，不是阴谋"，并没有产生怀疑。

反右以后，仍然是马不停蹄，一个劲地搞运动，什么"拔白旗"等等。庐山会议以后，极"左"思想已经达到了顶点，却偏偏要来一个反右倾。"三年困难时期"，我自己同其他老知识分子一样，尽管天天饥肠辘辘，连半点不满意的想法都没有，更不用说说怪话了。连全国人民的精神面貌都是非常正常的，向上的。谁能说这样的人民、这样的知识分子不是世界上最优秀的呢？

1966 年开始的所谓"无产阶级文化大革命"是形势发展的必然结果。事后连原"新北大公社"的东语系一个教员都告诉我说，我本来能够躲过这一场灾难的。但是，我偏偏发了牛劲，自己跳了出来，终于得到了报应：被抄家，被打，被骂，被批斗，被关进了牛棚，差一点连命都赔上。我当时确曾自怨自艾过。但是现在我却有了另一个想法。"文革"是一个千载难逢的"盛事"。如果我自己不跳出来，就绝不可能亲自尝一尝这一场"革命"的滋味，绝不可能了解这一场灾难究竟是什么样子。那将是绝对无法挽回的极大的憾事。

关在牛棚里的时候，我看了很多，也想了很多。我逐渐感到其中有问题：为什么一定要这样折磨知识分子？知识分子身上毛病不少，缺点很多，但是十全十美的人又在哪里呢？我当时认识不高，思考问题肤浅片面。我没有责怪任何人，连对发动这一场"革命"的人也毫无责怪之意。我只是一个劲地深挖自己的灵魂。用现在间或用的一个词儿来说，就是"原罪感"。这是用在基督教徒身上的一个词儿，这里不过借用一下而已。

别的老知识分子有没有这个感觉，我不知道。它表现在我身上却是很具体的。解放前，我认为一切政治都是肮脏的，决心不介入。我并不了解共产党，只是觉得国民党有点糟糕，非垮台不行。解放以后，我上面说到我在思想改造运动中的收获，其中心就是知道了并不是所有的政治都是肮脏的，共产党就不是。同时又觉得自己非常自私自利：中国人民浴血抗战，我自己却躲在万里之外，搞自己的名山事业。我认为自己那一点"学问"，那一点知识，是非常可耻的，如果还算得上"学问"和知识的话。有很长一段时间，我称自己为"摘桃派"，坐享胜利的果实。

那么，怎么办呢？

我有很多奇思怪想。我甚至希望能再发生一次抗日战争，给我一个机会，让我来表现一下。我一定能奋力参战，连牺牲自己的性命，我都能做得到。我读了很多描绘抗日战争或革命战争的小说，对其中那一些共产党员和革命战士不怕牺牲的精神，我崇拜得五体投地。我自己发誓向他们学习。这些当然都是幻想，即使难免有点幼稚可笑，然而却是真诚的。这能够表现出我当时的精神状态。

谈到对领袖的崇拜，我从前是坚决反对的。我在国内时，看到国民党人对他们的"领袖"的崇拜，我总是嗤之以鼻。这位"领袖"，"九一八"事件后我作为清华大学的学生到南京请愿时见过，他满口谎言，欺骗了我们。后来越想越不是味儿。我的老师陈寅恪先生对此公也不感兴趣。他的诗句"看化难近最高楼"，可以为证。后来到了德国，正是法西斯猖獗之日。我看到德国人，至少是一部分人，见面时竟对喊："希特勒，万岁！"觉得异常可笑，难以理解。我认识的一位不到二十岁的德国姑娘，美貌非凡。有一次她竟对我说："如果我能同希特勒生一个孩子，那将是我毕生最大的光荣！"我听了真是大吃一惊，觉得实在是匪夷所思。我有一个潜台词：我们中国人聪明，绝不会干这样的蠢事。

回国以后，仅仅隔了三年，中国就解放了。解放初期，我同其他一些老知识分子心情相同，我们那种兴奋、愉快，上面已经讲了一点。当时每年要举行两次游行庆祝，五一和十一，地点都在天安门。每次都是凌晨即起，从沙滩整队步行到东单一带的小胡同里等候，往往要等上几个小时。十点整，大会开始。我们的队伍也要走过天安门前，接受领袖的检阅。当时三座门还没有拆掉。在三座门东边时，根本看不到天安门城楼上的领导人。一转过三座门，看到领袖了，于是在数千人的队伍中立即爆发出震天动地的"万岁"声。最初，不管我多么兴奋，但是"万岁"却是喊不惯、喊不出来的。但是，大概因为我在这方面智商特高，过了没有多久，我就喊得高昂、热情，仿佛是发自灵魂深处的最强音。我完完全全拜倒在领袖脚下了。

我在上面简短地但是真诚地讲了我自己思想转变的过程。一滴水中可以见大海，一粒沙中可以见宇宙。别的老知识分子可能同我差不多，至少是大同而小异。这充分证明了，中国老知识分子，年轻的更不必说了，是热爱我们伟大的祖国的。爱国主义是几千年来中国知识分子的传统。同其他国家的知识分子比较起来，这是中国知识分子的一个突出的特点。

"大梦谁先觉，平生我自知。"我在梦觉方面智商是相当低的。一直到了"十年浩劫"，我身陷囹圄，仍然是拥护这一场浩劫的。西谚说："一切闪光的东西不都是金子。"在这期间，我接触到派到学校来"支左"的解放军和工人。原来这都是我膜拜的对象。"全国人民学习解放军"，"工人阶级必须领导一切"，我深信不疑，奉行唯谨。可是现在一经接触，逐渐发现他们中有的人政策观念奇低，而且作风霸道，个别的人甚至违法乱纪。我头上仿佛泼上了一盆凉水，顿时清醒过来。"金无足赤，人无完人"的道理，我是明白的。可是这样的作风竟然发生在我素所崇拜的人身上，我无论如何也没有想到。我们唯物主义者应该实事求是，光明磊落；花言巧语，文过饰非，是绝对不可取的。尽管我们知识分子身上毛病极多，同别人对比一下，难道我真就算是"臭老九"吗？

我在上面啰里啰唆讲了一大篇，无非想说，"文革"整知识分子，是完全没有道理的，是怎样花言巧语也掩盖不了的。对广大的受过迫害的知识分子来说，"文革"并没有过去。再拿我自己来做个例子。我一方面"庆幸"我参加了"文化大革命"，被关进了牛棚，得以得到了极为难得的经验。但在另一方面，在我现在"飞黄腾达"到处听到的都是赞誉、溢美之词之余，我心里还偶尔闪过一个念头：我当时应该自杀；没有自杀，说明我的人格不过硬，我现在是忍辱负重，苟且偷生。这种想法是非常不妙的。既然我有，我就直白地说了出来。可是我要问：有这种想法的难道就只有我季羡林一个人吗？

这就联系到我思考的第三个问题：受害者抒愤懑了没有？

这个问题十分容易回答。根据我上面的叙述，回答只有两个字：没有！

要谈清楚这个问题，还要从回顾过去谈起。解放初期我和其他老知识分子的情况，我在上面已经写了一点，现在再补充一下。补充的主要是从海外归来的游子。远居海外的华侨，亲身感受到解放前后自己处境的剧烈变化。他们深知这一切都与祖国的解放有密不可分的联系，一向爱国的华侨，现在在爱国热情蓬勃激荡，为前所未有。华侨中青年人纷纷冒万难回到了祖国。他们同国内的知识分子一样，看一切都是红艳如玫瑰，光辉似太阳。愿意为祖国的建设事业贡献自己的一切。此外，一些在国外工作和讲学的中国学人，也纷纷放弃了海外一切优厚的生活和研究条件，万里归来，其中就有后来在"文革"中自沉的老舍先生。他们个个意气风发，斗志昂扬，认为祖国前程似锦，自己的前途也布满了玫瑰花朵。

然而，曾几何时，情况变了，极"左"思潮笼罩一切，而"海外关系"竟成为诬陷罗织的主要借口。海外归来的人，哪里能没有"海外关系"呢！这是三岁小儿都明白的常识。然而我们的一群"左老爷"，却抓住这一点不放，什么特务，什么间谍，这种极为可怕的"帽子"满天飞舞，弄得人人自危，个个心惊。到了"文化大革命"，更是恶性发展。多少爱国善良的人遭受了不白之冤！被迫害而死的不必说了。活着的也争先恐后地出走。前一个争先恐后地回国，后一个争先恐后地离开，对比何等地鲜明！我亲眼目睹的这种情况可谓多矣。这对我们祖国有多么大的危害，脑筋稍微清醒一点的人都会知道的。被迫去国外的人，哪一个不是满腔悲愤，再加上满腔离愁，哪一个儿女愿意离开自己的父母！然而他们离开了。

留在国内的知识分子和被迫离开的知识分子，哪一个人抒过愤懑呀？

若干年前，出现了一些所谓"伤痕文学"。然而据我看，写作者多半是年轻人。他们并没有多少"伤痕"。真正有"伤痕"的人，由于种种原因，由于每个人都不同的原因，并没有把自己的愤懑抒发出来。我认为，这不是一个正常的现象，而是其中蕴含着一些危险的东西，不利于我们祖国的胜利前进。

我们不是十分强调安定团结吗？我十分拥护这个提法。没有安定团结，我们的经济很难搞上去，我们的政治也很难发挥应有的作用。然而我们需要的是真正的安定团结，而不是虚假的安定团结。在许多知识分子，特别是老知识分子，还有一肚子气的情况下，真正的安定团结从何而来呢？

根据我个人的观察，尽管许多知识分子的愤懑未抒，物质待遇还只能说是非常菲薄，有时难免说些怪话，但是他们的爱国之心未减，"不用扬鞭自奋蹄"。说这样的人是"物美价廉，经久耐用"，完全是符合实际情况的。然而却听说有人听了很不舒服。我最近还听说，有一位颇为著名的人物，根据苏联解体的教训，说什么：中国知识分子至今还是帝国主义皮上的毛。这话只是从道听途说中得来的。但是，可能性并非没有。说这种话的人，还有一点是非之心吗？还有一点"良知"吗？我深深感到忧虑。

如果这样的人再当政，知识分子无噍类矣。

我思考的最后一个问题是："无产阶级文化大革命"为什么能发生？

兹事体大，我没有能力回答。有没有能回答的人呢？我认为，有的。可他们又偏偏不回答，好像也不喜欢别人回答。窃以为，这不是一个唯物主义者应抱的态度。如果把这个至关紧要的问题坦诚地、实事求是地回答出来，全国人民，其中当然包括知识分子，会衷心地感谢，他们会放下心中的包袱，轻装前进，表现出真正的安定团结，同心一志，共同勠力建设我们的社会主义社会，岂不猗欤休哉！

我们既不研究，"礼失而求诸野"，外国人就来研究。其中有善意的，抱着科学的实事求是的态度，说一些真话。不管是否说到点子上，反正真话总比谎话强。其中有恶意的，怀着其他的目的，歪曲事实，造谣诬蔑，把一池清水搅浑。虽然说"蚍蜉撼大树，可笑不自量"，但是毕竟不是好事。

何去何从？我认为是非常清楚的。

我的思考到此为止。

我要啰唆的也啰唆完了。

后记

我从 1988 年 3 月 4 日起至 1989 年 4 月 5 日止，断断续续，写写停停，用了一年多的时间，为本书写了一本草稿。到了今年春天，我忽然心血来潮，决意把它抄出来。到今年 6 月 3 日，用了大约三个月的时间抄成定稿。草稿与定稿之间差别极大，几乎等于重写。

我原来为自己定下了一条守则：写的时候不要带刺儿，也不要带气儿，只是实事求是地完全客观地加以叙述。但是，我是一个有感情的活人，写着写着，不禁怒从心上起，泪自眼中流，刺儿也来了，气儿也来了。我没有办法，就这样吧。否则，我只能说谎了。定稿与草稿之间最大的差别就在于，定稿中的刺儿少了一点，气儿也减了一些。我实际上是不愿意这样干的。为了息事宁人，不得不尔。

我在书中提到的人物很不少的。细心的读者可以看出有三种情况：不提姓名，只提姓不提名，姓名皆提。前两种目的是为当事人讳，后一种只有一两个人，我认为这种人对社会主义社会危害极大，全名提出，让他永垂不朽，以警来者。

无论对哪一种人我都没有进行报复，事实俱在，此心可质天日！"文革"后，我恢复了系主任，后来又"升了官"，在国家的权力机构中也"飞黄腾达"过。我并不缺少报复的能力。

我只希望被我有形无形提到的人对我加以谅解。我写的是历史事实。我们"文革"前的友谊，以及"文革"后的友谊，我们都要加以爱护。

现在统计了一下，我平生著译的约有八百万字，其中百分之七八十是"文革"以后的产品。如果"文革"中我真遂了"自绝于人民"的愿，这些东西当然产生不出来。

这对我是一件大幸呢，还是不幸？我现在真还回答不上来——由它去吧。

1992 年 6 月 3 日写完

第三编　中国古史应当重写

中国古史应当重写

去年夏天，我应人民日报社和日本朝日新闻社的邀请，到长江豪华游轮峨眉号上去参加一个有关 21 世纪文化的国际研讨会。我们途经武汉和荆州，然后在宜昌上船，开始学术讨论。

在武汉，我们参观了黄鹤楼和博物馆。在博物馆里，我看到了许多出土的文物，其中有许多青铜器和名震世界的编钟。我大为惊诧，简直是闻所未闻，见所未见，心中兴奋，非言语所能表达。

我们从武汉到了荆州。在那里又参观博物馆，看到了更多的更精美绝伦的从古墓里出土的青铜器，我的惊诧又上了一个台阶。在这里又看到了编钟，并且听了演奏。这一套编钟计六十五件，分层悬挂着。这套编钟是目前世界上已知最早的、音域最宽的、具有十二个半音音阶的特大定调乐器。美国音乐家麦克·克来恩教授说"曾侯乙编钟是我们精神世界的圣山"，并誉之为"世界第八奇迹"。著名小提琴家梅纽因也说："希腊的乐器是全世界都承认的，可是希腊的乐器是竹木的，到现在不能保存下来，只有中国的乐器还能够使我们听到两千年前的声音。"可见世界上音乐大家对编钟评价之高。能产生"世界上第八奇迹"和其他许许多多精美铜器的地方，一定会有异常雄厚的文化基础和经济基础，这是不辩自明的。古代的楚国是文化辉煌之邦，这已经是十分明显的了。

我在参观时一个强烈的想法就是：中国古代历史必须重写。

楚国，也可以泛泛地说中国的南方，在中国过去的历史著作中占的地位怎样呢？有目共睹，它没有占到应有的地位。在所有的中国通史中，比如郭沫若的、范文澜的、吕振羽的、翦伯赞的、尚钺的，以及比这些书更早一点的夏曾佑的《中国古代史》，统统都是文化北方中心论。黄河流域确实是中华文化发源地，但是最晚到了周代，楚文化或南方文化已经勃然兴起。再重弹北方中心论的老调，已经不行了，已经不符合实际情况了。

从别的方面着眼，也可以证明这一点。我在这里只举一个例子，这就是《楚辞》。像屈原这样伟大的诗人，如果没有丰厚的、肥沃的，而且又是历史悠久的文化土壤，是绝难以出现的。屈原的著作幻想瑰丽，描绘奇诡，同代表北方文化的《诗经》，文风迥乎不同。勉强打一个比方，北方接近现实主义，而《楚辞》则多浪漫主义色彩。这一点恐怕是许多人能接受的。

屈原的作品中，无论是在词句方面，还是在内容方面，都有一些北方作品中不见的东西。比如《天问》中的许多神话，根据中外一些学者的研究，同外国的颇多相似之处，其中很可能有相互影响的关系。又如《离骚》一开头就有"摄提贞于孟陬兮"这样的句子。"摄提"一词，确有点怪。是否与天竺天文有关？学者们有这个说法，还有待于进一步的探讨。

类似的例子还可以举出一些来，我不再一一列举了。我的意思只是想说明，至晚到了周代，楚文化或南方文化已经达到了相当高的水平，同域外的文化交流也已经有了一些。在这些方面，至少可以同北方文化并驾齐驱。然而在学者们的历史著作中，从而在一般人的心目中，南方仍然是蛮荒之地，在文化上上不得台盘。这是非常不公平的，也是不符合实情的。这样写出来的中国古代史是不完全的。所以我就主张：中国古史应当重写。

1993 年 4 月 8 日

历史研究断想

我自认为是半个历史研究工作者。五十多年以来，读过很多历史著作，自己也进行过一些研究和探讨。但是，到了今天，年届耄耋，却忽然像一个小学生一样豁然开朗，认识了历史研究中的一个根本问题：历史，特别是古代史研究中的很多结论，不管看上去多么确凿可靠，却只能是暂时的假设，与真正的结论相距极远。

大家都承认，今天我们对古代史的了解，在深度和广度上，都要超过前人。换言之，离开古代越远，则对古代史的了解越深刻、越细致，时代差距与了解正成反比。个中原因并不复杂。归纳起来，大约有三个原因：

第一，研究的指导思想随时在变，越变越准确、越精细，从而也就越能实事求是。大而言之，利用历史唯心主义作指导思想，与利用历史唯物主义，其结果大不相同，这是大家都承认的事实。但是，我这里所谓的历史唯心主义和历史唯物主义，是名副其实的，绝不能做教条主义的、肤浅的、僵化的理解。最近四五十年的历史研究，取得了很大的成绩；但也由于教条与僵化，产生了不少的问题。

第二，研究的手段也随时在变。我举一个极其明显的例子：搜集资料。进行科学研究，必须搜集资料，搜集得越齐全，越好。这是尽人皆知的常识。但是怎样才能搜集得齐全呢？过去有很长一段时期是靠学者的记诵之功。后来出现了索引，这大大地有助于资料的搜集，但仍难免有所遗漏。最近若干年来有了电脑，只要把一部书输入，则查检起来必能竭泽而渔，绝不会有任何遗漏。

第三，新材料的发现越来越多。在这方面最明显的是考古发掘，但也不限于此，比如孔壁古文就不是考古发掘的结果。专就考古发掘而论，世界上可以发掘的地方多如牛毛，中国当然也是如此。我甚至有一个想法：地下埋藏的历史，比我们已知的还要多。

以上三个方面，仅仅是荦荦大者。其他次要的原因我就不一一列举了。

记得章实斋曾经说过："六经皆史也。"这个说法得到了近代学者的赞同。"六经"是我国形诸文字的最集中的文化载体，研究中国古代史是绝对离不开的。但是，我们对"六经"的理解却经历了一个漫长的过程。今天看汉人的解经，难免有离奇荒诞之感。司马迁作《史记》，引了一些《书经》里面的话，都不是原封不动，而是加以"当代化"。以后，到了清代，经过了许多朴学考据大师的诠释，才了解得多了不少。但是，一直到今天，还没有哪个学者敢口出大言，说自己完全了解。《书经》如此，其他诸经以及别的古典文献，莫不皆然。孔壁古文的发现，汲冢周

233

书的发现，后来敦煌古籍的发现，接踵而至。每一次发现都能增加我们对古书的了解。至于考古发掘工作在这方面的贡献，更是尽人皆知。这样的发现将来还会不断地出现。因此，我们根据目前能得到的资料所做的结论，都必然只能是暂时的。

考古发掘工作对历史研究有巨大贡献，最突出、最具体、最典型的例子是我国新疆的考古发掘。原来我们对于这一带的历史地理情况，通过中国的古籍，有了一些了解。但是从上世纪末本世纪初的考古发掘工作中，我们看到了大量的实物，不管是文字的还是非文字的，都大大地扩大了我们的眼界，加深了我们的认识，对这个地区的古代史的情况才有了比较全面的了解。

上面讲的多是空洞的理论。我现在举一个具体的例子。例子真可以说是俯拾即是，不能多举，仅举一个有重大意义的。

我们有很长时间都认为，甲骨文是中国最古的文字。这也算是一个结论吧。但是事情是不是真就是这个样子呢？很可能不是。在解放前，唐兰先生在他的《古文字学导论》这一部书中，就曾提出了中国文字可能产生在夏代以前的观点。当时意见极不相同，但由于资料不够多，无法做出结论。最近我在《中国史研究动态》1992年第8期第19页读到胡厚宣先生的一段话，我现在引在下面：

目前已知甲骨文有十五万件，最近又新发现了一个藏甲骨的大坑。甲骨文已是一种很成熟的文字，《说文》中的"六书"，甲骨文都已具备。看来在甲骨文以前就应有原始文字。所谓仓颉造字，很可能他是研究整理当时文字的专家。现在豫、晋、陕、鲁等地都发现了史前文

字，可材料太少，未能与甲骨文联系起来。可以推论，
甲骨文之前文字已有了很长历史。现在需要考古、历史、
地理各界联合起来，共同寻找炎黄时代的古文字。

这不过只是众多例子中的一个；但是，我相信，它会有举一
反三的作用。

总之，我想说的无非是，我们历史科学工作者，第一，不能
认为任何结论都是真理，不可动摇；第二，必须敞开思想，放远
眼光，随时准备推陈出新，改变以前的所谓结论；第三，我们必
须随时注意新材料的发现，不管它是来自考古发掘，来自新发现
的古籍，还是来自某一个地方偶然发现的石碑、墓碑等等；第四，
我们必须随时注意报纸杂志上的文章，特别是国外的报纸杂志。

我在这里想着重指出考古发掘的重要性，有人告诉我说，往
往有这种情况，中国考古工作者发掘了某一个地方，经过艰苦的
劳动和细致的探索，写出了发掘报告，把发掘的情况和发掘出来
的实物，都加以详尽准确、科学的描述，作为发掘报告，有极高
的水平。但是往往不把这些发掘结果应用到历史研究上来。结果
给外国的历史学家提供了素材。他们利用了这些素材，证之以史
籍，写出了很高水平的历史专著。如果真有这种情况的话，我国
的考古学者和历史学家真应该认真对待。最好的做法当然就是，
自己发掘，自己研究，自己利用。

我的这些想法可能都是肤浅的。一得之愚，仅供参考而已。

1992 年 9 月 21 日

中国制造瓷器术传入印度

瓷器制造术源于中国，这是众所周知而又举世公认的事实。中国的瓷器制造，发展到了明代，形成了一种颇为独特的青花白瓷的风格，过去少见，后来也难以为继。这种瓷器传出了中国。仅就广义的南洋、西洋一带而论，这种青花白瓷广泛地受到了重视和喜爱。我在下面举几个例子，以概其余：

宋赵汝适《诸番志》，卷上，阇婆国：

番商兴贩，用夹杂金银及金银器皿……青白瓷器交易。

同上书、卷，渤泥国：

出生香、降真香、黄蜡、瑇瑁。商人以白瓷器、酒、米、粗盐、白绢货金易之。

羡林案：这里的"白瓷器"，显然不是出自渤泥国。至于"商人"，没有说明是哪一国的，很有可能就是中国商人。

元汪大渊《岛夷志略》，爪哇国：

> 货用硝珠、金、银、青缎、色绢、青白花碗、铁器之属。

同上书，勾栏山：

> 地产熊、豹、鹿、麂皮、玳瑁。贸易之货，用谷米、五色绢、青布、铜器、青器之属。

羡林案：苏继庼《岛夷志略校释》，中华书局，1981年，页248—249注，说"青器"与"青瓷"汪大渊往往互用。

同上书，二岛：

> 地产黄蜡、木棉、花布。贸易之货，用铜珠、青白花碗、小花印布、铁块之属。

明马欢《瀛涯胜览》，爪哇国：

> 国人最喜中国青花瓷器，并麝香、销金、纻丝、烧珠之类，则用铜钱买易。

明费信《星槎胜览》，剌撒国：

> 地产龙涎香、乳香、千里骆驼，余无物也。货用
> 金、银、色段、色绢、瓷器、米谷、胡椒之属。

明张燮《东西洋考》

羡林案：此书没有讲到青花白瓷，但多次谈到中国商人与"夷"人贸易的情况。想来瓷器贸易也必然如此。因此，我在这里抄上一段，供参考。卷四，丁机宜：

> 夷亦只就身中与我人为市。大率多类柔佛，而俗较
> 驯，而货较平。

明罗曰褧《咸宾录》，南夷六剌撒：

> 其产惟龙涎、乳香、骆驼、瓷器等物。

羡林案：从口气上来看，好像剌撒这个地方能生产瓷器。这不能不令人感到奇怪。但是证之以上面引用的《星槎胜览》中关于同一个地方的记载，我们只能说《咸宾录》的记载值得怀疑。因为在《星槎胜览》中瓷器归入"货用"一类，而不归入"地产"一类，可见不是本地产品。

明黄省曾《西洋朝贡典录》，卷中，锡兰山国第十五：

中国麝香、纻丝、色绢、青瓷、铜钱、樟脑等物，
彼则以宝石、珍珠易换。

《明会典》，卷一百一十二，礼部七十，给赐三，外夷下，
四，西域哈密：

使臣进贡到京者，每人许买茶叶五十斤，青花瓷器
五十副。

羡林案：从这里可以看到，不但南洋、西洋喜爱中国的青花瓷器，
西域亦然。

类似的例子还有很多，没有再引用的必要了。仅仅上引几个
例子就足以说明，南洋、西洋、西域还有其他地区所特别喜爱的
青花瓷器是产自中国。在这里丝毫也没有怀疑的余地。

但是，在明代一些书籍关于孟加拉（宋代是"鹏茄罗"，元
代是"朋加剌"，明代是"榜葛剌"或"榜葛兰"）的记载中，却
有令人吃惊的东西。我也引几个具体的例子。为了周详起见，我
从元代的《岛夷志略》"朋加剌"条引起：

产苾布、高你布、兜罗锦、翠羽。贸易之货用南北
丝、五色绢缎、丁香、豆蔻、青白花器、白缨之属。

在这里，青白花器还不属于"产"一类，而只是"贸易之货"。

明《星槎胜览》榜葛剌国：

> 地产细布、撒哈剌、绒毯、兜罗锦、水晶、玛瑙、珊瑚、真珠、宝石、糖蜜、酥油、翠毛、各色手巾、被面。货用金、银、布缎、色绢、青白花瓷器、铜钱、麝香、银珠、水银、草席、胡椒之属。

在这里，"青白花瓷器"仍然不属于"地产"，而属于"货用"。此书作者费信可能生于洪武二十一年（1388），此书自序写于正统元年（1436）。

但是，到了六十多年以后出现的一本书里，调子忽然改变了。我指的是约成书于1520年间的黄省曾的《西洋朝贡典录》。在本书卷上，榜葛剌国第十六：

> 其朝贡无常。永乐八年（1408），其国工霭斤思丁遣使来朝贡。九年（1411），至太仓，命行人往宴劳之。十二年（1414），又遣其臣把一济等来朝，贡麒麟等物。正统三年（1438），贡同，表用金叶。其贡物：马、马鞍、金银事件、饯金琉璃器皿、青花白瓷、撒哈剌、者抹黑答立布、洗白苾布、兜罗锦、糖霜、鹤顶、犀角、翠毛、莺哥、乳香、粗黄、熟香、乌香、麻藤香、乌爹泥、紫胶、藤竭、乌木、苏木、胡椒。

上面曾讲到榜葛剌的产品："其布帛之品有六。"其后又讲到："其土物有珊瑚、珍珠、水晶、玛瑙、翠羽……"

拿这些产品同上面讲到的"贡物"比较一下，只有几件对得上。按常识，贡物同产品不一定完全一致。如果完全一致的话，那就表示：把所有的土产都拿来进贡了。这是根本不可能的。但是，贡物是怎样来的呢？一般说来，不应该过多地轶出土产的范围。从别的国家或地区买奇物来进贡的情况也是有的，但一定受到严格的限制。

我讲这些话，用意何在呢？用意就在于贡物中有"青花白瓷"一项，如何解释？我在上面已经准确无误地说明了：青花白瓷是中国产品。从《岛夷志略》上可以看到，这种瓷器元代已开始生产，至明而大盛，运出中国，受到所到之处的欢迎。

这种情况，印度学者 Haraprasad Ray（雷易）在他所著的《印中关系中的贸易和外交——十五世纪孟加拉之研究》（*Trade and Diplomacy in India-China Relations : A Study of Bengal during the Fifteenth Century*, Radiant Publishers, New Delhi, India 1993）中，是完全承认的。在本书页 113—116，列了一个从中国输出和输入中国的物品表，表中列了不少的国家，但都只是陪衬，而以孟加拉为主。页 114，表中孟加拉，在"输出"（Exports）项下有"青花白瓷"。顺便说一句："输出"不是指的从孟加拉输出，而是从中国输出，完全是以中国为基准。这里列上"青花白瓷"，是完全正确的。在"输入"（Imports）项下，没有列"青花白瓷"。作者在页 185，有一个注 14：说这个表与李东阳《大明会典》中所列贡物是一致的。也就是说，李东阳没有列入"青花白瓷"。可是《明会典》，卷九十八，榜葛剌国"贡物"中却是有的。贡物名单如下：

> 马、马鞍金银事件、戗金琉璃器皿、青花白瓷、撒哈
> 剌、者抹黑答立布、洗白警布、兜罗锦、糖霜、鹤顶、
> 犀角、翠毛、莺哥、乳香、粗黄、熟香等等。

这个表同《明史》卷三百二十六"榜葛剌"的叙述基本一致。为了利于比较，我也抄在下面。

> 厥贡：良马、金、银、琉璃器、青花白瓷、鹤顶、
> 犀角、翠羽、鹦鹉、洗白苾布、兜罗锦、撒哈剌、糖
> 霜、乳香、熟香等等。

"青花白瓷"这里也是有的。我再补充一条材料：明慎懋赏《四夷广记》，榜葛剌贡物中有"青花白瓷"。

我们先不去纠缠，为什么李东阳《大明会典》中没有"青花白瓷"。我仍然继续谈 H.Ray 的著作。页 116，在"中国向孟加拉输出的货物"这一段中列入了"青花白瓷"。页 117，在"中国从孟加拉输入的货物"这一节中，没有提到"青花白瓷"。页 144，Ray 根据《西洋朝贡典录》，在给中国的贡品中列上了"青花白瓷"。《西洋朝贡典录》的原文上面已引，兹不赘，请参阅。

我在上面已经谈过，《西洋朝贡典录》成书较晚。《星槎胜览》成书在前，把"青白花瓷器"列入"货用"一类，说明它不是孟

加拉产品，而《西洋朝贡典录》把它列入"贡物"中，性质就完全不同了。可是《西洋朝贡典录》的叙述不够清楚。我们看不出，是孟加拉哪一年朝贡的贡品中有"青花白瓷"。但是，无论怎样，孟加拉贡品中有了"青花白瓷"，证之以《明会典》和《明史》的记载，是不容怀疑的，完全可以肯定的。

我在上面已经谈到过，贡品一般都应该是土产，从别的国家或地区买了东西来交贡品，是比较稀见的。何况"青花白瓷"这种物品的原产地就在中国。向中国或别的国家购买了"青花白瓷"，再用之向中国进贡。俗话说"江边卖水，圣人门前卖字"，是十分荒谬可笑的事。孟加拉的统治者或大商人绝不会糊涂到这个程度，竟把"青花白瓷"充当贡品，运回中国。难道他们不怕中国皇帝老子见笑或怪罪吗？

那么，这个问题究竟应该怎样来解释呢？我想，唯一的一个可能性就是：孟加拉能生产"青花白瓷"。

可是，问题跟着又来了：为什么在五天竺，甚至在整个南洋和西洋，以及其他许多国家，独独只有孟加拉能生产瓷器？又为什么生产的偏偏是"青花白瓷"？这些问题是回避不了的，我们必须回答。

据我个人的看法，答案只有一个，这就是：中国制造瓷器术传入了印度，传入的地点是孟加拉，传入的时间是明初，至早是元末，正是中国同孟加拉外交和贸易活动最频繁的时期。要我拿出印度方面文献的证据，我拿不出。众所周知，印度人对历史事实不大重视，他们古代几乎没有一本像样的历史。但是，我有旁证。"白砂糖"在印度，特别是在孟加拉，名称是 cīnī，意思是

"中国的"。关于这个问题，我曾写过两篇文章：一篇是《cīnī 问题》，见《季羡林学术论著自选集》；一篇是《再谈 cīnī 问题》，见《文史知识》，1994 年，第 2 期。在这两篇文章里，我论证了中国白砂糖传入印度，特别是孟加拉的问题。在第二篇文章里，我引用了《明史》卷三百二十六"榜葛剌"中的几句话：

> 官司上下，亦有行移、医、卜、百工技艺，悉如中
> 国，盖皆前世所流入也。

用到"青花白瓷"上，也完全适用。瓷器制造术也是"前世所流入"的。这就是我的结论。我相信，它是正确的。

《再谈 cīnī 问题》发表以后，我又找到两条材料。一条是明郑晓撰《皇明四夷考》，卷下，榜葛剌：

> 阴阳、医、卜，百工技艺，大类中国。

一条是明罗曰褧著《咸宾录》，《西夷志》卷之三，天竺：

> 又有榜葛兰，即西天东印度也……其产……丝棉、
> 镔铁、枪、剪（极巧且利）、漆器、瓷器（俱极精巧）
> 为奇。

"榜葛兰"，是"榜葛剌"的另一个写法。在这里，第一条材料明确说，孟加拉"百工技艺，大类中国"，这同《明史》卷

三百二十六的说法全同，只是没有说"前世所流入"。第二条材料证明，孟加拉能生产瓷器，而且"极精巧"。这几个字也很重要。如果不"极精巧"的话，孟加拉的统治者和大商人怎么敢拿来向中国进贡呢？这也许能说明，孟加拉人在学习了中国制造瓷器的技术以后，在某一些方面有了改进，犹如唐太宗派人向印度学习了熬糖法，最后"愈西域远甚"。

1994 年 7 月 27 日写毕

后记

文章写完了，我还想加上一条尾巴，写点后记。本文中提到了我两篇关于白砂糖传入印度孟加拉的文章。现在又写了这一篇中国制造瓷器术传入印度孟加拉的文章。也许有人会认为，白糖和瓷器都不是什么了不起的伟大物件，你这样刺刺不休不厌其烦，有什么意义呢？我认为有重要意义。我们经常讲，国与国、民族与民族之间的文化交流，能提高彼此的精神文化水平和物质文化水平，是互补互利的。这一点已为人类历史所证明，没有再争辩的必要。如果世界人民都能了解这一点，必能促进彼此的了解，提高彼此的友谊，大有助于世界和平之保卫。拿中国和印度来说，两国都是世界大国和文明古国，我们间的文化交流已有几千年的历史，两国皆受其益。但是一翻开历史书，特别是中国哲学史、中国文学史、中国宗教史、中国艺术史、中国音乐史，还有这史那史，连篇累牍，我们读到的几乎只有印度影响中国，中国对印度的影响则恍如蓬莱仙山在似有似无之间。如果历史真是这样的话，我们也无话可说。但我始终坚信，它不会是这个样子，这是违反历史发展规律的。好多年以前，一位好心的印度朋友对我说："在1945年以前，是中国学习印度，那以后是印度学习中国。"他称之为 one-way traffic（单向交通）。我感谢这位印度朋友的善意。但我却不相信，这就是事实。于是在探讨中印文化关系，我有意去搜寻中国影响印度的事例。印度民族是一个有天才的民族，但对历史却不重视，古代几乎没有可以称为真正历史的书。想在那里面搜寻我想要的资料，有如大海捞针。但是，如果真是历史事实，不管埋藏得多深，总会留下痕迹的。比如 cīnī 问题，痕迹是留在语言上，我抓住这点痕迹不放，结果就产生了那两篇论文。现在这一篇关于制造瓷器技术的文章，真相隐藏得更深；但是我相信，我还是把它抓住了。

希望这一个尾巴不会惹起读者的厌恶。

1994 年 7 月 27 日

第四编　印度文化与文学

古代印度的文化

　　什么叫作"古代"？首先要在时间上划一个范围。在本文里，我想把"古代"划得同世界史上的上古时期相当，大体上指印度的原始社会、奴隶社会和封建社会的开始时期，也就是从公元前两千纪到公元后一千纪中叶。

　　在这一段漫长的时间内，印度人民在同自然的斗争中和阶级斗争中，获得了不少的知识，积累了不少的经验，创造出来了灿烂的文化，这文化影响了周围的一些国家，对世界文化宝库做出了巨大的贡献。

　　下面就简略地把这文化介绍一下。

　　在很古的时候，印度人民由于进行生产活动，逐步掌握了一些自然界的规律，在天文、数学、物理、化学、生物、医药、农艺各方面，都有了一些创造。即使还不能算是系统的科学，却也给以后自然科学的发展打下了初步的基础。

　　在最古的经典《梨俱吠陀》和《阿闼婆吠陀》中，记载了一些关于使用肥料、农作轮种制以及谷物虫害的知识。《阿闼婆吠陀》里面还有不少关于疾病和医药的记载。在这一部书的X，又在《百段梵书》X和XII，我们找到一段比较精确的关于人体骨骼的记载，可见当时的印度人民对人体解剖学已经有了一些知识了。有一部专讲医学的书，叫作《阿输吠陀》，里面比较详尽地论述了内科、外科、皮肤科、小儿科等八个部门的疾病和治疗方法。

佛经里面也保留了不少的医药知识。律藏里有很多地方谈到治疗疾病的方法。大乘大师龙树据说就是一个著名的医生。我们古代的和尚不但翻译了他那些有关佛教哲学的名著，也翻译了他的医学著作。《隋书·经籍志》记载了他的医学著作：《龙树菩萨药方》《龙树菩萨和香法》等，此外还记录了一些印度古代医学著作，像《西域诸仙所说药方》《婆罗门诸仙药方》《婆罗门药方》等等。至迟在隋以前，印度医学已经传到中国来了。

1890 年，在中国新疆发现了一些梵文文献残卷，从字体上来看是属于公元 4 世纪后半叶的。其中有三个医学残卷，里面讲到大蒜的医疗效果，还开了不少的药方。从这里可以看出印度医学在中央亚细亚一带传播的情况。

在印度本土，《阿输吠陀》以后，医学继续发展，出了不少有名的医生，形成了不少医学派别。印度人有所谓"医学三老"，指的就是妙闻、阇罗迦和瓦格跋吒。其中以阇罗迦为最有影响，最著名。他的医学著作《阇罗迦本集》，约成书于公元后一二世纪，公元 800 年时就被译成了阿拉伯文，对阿拉伯医学产生了影响。中国隋唐时代，印度的医学达到比较高的水平，外科手术更是突出。唐初有不少的印度医生，特别是眼科医生到中国来行医。他们擅长取除眼睛里的白内障。

天文学和数学，在印度也起源很早。主要是由于生产活动，宗教活动在其中也有一些影响。吠陀的歌手总是强调天上星宿的规律性。对于二十八宿，印度人也很早就有了比较精确的观察。在这方面，他们可能从中国人民这里学到了一些知识。后来印度天文学也传入中国，唐代有印度天文学者来中国工作。

在数学方面，在远古的时候，印度人也达到了相当高的水平，在建筑祭坛的时候，他们必须了解直角三角形三边之间的比例关系，再加上其他一些原因，几何和三角就有了初步的萌芽。属于吠陀时期的《准绳经》可以代表他们在这方面的成就。

现在流行全世界的从 1 到 10 的十个数目字，我们习惯于称之为"阿拉伯字"；实际上是印度人创造而阿拉伯人借用的。古代印度人在记数方面表现了惊人的幻想力，是其他民族所少见的。在《方广大庄严经》卷四里，记载了一段释迦牟尼同人较量记数的本领的故事。一个算师问他知道不知道且拘胝以外的数名，他说知道。"百拘胝名阿由多，百阿由多名尼由多，百尼由多名更割罗，百更割罗名频婆罗，百频婆罗名阿刍婆，百阿刍婆名毗婆诃，百毗婆诃名郁僧迦，百郁僧迦名婆呼罗，百婆呼罗名那迦婆罗，百那迦婆罗名底致婆罗，百底致婆罗名卑波婆他般若帝……"这样一百倍一百倍地说下去一直到"随入极微尘婆罗摩奴罗阁。至此数已，一切众生皆不能知"。这究竟是多么大的数呢？下面的数我们不说，我们只说那个起点的数吧。一个拘胝是一千万，一个阿由多就是十万万，这个起点不能算小了。至于后面的数恐怕连今天的天文学家也用不上，大数如此，小数亦然，这里不详细叙述了。

此外，古代印度人在开方、解方程式、求圆周率等等方面也有一些成绩。在古代算学书里，出题目就跟写诗一样，现举一个小例子：情人们互相撕扭的时候，撕断了一串珍珠；六分之一的珠子落在地上，五分之一落在柜子上，美女抢去了五分之一，情夫拿了十分之一，只有六颗珍珠留在穿珠子的线上；请问，这一串珍珠共有多少颗？从这个例子里可以看出古代印度数学书的有趣的风格。

在佛教的《佛本生经》里面，在考底利耶的《政事论》里面，还有其他的一些书籍碑铭里面，都记载着许多有关农业和畜牧业的知识。同吠陀里的记载比起来，印度人民在这方面又进了一大步。在土壤的选择与分类、轮种制、选种、施肥、饲养牲畜等等方面，都积累了很多宝贵的经验。

以上是自然科学方面的情况。

在文学艺术方面，古代印度对于世界文化的贡献还要大得多。古代印度人民给我们留下了不少的闻名全世界的辉煌的文艺巨著。在很古的时代，在史诗、戏剧、抒情诗和叙事诗方面，印度都达到了很高的水平。在文艺理论方面，印度也有悠久的传统。

最古的文学作品是"四吠陀本集"，其中最老的是《梨俱吠陀》，文学价值也最高。这是一部诗歌总集，有点像中国的《诗经》。其中共有一千零二十八首诗，以颂神为主，实际上反映的却是在生产力极端低下时同自然进行斗争的一些情况。有很多首诗很有艺术价值，比如歌颂朝霞女神的一些诗就是非常优美的抒情诗。现从第六卷第六十四首诗里选几颂译出来当作例子：

朝霞闪耀着雍容华贵的光芒，

泛出了白色就像是水花银浪。

她装饰了道路，让它平坦易走，

她慷慨好施、温柔又大方。

你真好呀，你把远近都照亮，

你的光线一直照到高高天上。

你打扮得美丽，袒露着胸膛，

你闪耀得威严肃穆，朝霞女郎！

一群红色的牡牛拉着车辆，

你幸福的神呀，你向四方扩张。

她像是英雄抛石头打败敌人，

她打退黑暗，像个战勇士！

公元前 1500 年（商代）能有这样水平的诗，也总算是难能
可贵的了。此外，还有一些故事性和戏剧性较强的对话体诗，可
以看作与戏剧的起源有关。印度古代最伟大的诗人和戏剧家迦梨
陀娑的名剧《优哩婆湿》的故事最早也见于《梨俱吠陀》。

其余的三个吠陀是《婆摩吠陀》《夜柔吠陀》和《阿闼婆吠
陀》。就文学价值而论，《阿闼婆吠陀》较高。这里面的诗歌都与
治病、禳鬼、驱邪、咒敌有关，但并不缺乏抒情的名篇。形式虽

然是咒语，内容表达的却是人民在对自然斗争和阶级斗争中求胜的热切的愿望。

吠陀以后最著名的文学作品是两大史诗:《摩诃婆罗多》和《罗摩衍那》。

《摩诃婆罗多》号称有十万颂，每颂两联，每联有十六个音节，其规模之大概可想见了。里面主要故事的情节并不复杂，讲的只是婆罗多族的两支后裔般度族和俱卢族之间的一场战争。持国王有一百个儿子，他的哥哥般度有五个儿子。两支争夺王位。属于俱卢族的持国王和他的儿子们，臣僚们用非法的手段迫害般度五雄，又设计利用掷骰子赢了他们，最后迫使他们流亡到森林里去，一住就是十二年，第十三年还要隐姓埋名。如果被人认了出来，以前的流放全归无效。过了十三年，他们回来了。两支又进行谈判，终于决裂，于是就引起了一场恶战，延续了十八天。许多国王都来参战。般度五子胜利，统一了国家。

大史诗的核心故事就是这样。叙述这样一个故事当然用不了十万颂。它之所以拖得这样长，是因为里面容纳了一大堆其他的著作，不知道插入了多少可以独立成篇的故事，还夹杂着一些哲学、宗教和法律方面的论文，有名的《薄伽梵歌》就是一个例子。所以，这一部史诗实际上是一部百科全书。从这里面，我们可以看到印度人民当时在文化创造方面所达到的水平。这一部书的主题思想是反抗强暴，鼓励为正义的战争而奋斗牺牲，它也表达了人民迫切要求统一的愿望。从内容和语言来看，它不可能成于一人之手，也不可能是一个时期内的产品。据学者的估计，它可能是从公元前 4 世纪到公元 4 世纪逐渐补充修改才有了现在这个形

254

式。

第二部史诗是《罗摩衍那》。它比《摩诃婆罗多》短，但也有两万多颂。故事也不复杂。书中英雄是罗摩，是十车王的长子，娶悉多为妻。十车王受另一王后的要挟，忍痛把太子罗摩放逐到森林里去十四年。罗摩带了妻子和弟弟到森林里去住。罗刹王罗嚩拏有十个头，住在楞伽岛上。他的妹妹受了罗摩的侮辱，唆使他到森林里去抢悉多。悉多果然被抢走了。在寻找妻子的路上，罗摩与猴王结盟，帮助猴王复国。猴王也率领了猴兵随罗摩出征。猴王部下有一个神猴名叫哈努曼，神通广大。他借自己的神通力探索到悉多的踪迹，终于帮助罗摩打败了罗刹，救出了悉多。放逐期满，罗摩回国。代他执政的弟弟婆罗多把王位让给他。

这一部史诗结构比较完整，很可能最初有一个作者。这个作者根据传说就是蚁垤仙人，他被称为"最初的诗人"，而《罗摩衍那》就被称为"最初的诗"。其中当然也有晚出的东西，这部史诗估计是从公元前一二世纪到公元一二世纪内逐渐补充完成的。

《罗摩衍那》的主题思想也同《摩诃婆罗多》一样是鼓励正义的战争，正义一定能战胜强暴。其中也反映了人民对统一、对和平盛世的愿望。

这两部大史诗不但在印度本土发生了极大的影响，一直到今天还成为文艺创作的源泉，家喻户晓，深入人心；而且还影响了印度许多邻国的文艺创作。在东南亚许多国家里，像缅甸、泰国、印度尼西亚等等，古代的文艺也深受这两部史诗的影响。我们中国古代没有这两部史诗的译本，但是其中的一些故事却早已随着来往商旅的口传和佛经的翻译传入中国，在民间流传起来。

《杂宝藏经》有一个《十奢王缘》，讲的就是罗摩的故事。

专就对世界文学的影响而言，印度古代的民间文学甚至还要超过两大史诗。在古代印度文学史上，民间文学的传统占有极其重要的地位。印度人民很富于幻想力。在他们幻想的世界中，一切鸟兽虫鱼都有思想，有感情，有脾气，有性格，能说会道，与人无异。表面上是鸟兽虫鱼的故事，实际上却是人类社会活动的反映。这些故事最初流行于民间，以后文人学士加以搜罗编写，宗教信徒也把它们搜罗到他们的经典里去。闻名世界的《五卷书》《盖世佳言集》和巴利文的《佛本生经》就是这样编写成的。《五卷书》通过波斯文和阿拉伯文的翻译流行全世界。其中有一些故事也流传到中国来。

除史诗和民间文学外，在抒情诗、叙事诗和戏剧方面，古代印度也有很高的成就。一提到这些方面，人们就会想到迦梨陀娑。他的抒情长诗《云使》不但在印度文学史产生了深远的影响，而且几百年前就译成了藏文，传入中国。他的剧本《沙恭达罗》在国内外的影响更大。18 世纪末叶传入欧洲，轰动一时。德国大文学家歌德给了它很高的评价，在写《浮士德》的时候，还有意模仿它的结构。他的长篇叙事诗《罗怙世家》《鸠摩罗出世》一向被印度人民奉为文章典范，家喻户晓。

在造型艺术和建筑方面，印度很早就达到了较高的水平。公元前三千纪中叶摩亨殊达鲁和哈拉巴的建筑、雕刻品、彩陶已经值得注意。公元前 3 世纪阿育王建的窣堵坡和石窟、公元前 1 世纪开始开凿的阿旃陀石窟、公元前 1 世纪的桑奇大率堵坡、公元前后的犍陀罗艺术等，都是辉耀千古的杰作。至于音乐和舞蹈，不但历史悠久，而且造诣精深，独成一格，一直到今天，流行极为普遍，是印度文化传统中的一颗宝石。

以上就是古代印度在文学艺术创作方面的一些情况。在社会科学方面，古代印度人民也有一些光辉灿烂的著作，影响深远。现在分别介绍于下。

先谈语法学。印度在很古的时候就达到了相当高的水平。他们认为语法学是一切科学的基础，在一切科学中是最重要的。他们首先分析一个词，正确地认识了词根与后缀的区别，确定了后缀的功用，因而形成了一个完整的语法体系。这一切都与吠陀的研究有关。在所谓"吠陀分支"中就有式叉（音韵学）、毗耶迦罗那（语法）、尼禄多（注释）和阐陀（韵律学）。在梵书、森林书和奥义书中也可以找到不少语言学的术语。这都说明，远在吠陀时代，印度人就注意到语言的分析和研究，而且有了显著的成绩。

到了公元前四五世纪的时候，出现了一个大语法学家波你尼，他著了一部书名叫《语法规律八章》，详细地分析了梵语的语法形态，对梵语的规范化起了促进的作用。具举一个小例子来说明这部书的特点。我们知道，梵语是一种属于印欧语系的语言。但是字母的排列却同其他印欧语不同。首先是元音，是按发音部位和长短排列的：a ā i ī u ū n nl；接着是二合元音和三合元音：e ai o au。辅音的排列是这样的：先是喉音，然后是颚音、顶音、齿音、唇音；每一套五个字母，次序是清音不送气、清音送气、浊音不送气、浊音送气、鼻音。接着是半元音、咝音、气音。这种排列方式不但比希腊文和拉丁文科学，而且比目前还流行的英语、法语等科学得多。这说明，在公元前四五百年，印度人民已经具有相当精细的审音的本领了。19世纪，波你尼的语法介绍到欧洲以后，对历史比较法的创立，起了促进作用。

同语法学有一些联系的是词典学，印度词典学的起源可以追溯到吠陀时代。首先出现的是一些动词词根表，以后逐渐发展成为词典。在古代印度，词典的作用同今天不大一样，它主要是搜集重要而罕见的词，供诗人写诗之用，它本身也是用诗体写成的。词典有两种：同义的和一词多义的。词的排列顺序，有的按物体的大小，先大后小；有的按字母，按尾音辅音或初音字母，有时二者兼之，有的按音节多寡。最古的词典多已散佚，19世纪末叶曾有人在中国新疆疏勒买到梵文词典残卷，这可能是最古的词典残卷。以后作者代不乏人，而以阿摩罗词典为最著。这部词典一直流传到现在。

现在谈一谈哲学。印度哲学的起源可以追溯到荒邈的古代。在《梨俱吠陀》中，有许多颂歌已经含有深微的哲学意义。以后，哲学逐渐发展，形成了不同的派别。印度人一般承认有六个哲学派别，这就是：数论、瑜伽论、胜论、正理论、前弥曼差论、后弥曼差论。这种说法既不古老，也不完全。因为这六派实际上都是奉吠陀为极则，都是正统哲学，都是唯心主义的。唯物主义的萌芽在印度也开始极早。考底利耶的《政事论》中提到的顺世论就是唯物主义的。14世纪吠檀多派大师摩阔婆的《摄一切见集》里提到的迦哩婆迦就是这一派的创始人。这一派极为古老。在巴利文律藏小品5.33里面，已经有了禁止僧侣学习这一派的规定。从那时候起，它一直被视为外道，为正统哲学所排斥。因此，这一派一本书也没有流传下来。我们今天之所以还能大体了解这一派的论点，要"归功"于它的敌人。在他们的著作里我们可以找到这一派学说的一鳞半爪。

现在再谈一谈法论。在印度，"法"的概念是比较广的，除了我们平常所了解的"法律"外，它还有社会风俗习惯、道德准绳、宗教行持等等含义。最早的叫作"法经"，它与天启经和家庭经并列，构成所谓"劫波经"，是吠陀六支分之一。它规定了四个种姓的义务和相互关系，主要目的是保护高级种姓特别是婆罗门的权力和地位。以后产生的叫作"法论（或法典）"，其中最著名的影响最大的就是《摩奴法典》。写成的时间大约是在公元前2世纪至公元2世纪之间。它具体而详尽地规定了各种姓的义务，规定了三个高级种姓所谓"再生族的人生四个阶段"的内容，规定了祭祀条规和饮食的禁忌，还特别为妇女和国王等另立专章。另外对民法和刑法都订立了很多的条文。一千多年以来，这部法典在印度享有极高的声誉和地位。英国殖民主义者侵入印度以后，也曾加以利用。它对近邻的许多国家也产生了影响。

最后再谈一谈文艺理论。在极古的时候，印度文艺理论就成为独立的科学。可惜最古的著作久已散佚，我们只能从晚出的著作中读到一些征引的文句。在流传到现在的著作中，最古的是《舞论》。这部书比较系统地全面地讨论了舞蹈和演剧的重要问题，但内容重复，文体不纯，绝不会是出自一人之手，因此它的产生时代也无从确定。从各方面推定，成书时代约在公元二三世纪。里面首先谈到舞蹈的起源，然后谈舞台的构造、舞蹈和演剧时身体的各种动作、感觉、情绪、诗歌韵律、辞藻修饰、十色、戏衣的颜色等等。其中最重要的是关于情绪的学说，这是印度文艺理论的中心问题。所谓"情绪"，原文叫作"rasa"，意思是"味觉"。吃东西的时候，人们有酸甜苦辣的感觉。同样，舞台上表演的心理状态（爱、怜、可怕、可笑、英勇、恐惧、厌恶、惊奇等），也会在观众心中引起相应的情绪，这就叫作"rasa"。这是古代印度美学的基础，"舞论"以后还继续发展下去。

从上面简单的叙述中，可以看出，古代印度人民在漫长的岁月中所创造的文化是多方面的、丰富多彩的，而且是自成体系的。这文化一方面对其他国家产生了影响，同时也吸收了其他国家，特别是中国和希腊的文化。它在世界文化史上闪耀着不朽的光芒。无论从时间和空间上来讲，它离开我们都很远很远了。但是，其中却有不少的东西一直到今天还值得我们用批判的精神加以研究和利用的。这对于我们自己的文化史的研究和社会主义文化的建设会有很大的好处。

1962 年 10 月

印度文学在中国

中国同印度这两个伟大的国家，国境毗连；我们做了几千年的好邻居、好朋友。在这漫长的时间内，我们几乎在文化的各个领域内都进行了交流的工作。文学也是其中的一部分。

文学这一部分，正像其他的部分一样，交流的头绪是非常复杂的，问题是很多的。我在这里只想谈一下印度文学在中国所起的一些影响。

要想追本溯源，印度文学传入中国应该追到远古的时代去。那时候的所谓"文学"只是口头文学，还没有写成书籍。内容主要是寓言和神话。印度寓言和神话传入中国的痕迹在中国古代大诗人屈原的著作里可以找到。《天问》里说：

厥利惟何，而顾菟在腹？

虽然在最近几十年内有的学者把"顾菟"解释成"蟾蜍"，

261

但是从汉代以来，传统的说法总是把"顾菟"说成是兔子。月亮里面有一只兔子的说法在中国可以说是由来久矣了。

　　但是这种说法并不是国产，它是来自印度。从公元前一千多年的《梨俱吠陀》起，印度人就相信，月亮里面有兔子。梵文的词汇就可以透露其中的消息。许多意思是"月亮"的梵文字都有śaśa（兔子）这个字作为组成部分，譬如śaśadhara和śaśabhṛt，意思是"带着兔子的"；śaśalakṣaṇa、śaśalakṣmaṇa和śaśalakṣman，意思都是"有兔子的影像的"。

　　此外，印度神话寓言里面还有许多把兔子同月亮联系起来的故事，譬如巴利文《佛本生经》（Jātaka）第三一六个故事。在中译佛经里面，也有不少这样的故事，譬如吴康僧会译《六度集经》，二一，《兔王本生》；吴支谦译《菩萨本缘经》，六，《兔品》；竺法护译《生经》，三一，《兔王经》；宋绍德、慧询等译《菩萨本生鬘论》，六，《兔王舍身供养梵志缘起》，等等。唐朝的和尚玄奘还在印度婆罗疤斯国（今贝拿勒斯）看到一个三兽窣堵波，是纪念兔王焚身供养天帝释的。

　　除了这一个月兔故事以外，在先秦的书籍里还可以找到其他的一些可能是从印度传来的寓言和神话，《战国策·楚策》里记载的一个狐假虎威的故事就是其中的一个例子。

　　到了三国时代，中印交通的道路开辟了，来往频繁了，同时佛教已经传入中国；这些都给印度人民创造的一些美丽动人又富有教育意义的故事传入中国提供了有利的条件。于是印度各种类型的故事就大量传入中国。

　　我只举一个例子。《三国志·魏书》卷二〇《邓哀王冲传》：

邓哀王冲，字仓舒，少聪察歧嶷。生五六岁，智意所及，有若成人之智。时孙权曾致巨象，太祖欲知其斤重，访之群下，咸莫能出其理。冲曰："置象大船之上，而刻其水痕所至，称物以载之，则校可知矣。"太祖大悦，即施行焉。

我们在小学教科书念到的曹冲称象的故事，来源就在这里。虽然这个故事已经写入正史，而且同一个具体的人联系起来；但是它仍然不是国货，它的故乡是印度。元魏吉迦夜共昙曜译《杂宝藏经》卷一《弃老国缘》里面就有这样一个称象的故事。它也许在后汉时代就已经从口头上流传到中国来了。我现在把《杂宝藏经》原文抄在下面以资比较：

　　天神又复问言："此大白象，有几斤两？"群臣共议，无能知者。亦莫用问，复了能加。人臣问义。又言："置象船上，着大池中。画水齐船，深浅几许。即以此船，量石着中。水没齐画，则知斤两。"即以此智以答。

　　到了六朝时代，印度神话和寓言对中国文学影响的程度更加深了，范围更加广了。在这时候，中国文学史上出现了一类新的东西，这就是鬼神志怪的书籍。只要对印度文学稍稍涉猎过的人都能够看出来，在这些鬼神志怪的书籍里面，除了自秦汉以来中国固有的神仙之说以外，还有不少的印度成分。这情况，中国伟大文学家鲁迅在他的《中国小说史略》里早就指出来过。

从内容方面来看，这些鬼神志怪的故事里面有一些对中国来说是陌生的东西，最突出的是阴司地狱和因果报应。我们当然不能说，在佛教输入以前，中国就没有阴间的概念。但是这些概念是比较渺茫模糊的、支离破碎的。把阴间想象得那样具体、那样生动、那样组织严密，是印度人的创造，连中国的阎王爷都是印度来的"舶来品"。

六朝时代有许多小说，全部书都谈的是鬼神的事情，譬如荀氏《灵鬼志》、祖台之《志怪》《神怪录》、刘之遴《神录》《幽明录》、谢氏《鬼神列传》、殖氏《志怪记》、曹毗《志怪》《祥异记》《宣验记》《冥祥记》等等。这些书，只要一看书名字，就可以知道内容。其中的《宣验记》和《冥祥记》主要是谈因果报应。里面宣传，信佛得善报，不信得恶报。有一些故事已经中国化了，有的正在化的过程中，有的才开始，印度气息还十分浓厚。谁也不会相信，它们与印度无关。

我在这里举一个例子，说明印度故事中国化的过程。《宣验记》里记载了一个故事：

> 有鹦鹉飞集他山。山中禽兽，辄相爱重。鹦鹉自念："虽乐，不可久也。"便去。后数月，山中大火，鹦鹉遥见，便入水沾羽，飞而洒之。天神言："汝虽有志意，何足云也！"对曰："虽知不能救，然尝侨居是山，禽兽行善，皆为兄弟，不忍见耳。"天神嘉感，即为灭火。

从这个故事本身我们看不出它是什么来源。说它完全是一个中国故事，也未始不可。但是元魏吉迦夜共昙曜译《杂宝藏经》十三《佛以智水灭三火缘》和吴康僧会译《旧杂譬喻经》二三，都有这样一个故事。为了比较起见，我把《旧杂譬喻经》的那一个故事也抄在下面：

> 昔有鹦鹉，飞集他山中。山中百鸟畜兽，转相重爱，不相残害。鹦鹉自念："虽乐，不可久也，当归耳。"便去。却后数月，大山失火，四面皆然。鹦鹉遥见，便入水，以翅取水，飞上空中。以衣毛润入洒之，欲灭大火。如是往来往来。天神曰："咄！鹦鹉！汝何以痴！千里之火，宁为汝两翅水灭乎？"鹦鹉曰："我由知而不灭也。我曾客是山中，山中百鸟畜兽，皆仁善，悉为兄弟，我不忍见之耳。"天神感其至意，则雨灭火也。

把两个故事拿来一比较，我们立刻就会发现，《宣验记》其实是抄袭了《旧杂譬喻经》，只是把一些字句润饰得更加简练而已。印度故事中国化可能有很多方式；但是大体上说起来，不外两大类：一是口头流传，一是文字抄袭。前者可以拿月兔故事做一个例子，而后者的代表就是这一个鹦鹉灭火的故事。

这个故事还有一个变体，也见于《宣验记》：

> 野火焚山。林中有一雉，入水渍羽，飞故灭火。往来疲乏，不以为苦。

只是把鹦鹉换成了野鸡。这个以野鸡为主的故事，也来自印度。《大智度论》卷十六就有这个故事。唐玄奘《大唐西域记》卷六，拘尸那揭罗国说："精舍侧不远，有窣堵波，是如来修菩萨行时，为群雉王救火之处。"这里讲的也是雉王，而非鹦鹉。

我觉得这情况可以代表印度故事转化为中国故事的过程。这个过程大概是这样子的：印度人民首先创造，然后宗教家，其中包括佛教和尚，就来借用，借到佛经里面去，随着佛经的传入而传入中国，中国的文人学士感到有趣，就来加以剽窃，写到自己的书中，有的也用来宣扬佛教的因果报应，劝人信佛，个别的故事甚至流行于中国民间。

鹦鹉灭火的故事就是按照这个过程传入中国的。我在这里顺便说一下，它的传播过程还不就到《宣验记》为止。清周亮工《栎园书影》第二卷中又出现了这个故事：

> 昔有鹦鹉飞集陀山。乃山中大火，鹦鹉遥见，入水濡羽，飞而洒之。天神言："尔虽有志意，何足云也？"对曰："尝侨居是山，不忍见耳！"天神嘉感，即为灭火。

《鲁迅全集》五《伪自由书·王道诗话》（实为瞿秋白所作）也引用了这个故事。

印度文学对中国文学的深而广的影响，六朝以后仍然继续发展下去。到了唐代，可以说是又达到一个新的阶段。唐代文学产生了两种崭新的东西：一是传奇，二是变文。而这两种东西都是

266

与印度影响分不开的。

我们先从文体上来看一下这个影响。六朝那些鬼神志怪的故事，一般说都是很短的，每篇只谈一个故事，从头到尾，平铺直叙。但是到了唐初，却出现了像王度的《古镜记》这样的小说。里面有一个主要的故事作为骨干，上面穿插了许多小的故事。这种体裁对中国可以说是陌生的，而在印度则是司空见惯的事。印度古代著名的史诗《摩诃婆罗多》的结构就属于这个类型。作为骨干的主要故事是难敌王（Duryodhana）和坚阵王（Yuddhiṣṭhira）的斗争，里面穿插了很多的独立的小的故事。巴利文《佛本生经》（Jātaka）是以佛的前生为骨架，把几百个流行民间的故事汇集起来，成了这一部大书。流行遍全世界的《五卷书》（Pañatantra）也是以一个老师教皇太子的故事为骨干，每一卷又以一个故事为骨干，叠床架屋，把许多民间故事搜集在一起，凑成了一部书。中译佛典里的吴康僧会译《六度集经》，吴支谦译《菩萨本缘经》，西晋竺法护译《生经》，朱绍德、慧询译《菩萨本生鬘论》，元魏慧觉等译《贤愚经》等等，都同巴利文的《佛本生经》是一个类型。这种例子在印度文学里是不胜枚举的。我们很难说，唐代传奇文的这种新的结构不是受了印度的影响。

体裁方面另一个特点突出地表现在所谓"变文"上。变文的结构多半是韵文和散文间错成文。有的地方叙事用散文，说话用韵文；有的地方悲叹用韵文；有的地方描写用韵文；有的地方韵文复述散文的内容。总而言之，就是韵文和散文互相间错。这种体裁也不是中国固有的，而是来自印度。

古代印度的许多著作都是用这种体裁写成的。譬如用混合梵文写成的《大事》(*Mahāvastu*)和《方广大庄严经》(*Lalitavistara*)都是这样。在这些佛典里面，韵文与散文的关系大别之可以分为两个类型：一是韵文与散文相续成文；二是韵文的内容再用散文重复一遍。上面提到的《五卷书》也是用散文和韵文相间写成的。

中国接受这一种新的体裁，除了通过佛典翻译这一条路以外，可能还通过另一条路，这就是中央亚细亚的古代语言。我现在举一个例子来说明这个情况。《木师与画师的故事》在中译大藏经里有好几个译本：比丘道略集《杂譬喻经》八；《经律异相》第四十四卷，义净译《根本说一切有部毗奈耶药事》卷十六等等。这些译本都是用散文写成的，里面没有韵文。吐火罗文里面也有这样一个故事，却是散文和韵文交错。在中印文化的交流中，吐火罗文是桥梁之一。在这种体裁输入中国方面，吐火罗文也可能起了媒介作用。

上面谈的是文体方面的一些影响。在内容方面，影响还更要复杂，更要普遍，更要深刻。虽然唐代的传奇文从主要方面来说继承的和发扬的仍然是六朝以来的中国固有的传统，但是印度的影响却到处可见。上面谈到的阴司地狱和因果报应仍然继续存在。此外还添了许多新的从印度来的东西，其中最突出的也许就是龙王和龙女的故事。

龙这个东西，中国古代也有的。有名的典故"叶公好龙"可以为证。但是龙究竟是一个什么东西呢？谁也没有看到过，谁也说不清。据闻一多的意见，龙只是一种存在于图腾中而不存在于生物界中的神秘虚构的生物。它似乎是蛇，又似乎不是。但是自从佛教传入以后，中译佛经里面的"龙"字实际上是梵文 Nāga

的翻译。Nāga 的意思是"蛇"。因此，我们也就可以说，佛教传入以后，"龙"的含义变了。佛经里，以及唐代传奇文里的"龙王"就是梵文 Nāgarāja、Nāgarāj 或 Nāgarājan 的翻译。这东西不是本国产的，而是由印度输入的。

龙王和龙女的故事在唐代颇为流行，譬如柳宗元的《谪龙说》、沈亚之的《湘中怨》，以及《震泽龙女传》等等都是。其中最著名的最为人所称道的是李朝威的《柳毅传》。不管这些故事多么像是中国的故事，多么充满了中国的人情味，从这种故事的本质来说，它们总还是印度货色。

谈到变文，印度影响就表现得更明显。里面当然也有不少的是讲中国的故事，譬如《伍子胥变文》《孟姜女变文》《捉季布变文》《李陵变文》《王昭君变文》《董永变文》等等都是。但是更多的却讲的是印度佛教故事，譬如《太子成道经》《太子成道变文》《八相变文》《破魔变文》《降魔变文》等等都是。此外还有许多讲经文，例如《金刚般若波罗蜜经讲经文》《妙法莲华经讲经文》等等，也属于这一类。在变文里面，有一些对以后文学和民间传说产生了很大的影响，譬如《大目乾连冥间救母变文》。在极长的时间内，目连救母的故事流行于中国民间，目连甚至有了中国名字，小说戏剧也取材于这个故事，可见其影响之大了。

印度文学影响唐代文学的内容当然还不限于上面说到的这一些，其他类型的故事也受到了印度的影响。属于梦幻的故事的李公佐的《南柯太守传》和沈既济的《枕中记》，属于离魂一类的陈玄祐的《离魂记》、张荐的《灵怪录》和李亢的《独异志》，属于幽婚一类的戴君孚的《广异记》里的许多故事，里面都或多或少能够找到一些印度色彩。

是不是有整个的故事从印度搬过来的呢？有的，而且数目还不算很少。例子前人已经举出来过，我在这里再举一个新的例子。《太平广记》二八七，引《潇湘记》襄阳老叟。内容大概是这样的：一个人从一个老头那里得了一把神斧，"造飞物即飞，造行物即行"，后来给一个富人造一独柱亭，晚上爬墙去勾引富人的女儿。富人发觉了，要打发他走。他用神斧造了一双木鹤，同富人的女儿乘上，飞走。一个内容很相类的故事见于《五卷书》第　卷第八个故事。我看，这就是中国故事的来源。

就连柳宗元那一篇著名的文章《黔之驴》，我看，恐怕也与印度文学有一些瓜葛。我先把《黔之驴》抄在下面：

> 黔无驴。有好事者，船载以入。至则无可用，放之山下。虎见之，庞然大物也，以为神，蔽林间窥之。稍出近之，慭慭然莫相知。他日，驴一鸣，虎大骇，远遁。以为且噬己也，甚恐。然往来视之，觉无异能者。益习其声，又近出前后，终不敢搏。稍近益狎，荡倚冲冒。驴不胜怒，蹄之。虎因喜，计之曰："技止此耳。"因跳踉大㘎，断其喉，尽其肉乃去。

据我的看法，这个故事与流行世界的驴蒙虎皮或狮皮的那一个类型的故事是有联系的，而这一个类型的故事来源就是印度。我现在把《五卷书》第四卷第七个故事译抄在下面：

在某一座城市里，有一个洗衣匠，名字叫作叔陀钵吒。他有一条驴，因为缺少食物，瘦弱得不成样子。当洗衣匠在树林子里游荡的时候，他看到了一只死老虎。他想到："哎呀！这太好了！我要把老虎皮蒙在驴身上，夜里的时候，把它放到大麦田里去。看地的人会把它当作一只老虎，而不敢把它赶走。"他这样做了，驴就尽兴地吃起大麦来。到了早晨，洗衣匠再把它牵到家里去。就这样，随了时间的前进，它也就胖起来了，费很大的劲，才能把它牵到圈里去。

　　有一天，驴听到远处母驴的叫声。一听这声音，它自己就叫起来了。那一些看地的人才知道，它原来是一条伪装起来的驴，就用棍子、石头、弓箭，把它打死了。

　　这两个故事非常相似。第一，里面的主角都是驴。第二，在《黔之驴》里，老虎亲自出台，在《五卷书》里，老虎虽然没有活着出台，它的皮却蒙到驴身上去了。第三，在两本书里，驴都是因为鸣叫而泄露了真相。第四，这两个故事都有教训意义，在《五卷书》里不必说了，而《黔之驴》本身就是"三戒"之一。

　　这一故事几乎流行于全世界，形成了一个广大的类型。这里不详细说了。

　　宋代以后，中印两国的文化交流，特别是宗教方面的往来逐渐减少，代之而起的是贸易方面的往来。在这样的情况下，从表面上看起来，印度文学似乎是已经停止对中国文学发生影响。但是，倘若仔细观察研究，情况并不是这样子。这影响不但仍然存在，而且是更深入、更细致了。

元代的戏曲可以说是中国文学史上一枝奇丽的花朵。很多杂剧取材于唐代的传奇，像马致远的《黄粱梦》取材于《枕中记》，郑德辉的《倩女离魂》取材于《离魂记》，尚仲贤的《柳毅传书》取材于《柳毅传》，这都是最著名的例子。因此我们也可以说，印度文学间接影响了元代的戏剧。

有没有直接的影响呢？少数的学者倾向于肯定的答复。他们想证明，某一"型"的中国戏剧是受了印度的影响，譬如"赵贞女型"，也还有人想证明，某一个杂剧受了印度的影响，譬如《陈巡检梅岭失妻记》。但是，我们必须承认，这些证明都是缺乏根据的。

明代是中国长篇小说开始发扬光大的时期。最著名的长篇小说之一《西游记》里面就有大量的印度成分。要想研究孙悟空的家谱，是比较困难的。不可否认，他身上有中国固有的神话传统；但是也同样不可否认，他身上也有一些印度的东西。他同《罗摩衍那》里的那一位猴王哈奴曼（Hanumān）太相似了，不可能想象，他们之间没有渊源的关系。至于孙悟空跟杨二郎斗法，跟其他的妖怪斗法，这一些东西是中国古代没有的；但是在佛经里面却大量存在。如果我们说，这些东西是从印度借来的，大概没有人会否认的。

同以前一样，在明代也有印度故事整个地搬到中国来的。我只举一个例子。明刘元卿《应谐录》里面记载了一篇短的寓言，说一家人有一只猫，起个名字叫"虎猫"。有人建议说，虎不如龙，不如叫"龙猫"。又有人建议叫"云猫"，叫"风猫"，叫"墙猫"，最终叫成"鼠猫"。这样一个故事在世界各处都可以找到，但是大家都公认，它的故乡是印度。在梵文故事集《说海》（*Kath-āsaritsāgara*）里有这样一个故事；在《五卷书》里也有这样一个故事。它从印度出发，几乎走遍了全世界。东方的中国和日本也留下了它的足迹。

自从西方的殖民主义侵入东方以后，中印两个国家都逐渐沦为殖民地或半殖民地。我们的经济发展受到了阻碍，我们的文化发展受到了破坏。在殖民主义的枷锁下，我们自顾不暇，几千年来的文化交流的古老传统几乎陷于停顿了。

一直到 20 世纪初年，当我们两国的民族复兴的运动逐渐高涨的时候，我们这两个老朋友才又有了机会恢复以前的友谊。两国人民彼此关心对方的民族解放运动就是这一个新友谊的基础。

和尚诗人苏曼殊在 1909 年 4 月曾写信给他的朋友，说他译了印度女诗人佗露哆（Taru Dutt）的诗篇。在同一年，他又写信告诉他的朋友，说他准备同一位印度的梵文学者共同翻译印度古代最伟大的诗人迦梨陀娑的长篇抒情诗《云使》。是否已经译成，不得而知。

1924 年，印度近代爱国主义的大诗人泰戈尔到中国来访问。这在当时是轰动一时的事情。绝大多数的报纸和杂志都有专文介绍泰戈尔的生平、思想和作品。《小说月报》特别出了《泰戈尔号》（第十四卷第九号、第十号）和临时增刊〔第十五卷第四号，《欢迎泰戈尔先生！》（*Welcome to Mr Rabindranath Tagore*！）〕。在这些专号和临时增刊里，中国的作家们详尽地介绍了泰戈尔，给他写了传，分析了他的思想，选译了他的作品。在他来华前后，中国可以说是有一股泰戈尔热。他的许多作品都译成了汉文，譬如《园丁集》《飞鸟集》《新月集》等诗集，《邮政局》《牺牲》《齐德拉》《春之循环》等戏剧一时都有了中译本。

既然有了这样多的译本，影响当然也就不会很小。但是他的影响究竟有多大呢？我还是借用已故诗人徐志摩的话来说明这情况吧。他说：

在新诗界中，除了几位最有名神形毕肖的泰戈尔的私淑弟子以外，十首作品里至少有八九首是受他直接或间接的影响的。这是很可惊的状况，一个外国的诗人，能有这样普及的引力。

熟悉当时文坛情况的人就会承认，徐志摩的话一点也没有夸大。当时最流行的是那一种半含哲理半抒情的小诗。这些小诗的蓝本就是泰戈尔的《园丁集》《飞鸟集》和《新月集》。

直到死，泰戈尔都是中国人民忠实的朋友。第二次世界大战以前，正当中国人民处境最困难的时候，他却对中印两国人民的未来唱出了他的热烈而真挚的希望：

正像早晨的鸟儿，在天还没有完全破晓的时候，就唱出了和宣告了太阳的升起。我的心在歌唱，宣告一个伟大的未来的到临——这个伟大的未来已经很迫近我们了。我们一定要准备好来迎接这个新的世纪。

诗人的希望今天可以说是都已经实现了。

中国近代的伟大作家、新文化运动的主将鲁迅很重视印度文学。他对汉译佛典中文学气味比较浓的那一部分进行过精细的研究。在他所著的《中国小说史略》里，他一再指出印度文学对于中国文学的影响。他指出《汉武帝内传》窃取了佛教的东西；他指出，吴均《续齐谐记》里的阳羡鹅笼的故事说的是一个中国书生，但是在晋人荀氏的《灵鬼志》里也记载了这个故事，这里不是一个中国书生，而是一个来自外国的道人。他用这一个例子来说明印度故事中国化的过程。他还把僧伽斯那撰、萧齐天竺三藏求那毗地译的《百喻经》(《痴华鬘》)加以断句，付印。所谓"百喻"，实际上就是一百篇短的寓言和故事，名称虽是佛经，却是印度人民的创作，由佛教僧徒加以汇集利用。他之所以喜欢它者，原因也正在此。在《〈痴华鬘〉题记》里他写道：

> 尝闻天竺寓言之富，如大林深泉。他国艺文，往往
> 蒙其影响。即翻为华言之佛经中，亦随在可见。

可见他对印度寓言估价之一斑。

此外，熟悉汉译佛典的人都会发现，鲁迅在运用词汇时有时候很受佛典的影响。这种例子很多，不能一一列举。我在这里只举一个。《〈华盖集〉题记》里有这样几句话：

> 我知道伟大的人物能洞见三世，观照一切，历大苦
> 难，皆大欢喜，发大慈悲。

这里面很多词儿不是明明白白地从佛典里面借来的吗？

另外一个民主斗士同时也是白话诗人和古典文学研究者的闻一多也很重视印度文学。在他的文章里，他曾着重指出了印度文学对中国文学的影响。他还曾译过印度爱国女诗人奈都夫人（Sarojini Naidu）的诗。

小说家和梵文学者许地山对印度文学有特殊的爱好。他的许多小说取材于印度神话和寓言，有浓重的印度气息。他根据英文翻译过　些印度神话，像《太阳的下降》（The Descent of the Sun）和《二十夜间》（A Digit of the Moon）等等。他也曾研究过印度文学对于中国文学，特别是对中国戏剧的影响。他的结论我们虽然不能全部同意，但是其中有一些意见是站得住的，这一点大家都会承认。此外，他还写过一部书，叫作《印度文学》。篇幅虽然不算多，但是比较全面地讲印度文学的书在中国这恐怕还是第一部。它从吠陀文学讲起，一直讲到近代文学，印度文学史上主要的作品和作家、主要的流派都讲到了。对想从事于印度文学研究的人来说，是一部有用的书。

小说家沈从文有时候也取材于印度的寓言文学。他利用这些材料主要是通过汉译的佛经。《五卷书》第一卷第十六个故事的内容是：

> 两个天鹅和一个乌龟做朋友。天旱的时候，两个天鹅让乌龟咬住一个木棒，它俩各叼一头，准备把乌龟运到有水的地方去。后来乌龟不遵约言，张嘴说话，从天

空里掉下来，摔死。

这个故事当然也是印度人民的创作，通过佛经传到中国来。沈从文把它涂上了地方的色彩，写成了一篇寓言小说。在他的一部叫作《月下小景》的短篇小说集里，除了第一篇以外，其余的都取材于汉译佛典。供他取材的书有：《长阿含经》《杂譬喻经》《智度论》《法苑珠林》《五分律》《生经》《大庄严论》《太子须大拿经》等。在这部书的题记里，他说："这些带有教训意味的故事，篇幅虽极短，却常在短短篇章中，能组织极其动人的情节。"

以上举的只能算是几个例子，近代中国文学中的印度影响并不止此。然而仅从这几个例子中我们已经可以看到，从公元前几百年起，一直到近代，印度文学对于中国文学影响一直是持续不断。它就像是一条河流，有时经过深山，有时经过密林，有时流在光天化日之下，有时又潜流于地中，有时波涛汹涌，有时又潺潺细流，就这样，流下来，流下来，一直流到现在。

1958 年 1 月 10 日

图书在版编目（CIP）数据

读史阅世九十年 / 季羡林著；季诺编 .—北京：作家出版社，
2020.12
（季羡林人生六书）
ISBN 978-7-5212-0883-2

Ⅰ.①读… Ⅱ.①季…②季… Ⅲ.①散文集－中国－当代
Ⅳ.① I267

中国版本图书馆 CIP 数据核字（2020）第 018371 号

读史阅世九十年

作　　者：季羡林
编　　选：季　诺
责任编辑：省登宇　周李立
装帧设计：琥珀视觉
出版发行：作家出版社有限公司
社　　址：北京农展馆南里 10 号　　　邮　　编：100125
电话传真：86-10-65067186（发行中心及邮购部）
　　　　　86-10-65004079（总编室）
E-mail:zuojia @ zuojia.net.cn
http://www.zuojiachubanshe.com
印　　刷：北京盛通印刷股份有限公司
成品尺寸：142×210
字　　数：210 千
印　　张：8.875
印　　数：001-10000
版　　次：2020 年 12 月第 1 版
印　　次：2020 年 12 月第 1 次印刷
ISBN 978-7-5212-0883-2
定　　价：39.00 元

作家版图书，版权所有，侵权必究。
作家版图书，印装错误可随时退换。